AF398345

Mords**mäßig** unverblümt

EIN FALL FÜR LOUISA MANU

Saskia Louis

Erstausgabe Juni 2016
2. Auflage Oktober 2017

© 2016 dp DIGITAL PUBLISHERS GmbH

Made in Stuttgart with ♥
Alle Rechte vorbehalten

Mordsmäßig unverblümt

ISBN 978-3-94529-894-7
E-Book-ISBN 978-3-94529-872-5

Umschlaggestaltung:
Christin Peulecke
Unter Verwendung von Abbildungen von
© pixabay.com
Lektorat:
RaBe-Lektorat/Korrektorat

Über die Autorin

Saskia Louis kam 1993 in Herdecke mit einer Menge Fantasie zur Welt, die sie seit der vierten Klasse nutzt, um Geschichten zu schreiben. Zusammen mit ihren zwei älteren Brüdern wuchs sie in der Kleinstadt Hattingen auf, doch über die Jahre hat sie ihr Zuhause in unterhaltsamer Frauenliteratur und Fantasy gefunden.

Sie ist überzeugt davon, dass Kuchen zwar nicht alle, aber doch die meisten Probleme lösen kann und glaubt, dass Tagträumen eine unterschätzte Profession ist.

Heute studiert sie Medienmanagement in Köln, gestaltet Beiträge für den Bürgerfunk, schreibt Songs und wünscht sich, dass Menschen mehr singen als schimpfen würden. Ihr größter Traum ist es, den Soundtrack zur Verfilmung eines ihrer Bücher zu schreiben.

*Für Michaela, weil die Welt mehr
starke Frauen braucht.*

Kapitel 1

Mein Tag war scheiße.

Nein, ‚Scheiße‘ war noch ein zu positives Wort. Mein Tag war wie Big Brother im Fernsehen mit Streichhölzern, die meine Augen offen hielten, keine Schokolade mehr im Haus und die Führerscheinprüfung zusammen!

Ich hatte zweitausend Tulpen geliefert bekommen, obwohl ich Rosen verlangt hatte und war von meiner Nichte mit einem Minigolfball am Kopf getroffen worden. Ganz offensichtlich hatte ich bei dem Aufprall des Balles meine letzte aktive Gehirnzelle verloren, denn das war die einzige Erklärung dafür, dass ich meiner kleinen Schwester ohne Widerworte meine Kreditkarte überlassen hatte. Zu allem Überfluss hatte ich seit sieben Stunden nichts mehr gegessen, wurde von meiner Mutter auf meinem Handy tyrannisiert – die seit drei Tagen pausenlos anrief, um herauszufinden, wie ich mit dem Zahnarzt hatte Schluss machen können – und kam zu spät zu meinem Termin mit einem jungen Brautpaar, das die Blumenarrangements besprechen wollte! Ach ja, außerdem war heute Montag! Montag!

Vielleicht war ‚Scheiße‘ doch das richtige Wort. Man konnte es ja beliebig oft wiederholen, um ihm die nötige Stärke zu verleihen.

Ich drückte das Gas durch und mein Auto beschleunigte von Null auf Zehn in zwanzig Sekunden, während der Motor vor Anstrengung ächzte. Die Uhr zeigte fünf vor vier an und ich stöhnte laut auf, nicht zuletzt, um mein erneut klingelndes Handy zu übertönen.

Ich würde es nie rechtzeitig schaffen, dabei brauchte ich den Auftrag! Ich war noch nicht lange im Blumengeschäft und brauchte jeden Job, den ich kriegen konnte. Die blöde Tulpenstornierung würde mich für diesen Monat wahrscheinlich wieder in die roten Zahlen treiben, aber das könnte ich mit ein, zwei Hochzeiten wieder reinbekommen. Vor mir schaltete die Ampel auf Rot und ich bog spontan nach links in einen kleinen Schleichweg ab, der die meisten Ampeln der Innenstadt umging, auf dem aber nur dreißig Stundenkilometer erlaubt waren.

Na ja, die Geschwindigkeitsbegrenzung war ja wohl doch eher eine Richtlinie. Ich schaltete in den dritten Gang, nur um nach zwanzig Sekunden wieder zurückzuschalten, weil ein schickes schwarzes Auto vor mir die Idee mit den Richtlinien offenbar nicht ganz verstanden hatte.

„Komm schon! Rechts ist das Gas! Rechts!“, brüllte ich und trommelte nervös mit den Fingern auf das Lenkrad. Mein Handy fing erneut an zu klingeln und fluchend tastete ich mit meiner Hand danach, um es auszuschalten, während ich den Fuß noch etwas vom Gas nahm. Wenigstens nach dem Stoppschild würde ich den Schleicher vor mir loswerden!

Ich versuchte nach dem Handy auf dem Beifahrersitz zu greifen, stieß es stattdessen aber in den Fußraum.

Gott, ich musste den Klingelton ändern. Die Titelmusik von Darth Vader war zwar am Anfang lustig gewesen, aber jetzt, da meine Mutter so oft anrief, war sie einfach unerträglich. Wann schaltete sich endlich die Mailbox ein? Ich sah auf die Straße, wurde noch ein bisschen langsamer und ließ mich dann schnell zur Seite gleiten, um das Telefon zu bergen.

Dass das Auto vor mir angehalten hatte, bemerkte ich erst, als jemand laut hupte, mein Kopf nach oben schnellte und ich panisch Bremse und Kupplung durchdrückte.

Mein Auto war zwar langsam, aber nicht langsam genug.

Der alte Passat stieß mit einem zarten Scheppern und den restlichen fünf Stundenkilometern in den Wagen vor mir.

Den schicken schwarzen, neuen Audi A5.

Oh, verdammt!

Leise fluchend schloss ich die Augen und stellte den Motor ab. Ich hätte im Bett bleiben sollen. Als die Spinne sich auf mein Kopfkissen abgeseilt hatte, hätte ich das als Omen sehen und einfach liegen bleiben sollen!

Jetzt war es zu spät.

Aber vielleicht hatte ich ja Glück. Vielleicht saß ein älterer, liebenswürdiger Herr in dem Audi, der mit einer wegwerfenden Handbewegung sagte, dass ich ihn ja nur leicht angestupst hatte.

Die Tür des Audis glitt auf und jede Hoffnung wurde zerstört. Mit zwei langen, in Jeans verpackten Beinen voran, stieg die personifizierte Wut vom Fahrersitz.

Dieser Mann war beängstigend. Beängstigend groß, beängstigend durchtrainiert und beängstigend ... heiß.

Ende zwanzig, Anfang dreißig vielleicht, kurze braune Haare, hellbraune Augen ... oh. Nein, jetzt waren sie wütend und dadurch vermutlich dunkelbraun geworden.

Trotzdem – seine einschüchternde Energie schadete seiner Attraktivität nicht im Geringsten.

Hitze stieg in meine Wangen und mit einem immer größer werdenden Kloß im Hals zog ich den Schlüssel ab und stieg aus. Das Handy klingelte immer noch und es war, als würde Darth Vader selbst auf mich zukommen.

„Haben Sie keine Augen im Kopf?", brüllte er.

Blinzelnd sah ich ihn an.

Schön. Ich war abgelenkt worden und der Unfall war natürlich meine Schuld – aber deswegen musste er doch nicht gleich brüllen! Meine Mutter wäre entsetzt über dieses Verhalten. Höflichkeit war etwas, das viele Menschen verlernt zu haben schienen.

„Habe ich. Ohren übrigens auch, also, könnten Sie vielleicht Ihre Stimme senken?"

Der Mann kniff die Lippen zusammen. „Sie sind mir hinten drauf gefahren! Nur weil Sie Ihren Führerschein mit einem Rubbellos gewonnen haben, sollte ich mich nicht beherrschen müssen!"

Das reichte! Mein Tag war sowieso schon bescheiden genug und er hatte nicht das Recht mich so anzufahren, nur weil ich sein Heck ein wenig angestupst hatte! Man konnte noch nicht einmal groß was sehen! Vielleicht eine klitzekleine Einbeulung am Stoßdämpfer und ein, zwei Kratzer an den Rückleuchten.

„Zu einem Unfall gehören immer zwei!“, fauchte ich deshalb zurück.

Seine Augen wurden ungläubig groß. „Wie bitte?“

Wütend und frustriert warf ich meine Hände in die Luft. „Na ja, wer hält heutzutage noch an einem Stoppschild? Das kann ich doch nicht ahnen, dass Sie der einzige Mann auf der ganzen Welt sind, der sich an die Verkehrsregeln hält und fünf Sekunden lang vor dem Scheißding stehen bleibt!“

„Sie werfen mir vor, dass ich korrekt gefahren bin?“

Ja, genau das. Aber laut ausgesprochen hätte das bescheuert geklungen, deswegen änderte ich den Satz ein wenig ab. „Nein, ich werfe Ihnen vor, dass Sie *über*korrekt gefahren sind!“

„Was reden Sie da? Man kann nicht überkorrekt an einem Stoppschild halten! Entweder man hält oder man hält nicht!“ Er machte noch einen Schritt auf mich zu und überragte mich nun um einen ganzen Kopf. „Sie haben in Ihrem Fußraum herumgewühlt!“

Ich vergaß immer, dass *normale* Autos tatsächlich funktionierende Rückspiegel besaßen. „Na ja ... wenn Sie meine Mutter kennen würden, könnten Sie das verstehen“, verteidigte ich mich sofort und überkreuzte die Arme, „es war eine Notwendigkeit, im Fußraum nach meinem Handy zu suchen.“

Seine Miene blieb versteinert und innerlich seufzte ich tief. Mir war selbst bewusst, dass meine Argumentation ein paar gigantische Lücken aufwies.

„Schön! Ich hab einen Fehler gemacht", lenkte ich ein, „können wir das so regeln oder wollen Sie die Polizei rufen?"

Von oben herab musterte er mich. „Ich bin die Polizei."

Oh, verdammt. Mein Tag erreichte gerade endgültig den Nullpunkt. Das konnte ja nur mir passieren, dass ich einem Bullen reinfuhr, der auch noch seine Tage zu haben schien!

Ich rieb mir mit meiner flachen Hand über die Stirn und schloss die Augen. Wieso produzierte der Körper eigentlich nicht auf natürliche Art und Weise Aspirin, wenn man es brauchte?

„Und jetzt?", fragte ich schließlich etwas müde. „Ziehen Sie das ganze Programm ab? Fotos, Kreidestriche und Sirenen?" Es war vielleicht nicht die beste Idee, den Polizisten auch noch zu provozieren, aber es war meine einzige.

„Ich sollte Sie schon alleine dafür verhaften, dass Sie mit dieser Rostlaube fahren!", knurrte er und nickte in Richtung meines Autos.

„Sie ist durch den TÜV gekommen." Mein Onkel arbeitete als Prüfer.

„Sie hat eine gelbe Plakette! Welches Auto hat heute noch eine gelbe Umweltplakette?"

„Klassiker?", schlug ich vor, obwohl mir durchaus bewusst war, dass der alte VW-Passat keine zweihundert Euro auf dem Markt bringen würde.

Er verengte die Augen. „Nein, Dreckschleudern haben eine solche Plakette. Darf man damit hier in Köln überhaupt fahren? Sind gelbe Plaketten nicht mittlerweile verboten?"

Gott sei Dank handelte es sich hier offenbar nicht um einen Verkehrspolizisten. Ich räusperte mich schnell. „Also, ich müsste zu einem Termin – könnten wir das hier etwas beschleunigen? Es ist doch wirklich kein großer Schaden ..." Ich sah zu den beiden Autos und musste grinsen, als ich bemerkte, dass man dem Passat nichts ansah. Er war unzerstörbar.

Etwas genervt lenkte der Polizist ein. „Schön. Geben Sie mir Ihre Daten: Nummernschild, Name, Anschrift, Telefonnummer, Versicherungsdaten ..."

„Wow, Sie gehen aber ran!", scherzte ich, verstummte jedoch bei seinem Blick und hustete nur „sorry", während ich ein zerknittertes Stück Papier aus meiner Handtasche zog, um seinen Anweisungen Folge zu leisten.

Auf dem eigentlich als To-Do-Liste gedachten Papier stand bereits: „Beschissene Tulpen sind keine verdammten Rosen, Beruf verfehlt? – Rede halten" (Worte, die für meine Angestellte bestimmt waren, die die Blumen angenommen hatte), „Mutter: Definition von Privatsphäre raussuchen" und „SCHOKOLADE!". Na ja, jetzt standen da auch noch mein Name, Louisa Manu, und die restlichen Daten, die verlangt worden waren. Damit musste Herr Grumpig wohl zurechtkommen.

„Hier." Ich reichte ihm das Papier und steckte den Stift zurück in das vordere Fach meiner Tasche. „Zufrieden?"

Sein Blick war so missbilligend, dass er glatt von meiner Mutter hätte sein können. „Ich hoffe für Sie, dass das Ihre richtigen Daten sind."

Ich stieß zischend Luft aus. „Für wen halten Sie mich eigentlich? Für eine Kriminelle, die zweimal am Tag ihre Nummernschilder austauscht?"

„Verbrecher erscheinen in den überraschendsten Aufmachungen."

Blödmänner auch.

Zuckersüß warf ich ihm von unten herauf einen Blick zu. „Wow, Ihr Beruf hat Sie ja wirklich nicht voreingenommen werden lassen."

„Ich bin Realist", sagte er sachlich und zog mir das Papier aus den Fingern.

„Bescheuertist trifft es wohl eher", murmelte ich und wandte mich zu meinem Auto um. Was für eine Schande. So eine schöne Verpackung an so einen Mann verschwendet!

„Das Einzige, was bescheuert ist, sind die Blumenaufdrucke auf Ihren Türen!", erwiderte er trocken.

„Das ist Werbung für meinen Laden!"

„Es steht kein Name dran!"

Ja, den hatte ich mir noch nicht leisten können. „Der ist in Arbeit!", motzte ich und öffnete die Tür.

„Sie hätten erst den Schriftzug machen sollen!"

Ich schob meine Unterlippe vor. „Und Sie sollten sich öfter einen Regenbogen anschauen, vielleicht hilft das ja Ihrer inneren Ausgewogenheit!", rief ich, bevor er die Tür zuschlug und innerhalb von Sekunden nur noch seine von mir zerschrammten Rücklichter zu sehen waren.

Kopfschüttelnd schnallte ich mich an und steckte den Zündschlüssel ein. Wenigstens gab es jetzt einen Lichtblick: Schlimmer konnte der Tag nicht werden.

Was für eine Fehleinschätzung …

„Das Brautpaar hat nicht einmal bemerkt, dass ich eine halbe Stunde zu spät gekommen bin! Sie waren zu sehr damit beschäftigt, sich gegenseitig mit Torte zu füttern und sich anzuschmachten.“

„Da hört sich aber jemand verbittert an“, amüsierte sich meine beste Freundin am anderen Ende der Leitung. „Darf ich dich daran erinnern, dass du diejenige warst, die mit dem Zahnarzt Schluss gemacht hat?“

Ich wechselte die Hand, in der ich das Telefon hielt, um meinen Arm auch durch den anderen Ärmel meiner Jacke zu stecken. Es war Oktober und die Tage wurden so langsam kälter. „Er hatte ein Bild von einem faulen Zahn auf seinem Nachttisch – weil es ihn daran erinnerte, gegen was er kämpfte!“

Ari kicherte. „Ich habe nicht angezweifelt, dass es die richtige Entscheidung war. Drei Monate waren eigentlich schon viel zu lang.“

„Danke!“, bestätigte ich. „Jetzt musst du genau diese Worte nur noch meiner Mutter sagen und du bist meine Heldin!“

„Ich habe es geschafft, Schokolade zu meinem Beruf zu machen, ich bin sowieso schon deine Heldin!“

Da war etwas Wahres dran. Ariane war zwar gelernte Konditorin, hatte sich aber auf Schokolade spezialisiert. Sie setzte Schokofiguren zusammen und nannte es Kunst. „Nein, ernsthaft“, stöhnte ich, „sie treibt mich in den Wahnsinn. Ihretwegen habe ich heute einen Unfall gebaut und bin einem Polizisten hinten drauf gefahren."

„Uh, Stripperpolizist?"

Ich verdrehte die Augen. „Echter Polizist." Heißer Polizist. Blöder Polizist. Die Liste war lang.

„Oh, Mist. Ist es ein großer Schaden?"

„Überhaupt nicht, ich hab ihn nur leicht angestupst, aber er hat sich aufgeregt, als wäre ich mit einem Vorschlaghammer auf seine Windschutzscheibe losgegangen!"

„Männer haben eine Verbindung zu ihren Autos, das ist wie mit uns und unseren Schuhen."

„Sprich für dich selbst. Ich besitze vier Paar und zwei davon ziehe ich nicht an ... aber darum geht es jetzt auch gar nicht."

„Worum dann, wenn schon nicht um dein besorgniserregendes Schuhverhalten?", lachte sie durch den Hörer.

„Es geht darum, dass ich siebenundzwanzig bin und meine Mutter schon davon redet, dass meine Eizellen nur noch Walzer statt Lambada tanzen."

Ich bog nach rechts um eine Ecke und konnte schon von weitem das Schild vom Supermarkt erkennen. Ich wollte noch schnell etwas einkaufen, bevor ich in Ruhe nach Hause fahren, mich mit meinem Kater Twinky auf die Couch legen und mir die Top Fünf der besten Wege ausdenken konnte, wie man jemanden zum Schweigen brachte, ohne in den Knast zu wandern. Vielleicht sollte ich meinen Ex anrufen und ihn fragen, ob er mir was von dem Betäubungsmittel für die Lippen verkaufen würde. Wie illegal konnte das schon sein?

„Ach, deinen Eizellen geht es fantastisch!", widersprach Ari loyal. „Sie feiern Kölner Karneval."

„Danke, das habe ich ihr auch gesagt. Was sie aber nicht von ihrem Telefonterror abhält! Sie … oh, wie hübsch." Ich blieb abrupt stehen und betrachtete den Haufen Sperrmüll vor mir, der am Straßenrand stand und einladend über mir aufragte.

Ich liebte alte, benutzte Sachen. Sie hatten eine Geschichte und warteten nur auf jemanden, dem sie sie erzählen konnten. Zersägte Stühle stapelten sich auf einer abgewetzten Polstercouch und ein rostiges Bettgestell verdeckte die Sicht auf den Rest. „Ari, ich rufe dich sofort zurück, ja? Ich sehe lauter kleine Wunder vor mir!"

Meine beste Freundin stöhnte. „Du hast wieder einen Stapel Müll entdeckt, oder? Das wird langsam zur Besessenheit. Es hat einen Grund, dass Leute die Dinge wegschmeißen!"

„Ja, sie wollen, dass ich sie finde! Bis gleich." Ich legte auf und ließ das Handy in meiner Jeanstasche verschwinden. Freudig klatschte ich in die Hände. Das war besser als Flohmarkt – denn hier war alles umsonst.

Sorgfältig darauf bedacht, nichts zu beschädigen – oder zumindest weiter zu beschädigen – kletterte ich in dem Berg herum und hob verschiedenste Dinge an. Nach zehn Minuten musste ich enttäuscht feststellen, dass das Meiste zu zerstört oder zu hässlich war, um ihm nähere Beachtung zu schenken. Gerade als ich aufgeben und meinen Weg zum Supermarkt fortsetzen wollte, fing mein Blick plötzlich doch etwas Interessantes ein. Ein handgroßes, quadratisches Kästchen aus Holz lugte unter einem Kissen hervor. Vorsichtig griff ich danach und strich mit der flachen Hand über die obere Seite.

Vier goldene Ornamente umschlangen sich kunstvoll und formten zwei ineinandergeschobene Unendlichkeitszeichen. Die Ränder waren mit Mandala artigen Mustern versehen, die ebenfalls mit Gold nachgezogen worden waren. Bis auf einen daumengroßen, rötlichen dunklen Fleck in der unteren linken Ecke schien es noch wie neu. Was für ein Glück musste man haben!

Ich hob es über meinen Kopf, um zu sehen, ob es von allen Seiten so gut erhalten war und runzelte die Stirn. Es roch merkwürdig. Nicht nach Holz oder Lack, sondern nach etwas, das ich nicht definieren konnte. Ich kam nicht darauf, doch der Geruch ließ merkwürdigerweise das Gesicht meiner kleinen Schwester Emily in meinem Kopf aufblitzen. Er erinnerte mich an sie oder an etwas, was ich schon einmal mit ihr gemacht hatte.

Mhm, keine Ahnung.

Ich ließ den Arm wieder sinken und spürte, wie etwas gegen die Schachtelinnenseite rollte. Überrascht ließ ich das Kästchen sinken. Hatte der Besitzer etwa vergessen hineinzusehen, bevor er es weggeworfen hatte? Vielleicht war noch ein Ring darin oder anderer Schmuck?

Ich löste den Clip, der die beiden Seiten zusammenhielt, öffnete den Deckel ... und musste würgen.

Den Würgereiz unterdrückend, wandte ich mein Gesicht ab und ließ den Deckel mitsamt Kästchen fallen.

Oh Gott! Atmen. Atmen. Ich brauchte Luft! Luft und ein neues Augenpaar und vielleicht auch noch neue Nasenschleimhäute, wenn die gerade im Angebot waren.

Mir wurde schwarz vor Augen und ich beugte mich nach vorne, um den Kopf zwischen meine Beine zu stecken, so wie sie es einem immer in den Fernsehfilmen raten. Doch als mein Blick wieder auf das geschlossene Kästchen zu meinen Füßen fiel, wurde mir nur noch schwindeliger und übler.

Mit klammen Fingern zog ich mein Telefon aus der Tasche und wählte die Nummer, die mir meine Mutter seit dem ersten Jahr im Kindergarten jeden Tag aufgesagt hatte – die ich aber noch nie hatte wählen müssen.

„Polizeinotruf, wie kann ich Ihnen helfen?"

„Hallo, ich glaube, ich ... habe einen Finger gefunden – ohne Mensch dran!" Das war auch alles, was ich an Worten zustande brachte, bevor ich mich in den nächstbesten Vorgarten übergab.

Kapitel 2

Es dauerte zwölf Minuten und achtzehn Sekunden bis die Polizei eintraf. Zwölf Minuten und achtzehn Sekunden, in denen ich würgte, meinen Mund abwischte und erneut würgte. Und als ich sah, was für ein Auto hinter dem Streifenwagen parkte, kam mir auf ein Neues mein Mageninhalt wieder hoch.

Es war ein Audi A5 mit einer kleinen Delle im Heck und zerkratzten Rücklichtern und heraus trat niemand anderes als Herr Grumpig persönlich.

Oh mein Gott – die Talfahrt setzte sich fort und ich schwor mir, nie wieder den Tag zu verhexen, indem ich dachte, dass es ja nicht mehr schlimmer werden konnte.

Der Finger hatte mir den Rest gegeben. Ich war selbst überrascht, dass ich nicht in Ohnmacht gefallen war.

Ich konnte kein Blut sehen. Mir wurde ja schon schwindelig, wenn ich nur daran dachte, dass jemand sich mit einer Nadel in den Finger stach. Da war es doch verwunderlich, dass abgehackte Gliedmaßen nur einen Brechreiz bei mir hervorriefen.

Ich blieb neben dem Kästchen stehen, das immer noch vor meinen Füßen lag, und sah mich um. Die letzten Minuten war ich von der irrationalen Angst getrieben worden, dass irgendjemand hier auftauchen könne, um mir das Kästchen wieder wegzunehmen. Vor der Polizei wie eine Idiotin dazustehen, die sich Dinge einbildete, wäre die Kirsche auf der Torte gewesen, mit der ich mich heute hatte rumschlagen müssen.

„Sind Sie Louisa Manu? Die Frau, die meint, sie habe einen Finger gefunden?" Ein uniformierter Polizist war aus dem Streifenwagen gestiegen und sah mich fragend an, während er an seinem Gürtel seine Hose etwas höher zog.

Die unmännlichste Geste der Welt.

Ich presste die Lippen aufeinander und verlagerte mein Gewicht etwas nach hinten. „Sehen Sie etwa noch jemanden, der aussieht, als habe er sich gerade dreimal übergeben?", zischte ich.

Der Uniformierte wurde rot. „Nein ... natürlich nicht. Das war nur fürs ... Protokoll."

Herr Grumpig trat neben ihn und sah mich von oben herab an. Den Blick hatte er wirklich drauf. „Wenn Sie mich wiedersehen wollten, hätten Sie doch was sagen können", grinste er. Ich schenkte ihm keinen Blick.

Der Polizist sah verwundert zwischen uns hin und her. „Sie kennen sich?"

Schnell schüttelte ich den Kopf. „Nein. Würden Sie bitte fortfahren?"

Verwirrt zog er einen Block aus seiner Gesäßtasche. „Nun ja. Mein Name ist Kramer und das ist Joshua

Rispo von der Kriminalpolizei. Sollten Sie wirklich einen Finger gefunden haben ..."

„Was heißt hier *wirklich*?", fuhr ich ihn an und drückte meinen Zeigefinger auf seine Brust. „Es ist ein beschissener rot lackierter Ringfinger!"

Der Polizist lief puterrot an und starrte auf meinen Finger auf seiner Brust. „Nun gut, abgehackte Körperteile sind dein Fachbereich, Rispo." Hilfesuchend blickte er zu seinem Kollegen hoch, dessen Gesichtszüge kaum verbergen konnten, wie amüsant er die ganze Situation fand. Tatsächlich sah er viel weniger wütend aus als noch heute Mittag.

„Warten Sie dort drüben Kramer. Ich mach das schon. Und nehmen Sie es nicht persönlich: Sie ist scheinbar zu jedem so unhöflich."

„Ich bin nicht unhöflich", brüllte ich jetzt. „Ich bin hysterisch! Hat Ihnen denn niemand beigebracht, dass man zuerst das Opfer besänftigt, bevor man Mutmaßungen darüber tätigt, ob es einen anlügt?"

Rispo zuckte mit keiner Wimper. „Bei dem Seminar muss ich gefehlt haben."

Mein Mund blieb offen stehen und wäre ich die Medusa, wäre Kommissar Joshua Rispo sofort zu Stein geworden.

Er seufzte. „Kommen Sie. Jetzt zeigen Sie schon den Finger."

Ich reckte meinen Mittelfinger in die Höhe.

Düster schob er meine Hand aus seinem Gesicht. „Den anderen."

Wortlos nickte ich zum Kästchen und sah dem Kommissar dabei zu, wie er sich bückte, ein Taschentuch um seine Hand wickelte und es vom Boden aufklaubte. Er öffnete den Deckel und verzog augenblicklich das Gesicht. „Verdammt! Das ist ja tatsächlich ein Finger!"

„Was dachten Sie denn?", fauchte ich. „Dass es eine Speckmaus ist und ich keine Augen im Kopf habe?"

Unangenehm berührt kratzte er sich am Nacken und ließ den Deckel wieder fallen. „So was in der Art", gab er langsam zu, während er den Polizisten heranwinkte und ihm vorsichtig das Kästchen mitsamt Taschentuch übergab. „Tüten Sie das ein, rufen Sie die Spurensicherung an und fangen Sie an abzusperren", seufzte er und sah mich dann wieder an. „Nun Frau Manu, wo haben Sie es genau gefunden?"

Ich machte ein paar Schritte rückwärts und deutete auf das Kissen. „Es lag darunter. Ich hab den Sperrmüll gesehen, hab etwa eine Viertelstunde darin gestöbert und kurz bevor ich schon aufgeben wollte, habe ich dann das Kästchen ..." „Warten Sie", unterbrach Rispo mich und schüttelte mit zusammengekniffenen Augen den Kopf, „wollen Sie mir allen Ernstes sagen, dass Sie den Finger erst gefunden haben, nachdem Sie alles, was sich um ihn herum befand, nicht nur angefasst, sondern auch umgestellt und es somit für die Spurensicherung fast unmöglich gemacht haben, irgendetwas Brauchbares zu finden?" Seine Stimme war mit jedem Wort lauter geworden.

Ich biss auf meine Unterlippe und verschränkte die Arme vor meiner Brust. „Kann ich doch nicht wissen, dass ich einen Finger finden werde!"

Stöhnend fuhr er mit der flachen Hand über sein Gesicht. „Ist Ihnen denn irgendetwas aufgefallen, was uns helfen könnte? Haben Sie jemanden gesehen, etwas gehört ...?“

Ich überlegte. Ich war vollkommen alleine gewesen, bis auf das ein oder andere Auto, das mal an mir vorbeigefahren war. Ich schüttelte den Kopf. „Hier war niemand.“

„Ist Ihnen denn etwas an der Box aufgefallen?“, hakte Rispo weiter nach.

Mein Gesicht erhellte sich. „Ja, sie riecht komisch.“

„Es liegt ein abgetrennter Finger drin, der Geruch wundert mich nicht.“

Ich schüttelte den Kopf. „Nein. Der ist es nicht. Es ist was anderes. Etwas, das mich an meine kleine Schwester erinnert ...“

„Gott steh mir bei ...“

Ich ignorierte ihn. Er hatte ja schließlich gefragt. Wenn ihm meine Antworten nicht gefielen, sollte er aufhören, Fragen zu stellen.

„Meinen Sie, die Frau ist tot?“

Er seufzte und sah mir wieder in die Augen. Seine hatten jetzt wieder diesen warmen hellbraunen Farbton. „Keine Ahnung. Aber meiner Erfahrung nach haben Menschen, die anderen die Finger abhacken, auch nicht so ein Problem damit, jemanden umzubringen.“

„Meinen Sie, es waren die Leute in dem Haus?“

„Die Leute, von denen der Sperrmüll ist? Wenn sie dumm genug waren ...“

„Meinen Sie, Sie finden die Leiche bald?“

Genervt sah er mich an. „Würden Sie bitte aufhören, Fragen zu stellen, die nur der liebe Gott im Himmel beantworten kann?“

Ich zuckte die Schultern. Wenn er sich schon so verhielt, als wäre er ein Gott, warum durfte ich ihn dann nicht auch so behandeln? „Schön, kann ich dann jetzt gehen?"

Rispo prustete und grinste dann, sodass seine nächsten Worte nicht im Entferntesten zu seinem Gesicht passten.

„Ich hasse es, Ihnen das sagen zu müssen. Aber Sie haben noch einen langen Tag vor sich. Ihr Zuhause wird noch eine Weile auf Sie warten müssen."

Wie sich herausstellte, definierte der gute Kommissar Rispo „eine Weile" anders als jeder andere Mensch.

Für mich beinhaltete eine Weile vielleicht ein bis zwei Stunden Warterei und Kaffee trinken. Nicht jedoch vier geschlagene Stunden, in denen ich tausendmal zu Protokoll geben musste, was ich gesehen hatte, was passiert war, wie es passiert war und ob das auch wirklich der Wahrheit entspräche, was ich da von mir gab. Als wäre ich der Verrückte gewesen, der einen Ringfinger abgeschnitten hatte. Sollte die Polizei sich nicht lieber mit dem Täter beschäftigen? Oder zumindest mit dem Körper, der zu dem Finger gehörte?

Aber nein, stattdessen hielt man der Frau, die zur falschen Zeit am falschen Ort gewesen war, eine Kamera ins Gesicht und bat sie, ihre Aussage noch einmal rückwärts zu wiederholen.

Als ich nach einer halben Ewigkeit endlich aus dem stickigen Büro durfte, hatten sich bereits schwarze Punkte vor meinem inneren Auge geformt, die wild vor mir her tanzten.

Den Lambada, nicht den Walzer.

Erschöpft ließ ich mich auf einen der orangenen Plastikstühle sinken, die im Eingangsbereich standen, und überschlug meine Beine.

Es war gleich vorbei. Ich musste nur auf die Bestätigung des leitenden Kommissars – also Herrn Grumpig – warten, der sich gerade noch mit der Spurensicherung unterhielt, und dann durfte ich nach Hause und ins Bett. Seit Langem hatte ich mich nicht mehr so sehr darauf gefreut.

Die Tür zur Eingangshalle wurde aufgestoßen und ein kalter Luftzug folgte einem schlaksigen, grinsenden Mann, der dunkelblonde Haare und meine grünen Augen hatte.

Wortlos ließ er sich neben mich sinken, legte einen Arm um mich und drückte meine Schulter.

Ich schniefte ein bisschen und lehnte mich an ihn, hielt mich jedoch davon ab, Tränen auf seinem teuren Anzug zu vergießen. Die Rezeptionsdame sah mich ohnehin schon merkwürdig an. Da wollte ich keine Szene machen.

„Woher weißt du es?", fragte ich schließlich kleinlaut.

„Anwälte und Polizisten sind Klatschmäuler. Nach einer halben Stunde wurde über nichts anderes mehr geredet als über die hysterische Frau, die einen Finger im Sperrmüll gefunden hat. Es wurden Wetten darauf abgeschlossen, wie oft sie sich wohl übergeben hat, nachdem sie ihn gesehen hat."

„Dreimal."

„Verdammt. Fünfzig Euro verloren. Hätte ich deinen Namen mal eher gelesen. Ich weiß doch, wie schwach dein Magen ist."

Ich schlug ihm auf die Schulter, musste aber lachen. Mein Bruder war sieben Jahre älter als ich, was man aber an seinem Benehmen oftmals nicht festmachen konnte. Die einzigen Dinge, die er ernst nahm, waren sein Beruf und seine Ehe. Mit Anwälten und Ehefrauen war nun einmal nicht zu spaßen.

Er war das Beste, das man sich als kleine Schwester wünschen konnte. Er hatte mich und Emily, die zwei Jahre jünger war als ich, immer beschützt, unsere Freunde davor gewarnt, mit unseren Gefühlen zu spielen und uns getröstet, als wir keine Konzertkarten für die Backstreet Boys mehr bekommen hatten. Da vergab man ihm auch mal, dass die eine oder andere Barbie auf mysteriöse Art und Weise ihren Kopf verloren hatte.

Seitdem er zwei Töchter, die eine acht und die andere heute fünf geworden, großzog, hatte ich auch verdrängt, dass er mich mehr als einmal dazu gebracht hatte, meine Cola-Flaschen zu schütteln, bevor ich daraus trank und mir vor meinem ersten Schultag in der Grundschule eine neue Frisur verpasst hatte.

Na ja, fast verdrängt. Solche Dinge konnte man nie ganz vergessen – dank der wunderbaren Erfindung namens Fotoapparat.

„Mein Tag war scheiße", krächzte ich und wischte mir mit dem Jackenärmel über die Augen, die meine innere Anweisung, nicht zu weinen, offenbar ignorierten. „Ich fühle mich wie ein Eisberg. Neunzig Prozent von mir hängen unter Wasser fest."

„Ach Lou." Wieder klopfte er etwas unbeholfen auf meine Schulter. „Hätte doch jedem passieren können.

Kein Drama. Du hast ein paar Jungs auf der Wache den Tag versüßt, zählt das denn nichts?"

Ich stieß seinen Arm weg. „Jannis – halt die Klappe, okay? Ich bin doch bestimmt die Lachnummer vom Revier!"

„Ach was." Er winkte ab. „Dafür wissen es noch zu wenige – und du wirst nie den Typen vom Thron stoßen, der auf dem Flohmarkt für hundert Euro eine leere Computerspielschachtel erworben hat und dann so heftig von seiner Frau verprügelt worden ist, dass die Nachbarn die Bullen gerufen haben."

Oh Gott. Bei diesem Satz kam mir ein furchtbarer Gedanke. Es wussten zwar *wenige*, aber wenn Jannis es wusste, dann ...

Verängstigt riss ich meine Augen auf. „Du hast es doch nicht Mama erzählt, oder?"

Er verdrehte die Augen und stützte sich mit den Ellenbogen auf seinen Knien ab. „Bin ich Anfänger? Ich will doch nicht für ihren Tod verantwortlich sein, indem ich ihr berichte, dass ihre Tochter einen abgehackten Finger gefunden hat, während sie im Straßenmüll herumwühlen musste."

Erleichtert legte ich mir eine Hand auf die Brust. „Danke. Sie muss es nie erfahren." Vor allem das mit dem Müll. Der Finger würde sie wahrscheinlich nicht einmal stören.

„Von mir hört sie kein Wort. Und falls es dich beruhigt: Ich habe mir den Mann von der Kripo, der diesen Fall bearbeitet, mal angesehen. Ist ein guter Typ. Hat eine Siebenundachtzig-Prozent-Rate und mehr Fälle bearbeitet als die meisten. Und das, obwohl er letztes Jahr für zwei Monate vom Dienst suspendiert war."

Ungewollt fuhr mein Kopf in die Höhe und neugierig sah ich meinen Bruder an. „Suspendiert? Das ist aber doch nicht gut, oder? Warum wurde er suspendiert?"

Jannis zuckte die Schultern und lockerte die Krawatte um seinen Hals. „Keine Ahnung. Stand da nicht. Ist auch egal – auf jeden Fall scheint er ein kompetenter Kommissar zu sein. Ich bin mir sicher, dass er den Fall bald aufgeklärt hat und du dann wieder ruhig schlafen kannst."

Kompetent. Leider blieb auch ein *kompetenter* Vollidiot ein Vollidiot.

„Okay", seufzte ich, lehnte mich nach hinten gegen die Wand und schloss wieder die Augen. „Danke. Auch dafür, dass du gekommen bist."

„Ist doch klar, geht es dir denn sonst gut?"

„Besser als der Frau, der der Finger gehört."

Er lachte. „Mama wäre stolz auf dich: So konsequent die Gefühle verbergen kann nur eine Lady. Brauchst du vielleicht eine Mitfahrgelegenheit?"

„Ja, bitte." Der Passat stand schließlich immer noch am anderen Ende der Stadt, wo ich das Brautpaar getroffen hatte.

„In Ordnung." Ächzend stand er auf. „Kopf hoch, Loubalou. Ich hole den Wagen und warte draußen. Komm einfach vor die Tür, wenn du fertig bist." Mein Bruder gab mir einen Kuss auf den Kopf und ich hörte, wie er den Raum verließ. Ich wollte gerade zu einem kleinen Schläfchen ansetzen, als ein Schatten auf mein Gesicht fiel und ich mich gezwungen fühlte, meine Augen wieder zu öffnen. Joshua Rispo sah mich an – und er lächelte breit.

Mein Herz machte einen Satz.

Ach du liebe Güte! Wie ein Lächeln ein Gesicht verändern kann. Bei diesem Anblick wurde mir ganz anders.

„Loubalou – Manu?", fragte er und sah aus wie ein Kind, dem soeben eine Stange Süßigkeiten versprochen worden war.

Böse sah ich ihn an und erhob mich von dem Sitz, um mit ihm auf einer Augenhöhe zu sein. Ich hatte vergessen, wie groß er war und fand mich stattdessen auf Brust- und Schulterhöhe wieder. „Sie sollten still sein", erklärte ich aufmüpfig, „Sie wurden nach Jesus benannt!"

„Nach meinem Großvater."

„Ihr Großvater war Jesus?", fragte ich gespielt dumm nach.

Er seufzte und verzog den Mund. „Sagen Sie eigentlich auch mal Dinge, die … einem nicht den letzten Nerv rauben?"

Ich zuckte die Schultern. „Keine Ahnung, sagen Sie auch mal Dinge, die der Situation angemessen sind?"

Sein Gesicht kam meinem unangenehm nahe. „Nein, aber dafür kann ich Auto fahren."

Das war gemein. Ich war die Frau, die den Finger gefunden hatte. Man sollte netter zu mir sein. Ich schob meine Unterlippe etwas vor und verschränkte die Arme. „Sind Sie aus einem bestimmten Grund hierhergekommen oder wollten Sie sich einfach nur noch ein bisschen wie ein Blödmann aufführen?"

Rispo trat einen Schritt zurück. „Ich wollten Ihnen eigentlich nur sagen, dass Sie gehen dürfen."

Erleichtert seufzte ich auf und griff nach meiner Handtasche, die immer noch auf dem Plastiksitz lag. „Gott sei Dank. Ich dachte, dieser Tag endet nie."

„Wem sagen Sie das ...", murmelte er und wollte sich schon zum Gehen wenden, als ich ihn noch einmal am Arm packte.

Ach du liebe Pfeffermühle! So einen starken Bizeps hatte ich lange nicht mehr ... nein, hatte ich noch nie angefasst!

Er räusperte sich und ich blinzelte. Rispo sah zuerst mich an, dann meine Hand, die immer noch auf seinem Oberarm lag. Hitze stieg in meine Wangen und ich hüstelte etwas verlegen. „Äh, darf ich noch was fragen?"

„Als könnte ich Sie aufhalten."

Er schien mich ja doch bereits ein wenig zu kennen. „Nun, was passiert mit der Box?"

Rispo hob seine Augenbrauen. „Wie bitte?"

Die Farbe meiner Wangen wurde noch intensiver. „Na ja, es ist eine sehr schöne Box und ich habe sie gefunden ..."

Die Augen meines Gegenübers verengten sich zu Schlitzen. „Frau Manu. Diese Box ist Beweismittel in einem möglichen Mordfall und Sie möchten sie mit nach Hause nehmen und auf Ihren Kaminsims stellen?"

Na ja, eigentlich hatte ich sie meiner Nichte schenken wollen. Sie wäre begeistert davon, eine Box zu haben, in der schon einmal ein abgetrennter Ringfinger gelegen hatte.

„Nein, natürlich nicht! Was denken Sie denn von mir?", ruderte ich schnell zurück. „Hat die Spurensicherung denn noch irgendetwas gefunden?"

„Diese Informationen sind nicht für Ihre Ohren bestimmt, Frau Manu."

„Rufen Sie mich denn wenigstens an, wenn Sie die Leiche finden?"

„Mit Sicherheit nicht."

„Und wenn Sie den Täter geschnappt haben?"

„Ebenso wenig."

Ich runzelte meine Stirn und zog die Handtasche näher an meinen Körper. „Das heißt, ich habe nichts zu sagen, obwohl ich sozusagen der Grund bin, warum dieser Fall überhaupt ein Fall ist?"

„Das haben Sie sehr schön ausgedrückt."

„Und Sie werden sich überhaupt nicht mehr melden? Bei gar nichts?"

Ein Mundwinkel von ihm zuckte. „Doch, natürlich. Mit einem Kostenvoranschlag für die Reparatur meines Autos. Aber falls Ihnen noch etwas einfallen sollte ...", er reichte mir eine Karte, „... dann können Sie mich selbstverständlich anrufen. Einen schönen Abend, Frau Manu. Und hören Sie auf, im Müll anderer zu wühlen."

Ich war immer noch wütend, als ich eine halbe Stunde später durch meine Haustür trat, die Handtasche auf den Küchentresen warf und Rispos Visitenkarte an den Kühlschrank pinnte.

In den Fernsehserien wurden die Cops zwar immer mit übermäßigem Ego dargestellt, aber dass das tatsächlich der Realität entsprach, schockierte mich dann doch.

„Hey Twinky", murmelte ich erschöpft und strich über den Rücken meines Katers, der sich behaglich schnurrend an mein Bein drückte und mir ins Schlafzimmer folgte. „Wenigstens du magst mich. Du würdest mich anrufen, wenn du die Leiche fändest, oder?"

Er rieb bestätigend seinen Kopf an meinem Fuß.

Wusste ich es doch. Kater waren die einzigen Männer, denen man noch vertrauen konnte. Ich wechselte in meinen Schlafanzug und lief noch einmal in die Küche, um Twinky ein Hundeleckerli und einen Teelöffel stark verdünnten Kaffee zu geben – er war ein Koffeinjunkie und mit Katzenfutter konnte er nichts anfangen. Er hatte einen psychischen Knacks, aber während dieser Umstand bei Menschen gruselig war, war er bei Tieren einfach nur putzig – auch wenn der Tierarzt meinte, Kaffee wäre auf Dauer ungesund. Ich musste die Koffeinzufuhr eben auf ein Minimum beschränken.

Twinky fing an zu schnurren. Egal wie schlimm ein Tag war, egal wie viele vom Körper gelöste Finger ich fand und egal wie viele emotional kalte Polizisten ich mit meinem Wagen anfuhr – das Schnurren einer Katze war wie Meditationsmusik und Schokolade für mich.

„Du würdest ihn mögen", murmelte ich und hob meinen Kater auf den Arm. „Er ist genauso eine Diva wie du." Und ich fragte mich, ob sein Bart sich auf meiner Wange wohl genauso anfühlen würde wie Twinkys Fell.

Den Gedanken sollte ich wohl schnell wieder verdrängen.

Aber ich konnte ja nichts dafür. Schuld daran war mein Ex-Freund. Nach dem Weichei von Zahnarzt sahen plötzlich alle Männer extrem männlich und attraktiv aus. Und wenn ein Kerl dann auch noch eine Waffe tragen und bedienen durfte, glich meine Libido der eines errötenden Teenagermädchens. So schnell konnte Emanzipation flöten gehen.

Mein Handy klingelte und ich erwartete schon beinahe, dass es Rispo war, um mir doch zu sagen, dass die Leiche gefunden worden war – ich wurde jedoch von jemand anderem überrascht.

„Du hast nie zurückgerufen!", beschwerte Ari sich lauthals. „Ich hoffe, du hast eine gute Begründung."

Erschöpft lief ich zurück in mein Zimmer und ließ mich ins Bett fallen. „Du wirst es nicht glauben, aber zum ersten Mal in meinem Leben habe ich die!"

Kapitel 3

„Trudi, du musst die Brille aufsetzen, wenn der Lieferant kommt, ja? Du musst dazu in der Lage sein, das, was du unterschreibst, vorher auch durchlesen zu können! Das steht nicht zur Debatte!"

Ich stand in dem beengten Hinterzimmer meines beschaulichen Blumenladens und versuchte, eine ernste Miene gegenüber meiner Angestellten aufzusetzen. Die Umsetzung gestaltete sich jedoch schwierig, da die siebzig Jahre alte Dame mich mit einem derartigen Unverständnis ansah, dass ich ihr am liebsten über den Kopf getätschelt und ihr ein Eis angeboten hätte.

Aber ich durfte nicht weich werden. Sie hatte einen Fehler gemacht und ich als Verantwortliche musste ihr dafür den Kopf geraderücken.

Ich hatte sie vor einem Monat eingestellt und im Nachhinein war es vielleicht nicht das Klügste gewesen, meine Entscheidung darauf zu basieren, dass sie mich an meine verstorbene Oma erinnerte und sie zum Vorstellungsgespräch Chocolate Chip Cookies mitgebracht hatte. Trudi hatte schließlich in ihrem gesamten Leben nicht einen einzigen Tag gearbeitet, wie sie mir verraten hatte. Sie hatte jung und reich geheiratet und nie einen Grund dafür gesehen, auch nur einen Finger zu rühren. Erst, als ihr Mann vor einem Jahr verstorben war, hatte sie daran gedacht, sich etwas für den Zeitvertreib zu suchen.

Herausgekommen war die Teilzeitstelle bei mir im Laden. Blumen hätte sie schließlich immer schon gerne gemocht.

Dass sie in ihrem Leben noch keine Pflanze angefasst hatte, war mir erst nach drei Wochen aufgefallen, als sie versuchte, eine verwelkte Blume mit Wasser und Pusten wieder zum Leben zu erwecken.

Aber ich hatte sie lieb gewonnen und sie alleine aufgrund ihrer Unfähigkeit wieder zu feuern, kam mir herzlos vor.

„Na, aber der junge Mann hat ausgeschaut, als verstünde er, wovon er spricht", sagte sie sachlich.

Ich stöhnte innerlich auf und legte meine Hände auf die hölzerne Tischplatte. Der Schreibtisch berührte zu beiden Seiten die Wand und um hinter ihm hervorzukommen, musste ich entweder darüber oder darunter durch klettern. „Das reicht aber nicht als Garantie. Du musst auf den Lieferschein sehen, so wie ich es dir gezeigt habe. Wenn du die falschen Pflanzen annimmst, dann haben wir kein Widerrufsrecht mehr und …"

„Möchtest du ein Plätzchen?" Die alte Frau lächelte mütterlich und reichte mir einen Teller über den Tisch.

Ich blinzelte. „Nein!" Mein Blick fiel auf die Kekse. Erdnussbutter und Schokolade. „Also ja, schon", korrigierte ich mich schnell, „ich würde gerne ein Plätzchen haben, aber lenk jetzt nicht ab! Ich muss mich darauf verlassen können, dass du die Lieferung doppelt und dreifach überprüfst, okay Trudi? Egal wie selbstsicher der Lieferant auch auftritt: Benutze deine Brille!" Und deinen Verstand, dachte ich im Stillen. „Und außerdem solltest du wirklich das T-Shirt tragen, das ich dir gegeben habe." Ich deutete auf mein eigenes, auf dem sich das Logo des Ladens über meine Brust spannte. „Das weist uns als Mitarbeiter aus."

„Okay", flötete sie fröhlich und ihre stahlgrauen Locken hüpften auf und ab. „Passiert nicht noch einmal, Chef."

Wieso hatte ich das Gefühl, sie nahm mich nicht ernst? Warm lächelte sie auf mich hinab und hielt mir den Teller mit dem Gebäck so lange vor die Nase, bis ich seufzend einknickte und mir einen Keks nahm.

Ihren braunen Daumen machte Trudi mit ihren Backkünsten wett. Sogar Ari war von Trudis Plätzchen hin und weg. Sie hatte sogar vorgeschlagen, welche auf die Verkaufstheke für die Kunden zu stellen, um so das Geschäft anzukurbeln. Vielleicht sollte ich das tatsächlich mal versuchen. Dann war Trudi zumindest in einer Hinsicht eine Hilfe.

„Die sind köstlich", sagte ich mit geschlossenen Augen und schon konnte ich der alten Frau nicht mehr böse sein. „Du hast eine Gabe, wirklich."

Trudi kicherte und ließ den Teller auf meinem Schreibtisch stehen. „Bediene dich! Ich werde derweil den Laden öffnen, okay?"

Ich nickte und sah auf die Uhr. Es war kurz vor zehn. „Nur diesmal nicht vergessen, das „Geschlossen"-Schild umzudrehen, okay? Es irritiert Kunden, dass ein Laden geöffnet hat, obwohl etwas anderes an der Tür steht.“

„Natürlich.“

So natürlich war es ja offenbar nicht, sonst hätte sie es letzte Woche nicht bereits dreimal vergessen. Erst eine halbe Stunde nach Ladenöffnung war mir aufgefallen, dass mögliche Kunden vor dem Schaufenster stehen blieben, die zwei Stufen zur Tür hinauf nahmen, die Stirn runzelten und dann schließlich weiterzogen.

„Ach“, fiel mir noch ein, „und weißt du, wo der silberne Draht ist, mit denen die Brautsträuße gebunden werden? Den hatte ich letzte Woche erst erneuert.“

Trudi schüttelte nur wortlos den Kopf und schloss die Tür hinter sich. Sekunden später wurde das Radio eingeschaltet und leise Popmusik drang unter dem Türspalt hindurch.

Ich nahm mir noch ein Plätzchen. Wenn ich den Draht in den kommenden Tagen an einer absurden Stelle wiederfinden würde, so hatte ich zumindest gerade diesen Moment der Vollkommenheit in meinem Mund. Ich fing an, den Papierkram für letzte Woche zu regeln und die Fehllieferung in meinen Büchern zu vermerken. Das war zwar die langweiligste Arbeit, die es auf der weiten Welt gab, aber es war schön, dass ich mein BWL-Studium wenigstens für irgendetwas gebrauchen konnte.

Keine fünfzehn Minuten und drei Kekse später kündigte die Türglocke einen Kunden an. Nach nur zehn Sekunden wurde jedoch deutlich, dass es gar kein Kunde war, der dort draußen eingetroffen war. Eine hohe Stimme, die einen Schwall von Worten losließ und an jedem Satzende in die Höhe ging, wehte durch die Tür.

Emily war pünktlich. Sollte die konservative Erziehung unserer Mutter etwa doch langsam anschlagen und sie erwachsen werden lassen?

Ich kroch unter meinem Tisch durch und öffnete die Tür zur Verkaufsfläche. „... ich hab noch nie jemanden gesehen, der so viel Gras geraucht hat, ich schwöre: Selbst der Hund war am Ende zu! Aber das war ja noch nicht einmal das Witzigste! Richtig lustig wurde es, als sie ihn auf ein Bobby Car gesetzt und dann durch das McDonalds Drive Through geschickt haben. Sie hätten das Gesicht des Kassierers sehen sollen, Trudi, zum Schreien!“

Na, vielleicht ja morgen.

Geräuschvoll ließ ich die Tür zufallen und wurde sofort von einer stürmischen Umarmung empfangen, bei der mir die blond gefärbten Haare meiner Schwester ins Gesicht klatschten. Sie hatte sich entschieden, gegen die nichtssagende hellbraune Haarfarbe, die wir beide teilten, anzugehen – und das beinahe monatlich mit einer anderen Tönung.

„Ich hab gehört, du hast einen Finger gefunden?“, fragte sie fröhlich und kramte in ihrer Handtasche nach einem Portemonnaie, aus dem sie meine Kreditkarte fischte, bevor sie sich auf den Verkaufstisch schwang und ihre Beine baumeln ließ.

Jannis, das Klatschmaul! Ich wurde nachlässig. Ich hätte ihm verbieten sollen, irgendeinem Familienmitglied etwas zu erzählen.

Interessiert sah mich nun auch Trudi an. „Das hast du ja gar nicht erzählt! War es denn ein hübscher Finger? Ich habe mal gesehen, wie mein Gärtner mit der Heckenschere nicht aufgepasst hat – dabei bringen sie einem doch schon im Kindergarten bei, nicht mit Scheren in der Hand zu rennen. Jedenfalls hatte er furchtbar viel Dreck unter den Nägeln, das war äußerst unansehnlich. Ich wäre da nicht gerne der Arzt gewesen, der ihn wieder angenäht hat."

Etwas sprachlos blickte ich zwischen den beiden Frauen hin und her, bevor ich irritiert feststellte: „Doch, sehr hübsch. Manikürt und rot lackiert."

„Ah, das sind doch die Finger, die man finden möchte."

Ich für meinen Teil wäre auch sehr froh ohne diesen Fund gewesen.

„Und was ist mit dem Rest? Ich meine, man sollte denken, der Finger hing irgendwo dran, oder?" Emily zog eine Tulpe aus dem Eimer neben ihr und roch daran. Ich lief zu ihr hinüber, nahm ihr die Blume aus der Hand und steckte sie wieder an den angestammten Platz.

„Keine Ahnung. Man hat den Körper noch nicht gefunden."

„Mhm." Die Finger meiner Schwester zupften an dem Weidenkraut, das ich als Füllmaterial für meine Sträuße verwendete. „Ist doch traurig, wenn man sich vorstellt, dass jetzt eine arme Frau mit neun Fingern umherwandert und nach ihrem zehnten sucht."

Ich schlug ihr auf die Finger und stellte auch das Weidenkraut aus ihrer Reichweite. „Ich glaube, die arme Frau läuft nirgendwo rum. Liegen trifft es wohl besser. Und musst du nicht noch wohin? In die Uni zum Beispiel?" Emily hing verdächtig oft an Orten herum, die mindestens fünf Kilometer von der Universität entfernt waren. Ich war zwar nur zwei Jahre älter, aber das Verantwortungsgefühl einer großen Schwester hatte ich trotzdem.

Emily winkte jedoch nur ab und wickelte sich Geschenkschleifen um das Handgelenk. Großer Gott, dieses Mädchen konnte ihre Hände einfach nicht still halten. „Ach, heute läuft das anders als damals bei dir."

Damals? Ich hatte vor zwei Jahren meinen Abschluss gemacht. „Ich bin mir ziemlich sicher, dass man auch heute irgendwann hingehen muss", bemerkte ich verkniffen und rettete das Geschenkband davor zerpflückt zu werden, während Trudi nach hinten lief und die Kekse neben Emily stellte. Keine schlechte Idee. Dann hatten ihre Finger wenigstens etwas zu tun.

Meine kleine Schwester schnalzte mit der Zunge. Nur sie allein wusste, wie man mit der Zunge ein Geräusch machen konnte, dass pure Missbilligung ausdrückte. „Ich gehe ja auch hin", verteidigte sie sich. „Aber doch nur, wenn es interessant ist. Heute hält nur irgendein Öko-Typ einen Vortrag über die Zeit, in der er auf Neuseeland mit den Maori gelebt hat. Das ist doch langweilig. Er redet ja die ganze Zeit nur über irgendeine fremde Kultur."

Ich faltete die Hände ineinander und sah sie mit schräg gelegtem Kopf an. „Du studierst Ethnologie."

„Und?"

„Sollte dieser Vortrag dann nicht genau dein Ding sein?"

Emily verdrehte die Augen. „Ethnologie hat ja wohl mal gar nichts mit den Kulturen fremder Kleinvölker zu tun."

„Ethnos, das griechische Wort, von dem Ethnologie abstammt, heißt ‚fremdes Volk'!", sagte ich lauter als gewollt.

Verwirrt stopfte sich Emily noch einen Keks in den Mund, bevor sie mich mit ebenfalls schräg gelegtem Kopf betrachtete. „Aber in welchen Veranstaltungen war ich denn dann das ganze letzte Semester über?"

Ich unterdrückte den sehr starken Drang, mir mit der flachen Hand gegen die Stirn zu schlagen.

Emily war ein beschenktes Kind.

Sie besaß Vieles: Schönheit, Fantasie, Charme, Intelligenz und Witz – aber den Durchblick, den hatte sie meistens nicht. Nach einem Jahr als Au-pair in England, einem weiteren in Indien, um ihren Horizont zu erweitern – in dem das einzige, was sie erweitert hatte, die Liste ihrer Ex-Freunde und Gelegenheitsjobs war –, einer abgebrochenen Ausbildung zur Hotelfachfrau und einem abgebrochenem Studium wusste sie immer noch nicht, was sie vom Leben wollte. Nicht, dass sie dieser Umstand stören würde. Sie war zufrieden mit dem, was sie hatte und wenn sich herausstellen sollte, dass sie das letzte halbe Jahr über etwas vollkommen anderes studiert hatte als gedacht, dann war das eben so.

Trudi kicherte und versteckte die Arme in den weiten Ärmeln ihrer Bluse. „Hast du schon einmal überlegt, reich zu heiraten, Emily?", fragte sie.

Ich warf meiner Angestellten einen bösen Blick zu. „Setz ihr keine Flausen in den Kopf!" Allerdings musste ich mir darüber wohl keine Gedanken machen. Emily war seit Indien für Monogamie nicht mehr ganz so empfänglich wie die anderen Menschen in diesem Land.

Emily stieß einen Schwall Luft aus. „Du musst mich nicht mehr beschützen, Lou! Ich kann sehr wohl auf mich selbst aufpassen."

Ich hatte da meine Zweifel, trotzdem nickte ich nur. Doch meine Schwester kannte mich zu gut.

Sie verengte die Augen. „Du hast schon wieder diesen Blick drauf, mit dem du aussiehst wie Mama, wenn sie anfängt zu kontrollieren!"

Empört ließ ich meinen Mund offen stehen. „Das nimmst du zurück!"

Süffisant lächelnd und zufrieden mit der hervorgerufenen Reaktion band sich Emily die Haare zu einem hohen Zopf. „Tu ich nicht. Du bekommst dann dieses Zucken um deinen Kiefer herum, weil du dich davon abhältst etwas zu sagen, was du später bereuen würdest."

Na bitte, das war doch der Beweis dafür, dass ich überhaupt nicht wie meine Mutter war. Die hielt sich nämlich nie darin zurück Fehler, die ihr bei uns aufgefallen waren, einfach auszusprechen. „Du bist fies", murmelte ich beleidigt.

„Und du glaubst, ich bin naiv und habe keine Ahnung von nichts."

„Du weißt nicht einmal, was du wirklich studierst!"

„Und du warst drei Monate mit einem Zahnarzt zusammen!"

Verwirrt blinzelte ich.

„Was hat denn das damit zu tun?"

Emily schob ihre Unterlippe vor, sprang vom Verkaufstisch und stemmte die Arme in die Seiten. Sie war wenige Zentimeter kleiner als meine eins einundsiebzig, doch die mangelnde Größe machte sie mit einer großen Portion Selbstsicherheit wieder wett. „Nichts, aber er war ein Volltrottel und du hast ihn nur getroffen, damit Mama endlich Ruhe gibt."

Das zweite Mal innerhalb weniger Minuten stand mein Mund vor Empörung offen. Sie wusste einfach, welche Knöpfe sie drücken musste, um mich auf die Palme zu bringen. Ich wollte gerade etwas gar nicht Erwachsenes erwidern, als unser Gezänk von Trudis fröhlicher Stimme unterbrochen wurde.

„Oh, hört mal. Ich glaube, sie reden gerade von deinem Finger!"

Ich wandte mich um und hob die Augenbrauen. Sie nickte zum Radio und hielt den Zeigefinger vor ihre Lippen.

„... wurde nun die Leiche gefunden. Die zweiunddreißigjährige Ehefrau des Medienmoguls Gregor Pfenning wurde durch einen Schlag auf den Hinterkopf getötet und erst vor wenigen Stunden im Kofferraum eines Autos außerhalb der Stadt gefunden. Weitere Tatbestände sind noch unklar. Die Polizei befragt derweil ihren Mann und geht nach eigenen Angaben bereits mehreren Spuren nach."

Ehefrau von Gregor Pfenning? Der Typ, dem das halbe Pay-TV gehörte, und der von meinem Vater regelmäßig verflucht wurde?

Der wohnte gar nicht weit von hier. Papa erwähnte jedes Mal, wenn wir an dem ausladenden Luxushaus vorbeifuhren, dass Herr Pfenning mit seinem kapitalistisch erwirtschafteten Geld nicht so protzen sollte, sonst würden die Proletarier das Haus eines Tages noch niederbrennen.

Ich bräuchte vielleicht zehn Minuten, um mit dem Auto dort zu sein. Man könnte ja mal vorbeischauen. Ich meine, ich hatte den Finger schließlich gefunden. Ich war stark psychisch belastet worden und der einzige Weg, wie diese Belastung wieder verschwinden würde, war der, herauszufinden, wer diese Frau war und was mit ihr geschehen war. Das war der einzige Grund, warum ich hinfahren würde – und pure Neugier.

Nachdenklich trommelten meine Fingerspitzen auf die Steinplatte neben der Kasse. Dann sah ich Trudi fragend an. „Meinst du, du kannst den Laden für ein paar Stunden alleine schmeißen?"

Ihr Gesicht errötete sich freudig. „Willst du spionieren gehen?"

„Nein, nicht spionieren ..." Ich war ja nicht James Bond. „Informationen über den Ehemann sammeln. Also, meinst du, du schaffst das?"

„Natürlich! So wie gestern."

„Nein." Ich schüttelte ernst den Kopf. „Nicht so wie gestern. Gestern hast du tausend Tulpen anstatt Rosen angenommen, also bitte nicht so wie gestern."

„Papperlapapp. Blödes Missgeschick, so was passiert nie zweimal." Das wünschte ich mir wirklich sehr.

„Ich kann auch noch ein bisschen hierbleiben, wenn du deinem Finger nachstellen willst", bot Emily an. „Ich hab heute frei. Also bis auf Uni, aber das kann ich getrost mal sausen lassen." Mein Herz sackte ein wenig tiefer in die Hose.

Emily und Trudi allein im Laden. Vielleicht sollte ich vorsichtshalber alle Streichhölzer und Feuerzeuge mitgehen lassen. Aber was blieb mir für eine Wahl? Ich wollte unbedingt wissen, was es Neues in Bezug auf den Finger gab.

„Na schön“, seufzte ich ergeben.

Ich ging ins Hinterzimmer, zog meine Jacke über und nahm meine Handtasche. „Um elf kommt die Braut von gestern, um sich ihren Strauß anzusehen, den habe ich schon heute früh gebunden, okay? Er liegt im Kühlfach.“ Ich nickte nach rechts, wo ich in einem durchsichtigen Kühlfach die besonderen Gestecke aufbewahrte. „Es ist der aus Margeriten. Das sind die weißen.“

Trudi schaute verärgert. „Ja ja, Gänseblümchen werde ich schon noch erkennen.“

„Margeriten!!!“

„Sag ich doch, jetzt geh schon und sieh dir den Ehemann an. Meiner Erfahrung nach sind es immer die Ehepartner. Wer weiß, wäre mein Günter nicht schon von alleine gestorben …“

Ich tat lieber so, als hätte ich das nicht gehört. Seufzend und etwas unschlüssig stand ich im Türrahmen. Verantwortung gegen Neugier …

„Mach dir keine Sorgen, Loubalou.“ Emily verdrehte angesichts meines Gesichtsausdrucks die Augen. „Ich kenne jede Pflanze nicht nur bei ihrem richtigen, sondern auch ihrem lateinischen Namen – vielen Dank dafür übrigens, die Kinder in meiner Klasse fanden das immer komisch.“

Etwas erleichtert ließ ich die Schultern sinken.

„Danke", sagte ich, drückte Trudi, gab meiner Schwester einen Kuss auf die Wange und flog zur Tür hinaus. Ich sollte mehr Vertrauen in Menschen haben, vielleicht wurde dieses Vertrauen dann auch mal belohnt.

Ich drehte mich noch mal um und sah durchs Schaufenster. Alles stand noch da, wo ich es zurückgelassen hatte und es war noch kein Feuer ausgebrochen. Schwer durchatmend lief ich zum Wagen.

Das mit dem Vertrauen sollte ich noch üben.

Kapitel 4

Das Haus des Kapitalismus – wenn es mir erlaubt ist, meinen Vater zu zitieren – befand sich auf der anderen Seite des Rheins in einem von der Innenstadt etwas abgelegenen Stadtteil. Es war eine ruhige Gegend, keine zwei Kilometer von dem Haus, in dem ich aufgewachsen war, entfernt. Die Straße wurde von hohen Linden gesäumt und gestattete den Anwohnern und ihren Gärten ein wenig Privatsphäre. Es war nicht zu übersehen, dass die Umgebung für die Gehaltsklassenmitglieder angelegt war, die kein Bankdarlehen benötigten und wahrscheinlich noch zwei andere Konten in Luxemburg und der Schweiz besaßen.

Eben für die, die mein Vater Kapitalisten nannte – obwohl er selbst nicht viel ärmer dran war. Opa hatte ihm mit seinem Tod einen kompletten Wald und die dazugehörige Forstwirtschaft vererbt. Das hatte meinem Vater ein stattliches Sümmchen eingebracht und meiner Mutter die Möglichkeit eröffnet, in tausend blödsinnigen sozialen Organisationen ihre Freude daran auszuleben, Menschen zu sagen, was sie falsch machten.

Auch Gregor Pfenning war zu einer Menge Geld gekommen. Der Unterschied war nur, dass mein Vater unter Luxus verstand, sich eine Dauerkarte beim FC Köln zu leisten, meiner Mutter ihre neue Küchenmaschine zu kaufen und uns Kindern etwas in einen Rentenfonds einzuzahlen, während der Medienmogul Pfenning sich offenbar ein Haus zugelegt hatte, in das eine komplette Wohnbausiedlung passen könnte. Natürlich besaß er dazu auch die passenden fünf Autos.

Da sage noch jemand, Prunk und Protz könnten nur die Amerikaner. Ariane würde jetzt sagen, dass Herr Pfenning wohl eine andere Kleinigkeit mit diesem großen Anwesen kompensieren müsse.

Ich parkte ein paar hundert Meter entfernt von dem Pfenning-Grundstück und konnte schon von weitem einen Streifenwagen erkennen. Direkt dahinter parkte ein schicker Audi, mit ein paar Kratzern an den Rücklichtern.

Ich musste ein Grinsen unterdrücken. Rispo würde sich so freuen, mich zu sehen! Vor allem, da ich hier eigentlich überhaupt nichts verloren hatte.

Und das war mir auch durchaus bewusst, nur – ich hatte den Finger dieser Frau gesehen! Den abgeschnittenen Finger. Dieses Bild verfolgte mich und ich musste einfach wissen, warum sie hatte sterben müssen. Vielleicht würde ich dann nachvollziehen können, wieso manche Menschen so etwas taten.

Und dann war da noch die Neugier.

Zügigen Schrittes lief ich die Allee entlang und öffnete, ohne groß nachzudenken, das Gartentor. Der Vorgarten war gigantisch – aber er musste ja auch maßstabsgerecht zum Haus passen. Ein paar zu viele überzüchtete Rosen und Hortensien für meinen Geschmack, aber ansonsten recht hübsch. Es hatte etwas von einem traditionellen, englischen Garten mit dem Kiesweg und dem pornografischen Brunnen in der Mitte der Einfahrt.

Wie exklusiv dieses Haus war, merkte man sofort an dem Umstand, den nur reiche Leute sich erlaubten: Es gab keine Klingel. Nur einen großen Türklopfer, der unmöglich so laut sein konnte, dass das Klopfen durch das gesamte Haus schallte, aber wohl laut genug, damit das Hausmädchen ihn hörte.

Irgendwie wünschte ich mir auch, dass Herr Pfenning einen Butler hatte. Ich hatte schon immer „Der Butler war es" schreien wollen. Wenn man jedoch darüber nachdachte, war das angesichts der Tatsache, dass Gregor Pfenning gerade erst seine Frau verloren hatte, doch etwas unangebracht.

Ich ließ den Türklopfer gegen die Tür prallen und wappnete mich, mein Beileid auszusprechen. Ein Streifenpolizist in Uniform öffnete Sekunden später und hob fragend die Augenbrauen. Mein Mund wurde trocken.

An diese Möglichkeit hatte ich gar nicht gedacht. Meine Gedanken waren nur bis zum Anklopfen gekommen. Mir war nicht in den Sinn gekommen, dass ich wahrscheinlich vollkommen unerwünscht war.

Ich wusste auch nicht, was ich erwartet hatte. Vielleicht Gregor Pfenning persönlich, der mir um den Hals fiel und beteuerte, wie froh er war, dass ich mir die Sache genauer ansehen wollte. Genau genommen war das Ganze eigentlich eine blöde Idee.

Ich war lediglich die Passantin, die den Finger gefunden hatte. Ich war mir fast sicher, dass dieser Umstand mir gesetzlich gesehen nicht das Recht gab, mich in die Ermittlungen einzumischen.

„Was wollen Sie?", fragte der Polizist schließlich etwas unhöflich, nachdem ich nach einer Minute immer noch keinen Ton von mir gegeben hatte. „Herr Pfenning wird gerade befragt. Sind Sie eine Freundin?"

Ich schluckte. „Freunde werden gerade nicht empfangen!"

„Oh, ich bin keine Freundin", beeilte ich mich zu sagen und schüttelte vehement den Kopf. „Ich kenne ihn nicht persönlich."

Jetzt verengte der Uniformierte die Augen. „Sind Sie etwa Reporterin?" Sein Blick flog auf die Straße, auf der gerade ein Fernsehteam eingetroffen war, das diverse Kameras aufbaute.

Ich verneinte.

Ungeduldig seufzte er auf. „Hören Sie Fräulein, ich habe wirklich keine Zeit für so einen Blödsinn, sagen Sie mir endlich, wer Sie sind oder verschwinden Sie von diesem Besitz!"

Mist. Was sollte ich nur sagen? Die Wahrheit rechtfertigte auf keinen Fall, dass ich in dieses Haus gehen und mit Herrn Pfenning reden wollte. Mir blieb keine andere Wahl: Ich musste lügen bis sich die Balken bogen.

Ich räusperte mich und streckte den Rücken durch. „Ich wurde von Joshua Rispo angefragt. Der leitende Kriminalkommissar, richtig? Ich bin Spezialistin für die Papaver Rhoeas Analyse, die in Fällen mit abgetrennten Gliedmaßen benutzt wird. Haben Sie letzte Woche nicht den Artikel im Polizei Journal gelesen?"

Etwas verdutzt blinzelte mein Gegenüber mich an. „Ach natürlich." Als wüsste der Polizist genau, wovon ich sprach, machte er automatisch einen Schritt beiseite und ließ mich ein. „Entschuldigen Sie, dass ich Sie nicht gleich erkannt habe."

„Natürlich. Kein Problem." Gott sei Dank kannte niemand den lateinischen Ausdruck für Mohnblume. „Es ist gut zu wissen, dass es noch fleißige und sorgfältige Polizisten wie Sie gibt, die nicht einfach jeden ins Haus lassen."

Mit geschwollener Brust nickte der Uniformierte. „Vielen Dank. Soll ich Sie zu Rispo geleiten?"

„Oh nein, das ist nicht notwendig." Das wäre ja noch schöner. „Sie können hier warten und weiter auf die Tür Acht geben, ich werde mit Rispo alleine reden. Das verlangt meine Vorgehensweise leider. Sagen Sie mir nur, in welche Richtung ich muss."

„Dort entlang", er deutete nach rechts, einen hohen Flur entlang, „dritte Tür links."

Ach, du meine Güte. Menschen glaubten auch wirklich alles. Da schämte ich mich fast für meine Spezies.

Sobald der Polizist außer Sichtweite war, ließ ich meinen Blick nach oben wandern. Dieses Haus war architektonisch unglaublich! Ich hatte Schwierigkeiten, die Augen wieder nach vorne zu richten und nicht die ganze Zeit an die Decke zu starren. Diese Stuckleisten! Etwas so Schönes und Monströses zugleich hatte ich noch nie gesehen!

Abgesehen davon, dass die Blumen allesamt aus Plastik zu sein schienen und ich mich ebenso in einem

Museum hätte befinden können, musste ich zugeben, dass es ein schönes Haus war. Stilvoll eingerichtet, nicht zu maskulin, nicht zu feminin. Sich aber vorzustellen, dass hier nur zwei Personen wohnten, von denen eine jetzt auch noch ermordet worden war, war jedoch merkwürdig. Niemand benötigte so viel Platz!

Ich schlenderte den Flur entlang und besah mir die Fotos an den Wänden. Sie zeigten das Paar bei ihrer Hochzeit, beim Tauchen in der Karibik, beim Skifahren in den Alpen. Alles in allem eine Menge Pärchen-Fotos.

Ich besaß ein einziges Foto, das mich und meinen Ex-Freund zeigte. Und das auch nur, weil meine Mutter darauf bestanden hatte.

Der Flur machte noch eine kleine Biegung und jetzt konnte ich Stimmen hören. Zwei Männerstimmen. Eine, die ich nur genervt oder wütend kannte und eine andere, die mir fremd war.

Leise schlich ich mich an die Tür und öffnete sie einen Spalt. Rispo würde auf der Stelle aufhören zu reden, wenn er mich sah, deswegen musste ich vorsichtig sein.

Die beiden Männer saßen auf einer ausladenden Couch, die gegenüber eines riesigen Flatscreens stand. Die Rückenlehne zeigte in meine Richtung.

„Hören Sie, wenn ich es Ihnen doch sage: In den letzten Wochen ist nichts Auffälliges passiert!" Der Mann, dessen Profil mir bekannt vorkam – so bekannt wie Menschen, die auf Zeitschriften-Covern vertreten waren, einem eben waren – hörte sich verzweifelt an. „Keine Drohungen, keine seltsamen Anrufe – nichts dergleichen. Kathrin war Finanzbeamtin. Sie hat öfter einmal länger gearbeitet, aber das war nichts Ungewöhnliches. Sie liebte ihren Job."

„Herr Pfenning, ich verstehe, dass Sie aufgewühlt sind und es ist sicherlich schwierig für Sie, mit dieser Situation umzugehen, aber fällt Ihnen irgendjemand ein, der Ihrer Frau etwas Böses wollte?"

Also, jetzt fühlte ich mich doch persönlich angegriffen. Ich hatte geglaubt, Rispo könnte zu niemandem nett sein, aber offenbar konnte er nur nicht nett zu mir sein. „Jemand, der Streit mit ihr hatte? Irgendwer?"

Wieder schüttelte der Mann den Kopf. „Nein. Niemand."

„Hatten Sie vielleicht Geldprobleme?"

Ich sah mich im Wohnzimmer um und fragte mich, ob Rispo das Gleiche getan hatte.

„Nichts dergleichen. Wir waren vollkommen glücklich."

Die Phrase „vollkommen glücklich" war genauso eine Lüge, als sage jemand, er sei „vollkommen zufrieden" mit seinem Leben oder habe „die vollkommene Balance" gefunden. Das Leben war das Leben und das war nun einmal nicht vollkommen.

Rispo seufzte und kramte eine Karte aus einer Tasche. „Na gut, war Ihre Frau zufällig öfter in dieser Gegend?" Er zeigte auf einen Fleck auf der Karte, doch ich war zu weit weg, um genau zu sehen, auf welchen Punkt sein Finger deutete. Leise wagte ich mich noch ein paar Schritte vor. Gregor Pfenning schüttelte erneut den Kopf und erst von dieser Entfernung aus konnte ich seine deprimierte Haltung wahrnehmen. „Nein, warum?"

„Dort wurde ihre Leiche gefunden, aber das muss nichts heißen. Wie sieht es mit diesem Ort aus? Dort wurde der rechte Ringfinger Ihrer Frau gefunden."

Wieder ein Kopfschütteln. „Ich wüsste nicht, was sie in einer solchen Gegend tun sollte. Sie hat in der Innenstadt gearbeitet, beim Finanzamt. Kann es denn kein …" Herr Pfenning schluckte hörbar. „… kein Raubüberfall gewesen sein?"

Rispo schüttelte den Kopf. „Davon gehen wir zurzeit nicht aus. Sie trug ihre Brieftasche noch bei sich. Soweit wir es beurteilen können, wurde auch nichts anderes gestohlen."

„Aber was ist mit dem Ehering?", platzte ich heraus.

Ich hatte in meinem ganzen Leben noch nie zwei sich so schnell umdrehende Köpfe gesehen. Ich schlug die Hand vor den Mund, doch dafür war es jetzt natürlich zu spät.

Ups.

Herr Pfenning starrte mich einfach nur überrascht an, während Rispos Miene sich von Ungläubigkeit in Richtung Zorn bewegte. Eine ganze Farbpalette war auf seinem Gesicht erschienen. Picasso wäre begeistert gewesen.

„Hey", sagte ich lahm und hob die Hand, „ich bin die, die den Finger gefunden hat."

Ein anderer Ausdruck erschien auf dem Gesicht des Kommissars, den ich frei mit „Großer Gott, bewahre mich" übersetzt hätte.

„Was meinen Sie mit dem Ehering?", fragte Pfenning, der offenbar nichts von Rispos Gesichtskirmes mitbekommen hatte.

Ich steckte die Hände in meine Jeans. „Nun ja, der Kommissar meinte, es sei nichts gestohlen worden, aber wenn es der rechte Ringfinger war, den ich gefunden habe, dann … fehlt der Ehering. Sie hatten doch einen Ehering, nicht?"

„Aber natürlich." Pfenning wandte sich erneut an Rispo. „Wurde der Ring etwa nicht bei der Leiche gefunden?"

Mit verkniffenem Gesicht schüttelte Rispo den Kopf. „Nein, der Ring wurde tatsächlich nicht gefunden, aber das heißt nichts."

„Oder es heißt doch was", beharrte ich.

Herr Pfenning blinzelte verwirrt wieder in meine Richtung und deutete mit seinem Finger auf mich. Offenbar verlernte man, wenn man reich war, dass das unhöflich war. „Ich verstehe nicht", murmelte er, „ist sie in den Fall involviert? Sind Sie auch Ermittlerin?"

„Nein", antwortete Rispo für mich und stand mit zusammengepressten Lippen vom Sofa auf. „Sie ist lediglich, wie sie selbst bereits festgestellt hat, die Frau, die zu meinem Unglück den Finger gefunden hat. Sie entschuldigen uns für einen Moment?"

Bevor ich meinen Mund auch nur ein weiteres Mal öffnen konnte, hatte Rispo mich bereits an den Armen gepackt und unsanft vor die Tür geschoben.

„Was zum Teufel denken Sie, dass Sie hier tun?", knurrte er, sobald die Tür geschlossen war.

Wenn ich ganz ehrlich war, hatte Denken im Prozess hierherzufahren und dann die beiden zu belauschen keine große Rolle gespielt.

„Wissen Sie eigentlich, dass ich Sie wegen Behinderung polizeilicher Ermittlungen ins Gefängnis verfrachten könnte?"

„Behinderung?" Das fand ich jetzt etwas hart. „Ich behindere nicht, ich helfe! Oder ist Ihnen etwa aufgefallen, dass der Ehering weg ist?"

Rispo war über meinen Kommentar gar nicht erfreut und seine Miene verfinsterte sich weiter. „Natürlich ist es das, und wissen Sie warum? Weil es mein verfluchter Job ist! Ihrer jedoch nicht. Ihr Job sind Blumen, haben Sie mir das gestern nicht erzählt? Blumen haben mit Mord nichts zu tun!"

Er drehte mich an den Schultern herum und zwang mich dazu, mich den Flur hinunter zu bewegen. Der Polizist stand immer noch an der Tür, so wie ich es ihm aufgetragen hatte, und lächelte uns beide an.

„Und? Hat die Papaver Analyse funktioniert?"

Joshua Rispo sah aus, als hätte ihm jemand Elefantenmist an den Kopf geworfen, ich hingegen lächelte nur zurück und nickte. „Hat alles funktioniert. Danke für Ihre erstklassige Arbeit."

„Die Papaver Analyse?", knurrte er in mein Ohr, während er die Tür ruckartig öffnete.

„Eigentlich Papaver Rhoeas Analyse", korrigierte ich ihn.

„Und was tun Sie bei der? Wollen Sie die Verdächtigen zum Reden bringen, indem Sie ihnen Mohnblumen unter die Nase halten?"

Ich war so verblüfft, dass er wusste, was der lateinische Ausdruck für Klatschmohn war, dass ich mich gar nicht wehrte, als er mich die Stufen hinunterbugsierte und die Tür ins Schloss fallen ließ.

„Endstation", murmelte er und ließ mich los. „Und das meine ich wörtlich! Hier ist Ihre Endstation! Ich werde erst wieder von Ihnen hören, wenn Sie mir den Scheck für die Autoreparatur schicken!"

„Sie kennen sich mit Blumen aus?"

Er stöhnte laut auf und legte sich eine Hand über die Augen. „Das ist das, was bei Ihnen hängen geblieben ist? Mir wäre es lieber, wenn Sie das Wort ‚Endstation' in Ihren Kopf bekommen würden."

„Woher wussten Sie das mit dem Mohn?", beharrte ich, jedes andere Wort ignorierend.

„Ich habe eine heimliche Leidenschaft für alle Arten von Pflanzen."

Meine Augen wurden groß. „Wirklich?"

„Nein! Ich hatte Latein in der Schule! Papaver bedeutet Mohn!"

„Oh." Wenn ich drüber nachdachte, wirkte er auch nicht, als hätte er für ein grünes Lebewesen etwas übrig. Oder für Lebewesen im Allgemeinen. Ich schüttelte den Kopf. „Egal. Ich sage Ihnen, Sie hatte eine Affäre", stellte ich schlicht fest.

„Wie gut, dass niemanden interessiert, was Sie sagen!" Seinem Gesichtsausdruck nach zu urteilen, schien ich ihn wirklich auf die Palme zu bringen. So viel Macht hatte ich normalerweise gar nicht über Männer.

„Aber der Ring ist weg!", beharrte ich. „Der Ehering!"

Rispo riss die Arme in die Höhe. „Er kann genauso gut heruntergefallen sein, als der Finger abgetrennt worden ist." Auch wieder wahr, aber dieses Szenario gefiel mir nicht so sehr wie meine Affären-Idee.

„Aber sie hat länger gearbeitet", blieb ich hartnäckig.

„Eine Menge Menschen arbeiten länger. Wenn Sie mich noch weiter aufhalten, werde auch ich heute länger arbeiten müssen."

„Haben Sie sich das Haus angesehen?", ignorierte ich ihn und streckte den Arm in Richtung des Gebäudes, während ich auffordernd die Augenbrauen hob. „Es ist ein Schein ihrer glücklichen Beziehung. So etwas macht kein vollkommen glückliches Paar, das macht ein Paar, das innerlich zerrüttet ist, aber den äußeren Schein wahren will."

Rispo fixierte mich fest mit seinen hellbraunen Augen, die sich mit jeder Sekunde zu verdunkeln schienen. „Sprechen Sie da aus Erfahrung oder woher kommen diese Insider-Informationen?"

Meine Wangen liefen rosa an und ich räusperte mich. „Ich bleibe bei meiner Theorie."

„Tun Sie das, solange Sie es zuhause tun, ohne sich weiter in polizeiliche Angelegenheiten einzumischen!"

Ich zuckte die Schultern. „Aber es wäre logisch. Eifersüchtiger Lover, kann es nicht mehr ertragen: Verbrechen aus Leidenschaft! Es würde passen."

„In eine Soap-Opera vielleicht."

Wieder zeigte ich auf das Gebäude. „Das ganze Haus ist eine Soap-Opera."

Er verengte die Augen und sein Blick war alles andere als freundlich. „Hören Sie mir jetzt gut zu, Frau Manu –"

„Lou, bitte."

„Von mir aus auch das! Aber ich sage es Ihnen jetzt ein allerletztes Mal: Sie sind nicht in diesen Fall involviert! Sie haben weder das Recht, irgendwelche spektakulären Vermutungen anzustellen, noch auf eigene Faust Untersuchungen anzustellen! Ist das klar?"

„Aber wenn Sie mich nicht mitarbeiten lassen wollen, wie finde ich denn sonst raus, wer der Mörder ist?"

Sein Kiefer knackte laut. „Überhaupt nicht! Es hat Sie auch gar nicht zu interessieren, wer der Mörder ist!"

Ich stand kurz vor einem Lachanfall. Es war wirklich zu leicht, ihn zu provozieren. Nett, dass ich bei manchen Männern wenigstens irgendeine Reaktion hervorrief. „Aber es interessiert mich nun einmal", gab ich zu bedenken. „Und die Neugier einer Frau ..."

Ich war mir ziemlich sicher, dass Rispo einer dieser Männer war, die sich eher selbst als eine Frau schlagen würden, aber wenn seine Augen dazu fähig wären, jemanden zu verprügeln, dann läge ich jetzt wahrscheinlich grün und blau geschlagen auf dem Boden. „Lassen Sie es mich anders ausdrücken", sagte er mit leiser, warnender Stimme und trat einen kleinen Schritt auf mich zu, sodass seine Nase nun beinahe meine berührte, „wenn ich Ihre Nase noch einmal irgendwo in der Nähe von jemandem sehe, der auch nur im Entferntesten mit dem Fall zu tun hat oder auch nur Ihren Geruch an einem Ort wahrnehme, der irgendwie mit dem Mord in Verbindung steht, dann werde ich persönlich dafür sorgen, dass Sie die Tage, bis der Mörder gefasst ist, im Gefängnis verbringen, ist das klar?"

Er sah erschreckend ernst bei dieser Aussage aus und ich zweifelte keine Sekunde daran, dass er sein Versprechen halten würde.

Ich räusperte mich, nur um nicht zu zeigen, dass ich doch ein wenig eingeschüchtert war. „Sie können sich sehr deutlich ausdrücken“, hustete ich.

„Das hoffe ich für Sie!“

Dieser Typ wurde mit jeder Nuance, die seine Augen dunkler wurden, heißer.

Etwas peinlich berührt über meine Gedanken, machte ich einen Schritt zurück und verschränkte die Arme hinter dem Rücken. „In Ordnung. Ich halte mich raus.“

„Sagen Sie das noch einmal, während ich Ihre Hände sehen kann und fügen Sie ein ‚versprochen‘ an das Ende des Satzes an.“

Ich verdrehte die Augen, erfüllte aber seinen Wunsch. „Der Fall betrifft mich nicht, deswegen halte ich mich raus. Versprochen.“

„Alles, was ich hören wollte. Jetzt entschuldigen Sie mich, ich habe da einen Mörder zu finden.“

Er drehte sich um und verschwand wieder in der Tür.

Das war ja prima gelaufen. Ich hatte mich zum Affen gemacht und alles was ich wusste war, dass das Opfer Kathrin hieß, länger gearbeitet hatte und einen Hang zu Fotografien, auf denen sie zusammen mit ihrem Mann abgebildet war, besaß.

Zudem hatte ich erfahren, dass Polizisten einem alles glaubten, solange man Fremdwörter benutzte.

Befriedigt war meine Neugierde noch lange nicht, aber ich hatte ein Versprechen gegeben und Versprechen hielt ich. Größtenteils.

Ich sollte das Ganze wohl auf sich beruhen lassen. Ich kannte diese Frau noch nicht einmal. Es war wirklich nicht meine Sache, wie und warum sie umgekommen war.

Aber warum war sie umgekommen?

Missmutig wandte ich mich zum Gartentor und wurde auf dem Weg dorthin beinahe von einem Mann umgerannt, der eilig aus einem alten, verstaubten VW Golf gestiegen war und sich durch das Reporterteam gedrängt hatte, dessen Kameras mittlerweile fertig aufgebaut worden waren.

„Hoppla“, stieß ich aus und hielt mich wie automatisch an seinem Arm fest. Der Mann wandte sich um und blinzelte mehrfach, als hätte er mich gar nicht wahrgenommen.

„Oh, Entschuldigung“, murmelte er.

Ich ließ seinen ungebügelten Hemdsärmel los und schüttelte nur den Kopf. „Kein Problem. Wollen Sie zu Herrn Pfenning? Der empfängt gerade keine Gäste.“

Irritiert sah der Mann mich an und strich sich seine Haare, die ihm lang ins Gesicht hingen, aus den Augen. „Ich bin kein Freund, ich bin sein Bruder. Ich habe gerade erst von dem Mord gehört, ich ...“

Mein Gesicht wurde heiß. „Das tut mir leid. Ich meine, mein Beileid.“

Er nickte abwesend und sah auf seine Fingernägel, die schon bessere Tage gesehen haben mussten. „Danke, es ist ...“, er wurde bleich um die Nase, „... eine Schande. Eine Schande ...“

Er hatte mir gerade den Rücken zugewandt und wollte weiter den Weg zum Haus hinauflaufen, als mir noch etwas einfiel.

„Ach, Herr Pfenning ...“

Der Kies knirschte unter seinen Füßen, als er sich noch einmal umdrehte. „Bitte?“

Ich zog mein Portemonnaie aus meiner Handtasche und fischte eine Visitenkarte heraus. „Falls Sie Blumen brauchen – fürs Begräbnis – ich mache Ihnen einen fairen Preis.“

Etwas verdutzt nahm er die Karte entgegen. „Okay, danke.“

Kopfschüttelnd drehte er sich um und lief zur Tür, während ich mich fragte, ob ich in meinem Verkaufseifer wohl gerade eine Grenze überschritten hatte.

Ach Unsinn! Sie würden Blumen brauchen, um Kathrin Pfenning zu beerdigen, und ich brauchte Kunden. Es war eine Win-Win-Situation. Und verdammt taktlos.

Egal. Rückgängig machen konnte ich es jetzt sowieso nicht mehr.

Wie hatte Rispo gesagt?

Mein Job waren die Blumen.

In dem Fall hatte er also Unrecht. Mord hatte doch eine gewisse Verbindung zu meiner Arbeit.

Ich machte die letzten Schritte auf das Gartentor zu und wurde von einem Stimmengewirr empfangen, das mich automatisch an das Affengehege im Zoo denken ließ.

„Sind Sie von der Polizei?“

„Gibt es bereits weitere Entwicklungen im Fall Kathrin Pfenning?“

„Wurde bereits ein Verdächtiger festgenommen?“

Ich blinzelte etwas verdutzt in die Kameras, die mit ihrem Licht meine weitere Sicht behinderten.

Ich hielt die Hand über meine Augen und runzelte die Stirn. Gott, das war ja furchtbar, wie hielten Stars das nur aus? Wer in aller Welt wollte so viel Aufmerksamkeit haben, das war ... Ich hielt in meinem Gedankengang inne und ging noch einmal ein paar Schritte zurück.

Aufmerksamkeit.

Die Medienaufmerksamkeit, die ich jetzt gerade bekam, war etwas Einzigartiges. Ich würde nie wieder im Fokus von einer solchen Menge von Reportern stehen.

Ich war bereits taktlos gewesen, schlimmer konnte ich es nicht machen, oder?

Ich ließ meine Hand sinken und lächelte breit in die Linsen. „Hallo. Ich bin Lou, von Louisa's Flower Power, dem Blumenladen auf der Prinzstraße, und ich bin diejenige, die das Kästchen mit dem abgetrennten Finger gefunden hat!"

Kapitel 5

„Du warst im Fernsehen", grinste Ari und hielt mir die Tür zu ihrer Wohnung auf. Sie hatte von ihrer Tante eine kleine Erdgeschosswohnung geerbt, mit großer Terrasse und einem überschaubaren Garten. Sie liebte diese Wohnung und wer konnte es ihr verübeln? Köln war teuer und ich hätte meinen linken Fuß gegeben, um so eine Wohnung so günstig zu bekommen. Na ja, vielleicht keinen ganzen Fuß, aber einen Zeh.

„Ich weiß." Ich grinste zurück, folgte ihr in die Küche und legte das Kassenbuch vor mir auf den Tisch.

Einmal im Monat trafen wir uns und halfen uns mit der Buchführung. Ich für meinen Blumenladen und sie für ihre Confiserie „La maisonette du chocolat". BWL war langweilig und zu zweit ging eben alles schneller und vor allem war es lustiger. „Und mein Blumenladen war es auch", fügte ich hinzu.

„Das war kaum zu übersehen, du hast deine Brust mit dem Logo darauf so weit herausgestreckt, dass jeder Mann begeistert vorm Fernseher hing."

Es musste ja schließlich auch seine guten Seiten haben, eine Frau zu sein. „Der Zweck heiligt die Mittel", meinte ich schulterzuckend und setzte mich an den runden Küchentisch, der zum Garten hinaus gerichtet war.

„Wir wurden heute mit Bestellungen überhäuft! Alle wollten mit der Frau reden, die auf traumatische Weise einen Finger gefunden hat und nun mit diesem Bild im Kopf leben muss ...“

Zugegeben, ich hatte es mit der Geschichte ein wenig übertrieben, aber die drei Aufträge für Hochzeiten, die ich seitdem reinbekommen hatte, machten alles wieder wett. Ich hatte gerade erst eröffnet – da war Marketing nun einmal alles.

„Kreativ warst du schon immer“, lachte Ari und klappte den Taschenrechner auf – weiter kam sie jedoch nicht, denn ihr Gesicht blieb am Fenster hängen.

Ich folgte ihrem Blick und stieß dann ein lautes Stöhnen aus. „Ari! Du hast gesagt, dass du damit aufhörst!“

Unschuldig sah sie mich an. „Ich weiß nicht, was du meinst.“

Ich legte den Kopf schief und sah sie mit gehobenen Brauen auffordernd an. „Du hast ihn wieder her bestellt! Obwohl es deinen Pflanzen nicht besser gehen könnte.“

„Meine Strauchrose hat ein wenig ihren Kopf hängen lassen“, verteidigte sie sich und stand auf, um sich ein Glas zu holen.

„Und da rufst du um sechs Uhr abends als erstes deinen Gärtner an statt deiner besten Freundin, die einen Blumenladen führt und seit der ersten Klasse alle Pflanzen pflegt, die du je hattest?“

„Aber er ist so süß, Lou!" Seufzend ließ sie Wasser in das Glas laufen, während sie auf den Rücken des Spaniers starrte, der gerade dabei war, ihren Rasen zu mähen – ihren ohnehin schon perfekt getrimmten Rasen.

„Dann bitte ihn um ein Date, anstatt ihm dein Geld hinterherzuwerfen!"

„Er ist zu jung für mich."

„Er ist vierundzwanzig, das sind nur drei Jahre!"

Das Wasser lief über den Glasrand und eilig stellte Ariane es ab. „Ich glaube, ich bin nicht sein Typ."

Kopfschüttelnd öffnete ich mein Kassenbuch, dem heute ein paar schöne schwarze Zahlen hinzugefügt werden würden.

„Du hast eine Schraube locker. Du bist der Typ von jedem!" Ari war groß, hatte unendlich lange und schlanke Beine, für ihre Statur ungewöhnlich große Brüste und lange glatte blonde Haare, die ihr bis zur Mitte des Rückens fielen. Ihre riesigen grauen Augen rundeten das Bild eines jeden Männertraums ab. Der Einzigen, der das nicht bewusst war, war sie selbst.

Sie drehte sich um und biss unsicher auf ihrer Unterlippe herum. „Aber warum hat er mich dann nicht ausgefragt? Es ist doch ziemlich offensichtlich. Von den vergangenen sieben Tagen habe ich ihn an vieren wegen einem vermeintlichen Gartennotfalls angerufen."

Ich musste leise lachen. „Na ja, vielleicht denkt er ja auch, dass du nur eine Verrückte bist, die unglaublich besessen von der Korrektheit ihres Rasens ist."

Erschrocken sah sie mich an. „Meinst du wirklich?"

„Nein! Er ist dein Angestellter, man fragt die Person, von der das eigene Einkommen abhängt, nun einmal nicht nach einem Date."

Meine Freundin sah aus, als wäre ihr dieser Gedanke noch nie gekommen. Das Problem war, dass Ariane extrem schüchtern war. Dass sie vor zwei Jahren von ihrem Verlobten nicht sehr originell mit seiner Sekretärin betrogen worden war, hatte sie nicht mutiger gemacht.

Diesem Vollidioten war ich auch schon hinten drauf gefahren. Das allerdings mit Absicht. Mein Passat war unzerstörbar und die anderen Autos offenbar nicht.

„Frag ihn", grinste ich. „Du musst mal wieder ausgehen."

Sie verschränkte die Arme. „Ich muss gar nichts. Du solltest mal wieder ausgehen."

Unschuldig legte ich beide Hände auf meine Brust. „Ich habe erst vor kurzem eine Beziehung beendet."

„Ja, mit dem größten Waschlappen der Weltgeschichte, der bei einem geraden, weißen Gebiss einen Orgasmus bekommt."

Was sollte ich darauf erwidern? Sie hatte ja Recht. Es war irritierend, wenn einem beim Sex auf die Zähne gestarrt wurde.

„Ich gehe aus, wenn du ausgehst", schlug ich deshalb vor, obwohl ich im Moment wirklich keine Lust hatte, mich nach Kerlen umzusehen, da ich schwer damit beschäftigt war, einen Laden aufzubauen und einen Weg zu finden, wie ich mein Versprechen gegenüber Rispo nicht brach, aber dennoch herausfand, wer der Mörder war.

„Du lügst", meinte Ari missmutig und ließ sich wieder neben mich nieder. „Deine Ohren werden rot, wenn du lügst."

Das hatte man davon, wenn man seit zwanzig Jahren befreundet war. Man konnte nichts mehr geheim halten.

„Und du starrst deinem Gärtner hinterher, als würdest du ihn am liebsten aufs Gras werfen und vernaschen."

Sie lächelte und seufzte erneut. „Ja. Aber hast du seinen Hintern gesehen?"

Ich zuckte die Schultern. Wenn ich ehrlich war, hatte ich heute Morgen schon einen besseren gesehen.

Mein Handy klingelte und als ich es aus meiner Handtasche kramte, erwartete ich schon beinahe, die Stimme von Rispo zu hören, die mir sagen wollte, dass sie den Täter gefunden hatten.

Wieder wurde ich enttäuscht.

Stöhnend sah ich Ari an, hob aber dennoch ab. Ich konnte meiner Mutter nicht immer aus dem Weg gehen. Sie war schließlich hauptverantwortlich dafür, dass ich überhaupt existierte.

„Ja?", meldete ich mich lustlos.

„Du hast einen abgehackten Finger gefunden? Von einer Leiche? Einer toten Leiche? Wie schaffst du es immer wieder, dich in solche Situationen zu bringen?"

Die Stimme meiner Mutter beschrieb exakt das Rezept ihrer Beziehung zu mir: Eine große Portion Drama, gemischt mit einer Prise Schuld, vermengt mit einer Tasse Pessimismus und einer Messerspitze tatsächlicher Besorgnis.

Alles in allem ein runder Kuchen, an dem man sich die Zähne ausbiss. Ich liebte meine Mutter über alles, aber manchmal wünschte ich mir, sie könnte sich ein bisschen mehr verhalten wie mein Vater und sich weniger in alles einmischen. Mein Papa war der Ruhepol zu ihrer ständigen Hektik – aber eben auch nur, wenn er nicht gerade Fußball guckte oder anderweitig beschäftigt war.

Ich seufzte tief und verdrehte die Augen in Richtung Ari, die mich jedoch gar nicht beachtete, sondern stattdessen wieder mit ihrem Gärtner liebäugelte. „Ja, Mutter. Jetzt bin ich nicht nur die Frau, die dumm genug sein konnte, einen Zahnarzt zu verlassen, sondern auch die, die anstelle von Möbeln einen abgetrennten Ringfinger vom Sperrmüll mitnimmt. Gewöhne dich dran.“

„Aber musstest du das gleich im Fernsehen präsentieren? Weißt du, wie viele besorgte Anrufe ich innerhalb der letzten paar Stunden bekommen habe?“

Ich überlegte. Sie hatte vierzehn Mitglieder in ihrem „Frauen für soziale Zwecke“-Club. „14?“, folgerte ich daher.

„Das ist nicht lustig! Jetzt bin ich nur noch die Mutter von der Frau, die einen Finger gefunden hat!“

„Na ja, besser als die Mutter von dem Jungen, der sich zwanzig Maoams in den Mund stecken kann. Wenigstens bist du von dem Ruf jetzt weg.“

„Du machst dich lustig.“

Gute Auffassungsgabe.

„Mama, beruhige dich. Es gibt bald wieder neuen Klatsch bei euch in der Gruppe. Irgendwer, den ihr kennt, wird sich die Nase richten lassen oder eine

Affäre mit einem Schüler anfangen, da wird das mit dem Finger schnell wieder vergessen sein."

„Louisa Josephine Manu! Hüte deine Zunge! Über solche Dinge sollte man nicht scherzen, ich …"

Sie hielt inne und ich konnte nur noch gedämpfte Stimmen durch den Hörer wahrnehmen. Ich drehte meinen Kugelschreiber zwischen Zeigefinger und Daumen, bis Mama schwer seufzte. „Dein Vater möchte dich sprechen, doch diese Unterhaltung ist noch nicht beendet!"

Unsere Unterhaltungen waren nie beendet. Theoretisch sprachen wir noch immer darüber, warum es falsch gewesen war, meiner kleinen Schwester eine Murmel in die Nase zu stecken, nur weil sie es sich gewünscht hatte.

„Hey, Loubalou", ersetze die tiefe ruhige Stimme meines Vaters die aufgeregte, schrille meiner Mutter. „Geht es dir gut?"

Ich ließ mich in den Stuhl sinken und seufzte. „Ich weiß nicht", antwortete ich wahrheitsgemäß. „Das war alles ein bisschen … zu viel."

„Versteh ich Kleines, hast du denn viel Blut gesehen?"

Ich überlegte kurz und schüttelte dann den Kopf, obwohl er das natürlich nicht sehen konnte. „Nein, ich glaube da war nur etwas auf dem Boden der Dose, der Finger selbst war … ekelig, aber nicht blutig."

„Kannst du schlafen? Du weißt, dass du immer für ein paar Nächte vorbeikommen kannst, oder Balou?"

Mein Herzschlag beruhigte sich etwas und strebte gefühlsmäßig das erste Mal seit vierundzwanzig Stunden eine normale Geschwindigkeit an.

„Danke Papa. Das weiß ich zu schätzen, aber mir geht es soweit gut. Ich bleibe lieber bei mir zuhause.“

Ich musste Mamas Gesicht nicht auch noch sehen, wenn sie die Worte „eine tote Leiche“ formte.

„Verstehe ich. Aber melde dich, sobald sich das ändern sollte.“

„Mach ich“, versprach ich. „Und wenn ich noch einen zweiten Finger finde, rufe ich zuerst Mama an, damit sie nicht davon überrascht wird und es ihren Freundinnen selbst berichten kann.“

Mein Vater kicherte, so wie nur ein Mann kichern konnte und ich hörte dumpf die Stimme meiner Mutter, die danach fragte, was denn so witzig sei.

„Nichts, Gitti, nichts“, versicherte er ihr. Wieder folgte ein Wortwechsel, den ich nicht verstehen konnte, bis mein Vater sich räusperte. „Deine Mutter möchte dich noch mal sprechen, also mach es gut, Loubalou. Halt die Ohren steif.“

Bevor ich etwas erwidern konnte, hatte meine Mutter wieder die Macht über den Hörer an sich gerissen. „Du denkst doch an Freitag, Louisa?“, fragte sie sofort.

„Klar. Freitag ist der letzte Tag, bevor das Wochenende anfängt. Manche sagen aber auch, dass es bereits der erste Tag vom Wochenende ist ...“

Meine Mutter gab ein Geräusch der Ungeduld von sich. „Ich spreche von diesem Freitag, Louisa!“

Dieser Freitag? Da klingelte etwas, ganz weit hinten, wo das Großhirn aufhörte und das Kleinhirn anfing. „Ja, natürlich“, sagte ich langsam. „Diesen Freitag, da ist ...“

„Die Gala! Für die Krebshilfe. Du stehst auf der Gästeliste und wirst kommen!“

Mist. Die Gala. Für die hatte ich mich damals angemeldet, als ich noch mit Malte dem Zahnarzt zusammen gewesen war. Damals hatte ich es für eine gute Idee gehalten – aber andererseits hatte ich damals ja auch Malte für eine gute Idee gehalten.

„Mama, weißt du … mit all dem emotionalen Stress, den ich in den letzten Tagen hatte …“

„Nichts da! Es war nur ein Finger! Du wirst kommen“, befahl sie in scharfem Ton. „Du bist angemeldet und wirst deine Anmeldung wahrnehmen! Es ist für die Krebshilfe und ich habe deine Karte bereits bezahlt, also wirst du hinkommen, bei der stillen Auktion auf etwas bieten und deinen Hummer essen – und das alles wirst du in einem Abendkleid tun, haben wir uns verstanden?“

Meine Mutter akzeptierte kein ‚Nein‘. Vor allem nicht, wenn es um eine ihrer geliebten karitativen Einrichtungen ging. Sie war stur und durchsetzungsfähig und das waren nicht unbedingt schlechte Charaktereigenschaften – außer wenn sie einen selbst betrafen.

„Wann fängt die Veranstaltung an?“, grummelte ich und ging im Geiste bereits meine Garderobe durch.

„Um sieben, also komm nicht zu spät! Die High Society von ganz Köln ist da!“

„In Ordnung“, seufzte ich. Ich hatte es mir schließlich selbst eingebrockt. Vielleicht war mir das eine Lehre und ich dachte das nächste Mal länger nach, bevor ich spontan war und etwas Gutes für die Welt tun wollte.

„Schön, dann sehen wir uns ja Freitag. Ich freue mich darauf.“

Natürlich tat sie das. Sie hatte ihren Willen bekommen und ich in einem Abendkleid würde der Beweis dafür sein.

„Ja, ich auch", murmelte ich. „Tschüss Mama."

„Tschüss Liebes."

Mit diesen Worten legte sie auf.

Ari hatte sich mittlerweile vom Gärtner abgewandt und die Augenbrauen gehoben.

„In welches Netz bist du diesmal gerannt?"

„In das des sozialen Engagements", seufzte ich. „Ich werde bei der Gala für Krebshilfe erwartet."

Meine beste Freundin zuckte die Schultern und setzte sich neben mich, ihre Konzentration mühsam aber endgültig von dem Gärtner abwendend.

„Sieh es positiv: eine ganze Menge reicher Leute, die für irgendeinen Anlass Blumen benötigen könnten."

Da war etwas sehr Wahres dran.

„Du bist eine Wirtschaftskanone, Ari. Zeit, das in Arbeit umzuwandeln."

Ich klopfte auf die Bücher vor uns.

„Sicher, dass wir nicht noch eine Weile Alejandro beobachten könnten?", fragte sie hoffnungsvoll.

Streng sah ich sie an.

„Wenn du ihn nicht jetzt gleich um ein Date bittest, dann nicht."

„Herzlos."

„Das ist es, was du an mir zu schätzen weißt", lächelte ich und warf spielerische meine Haare über die Schultern.

Ariane musste lachen und nahm sich selbst einen Stift. „Richtig. Das und deine Bescheidenheit."

Es war bereits nach zehn, als wir endlich fertig waren – nicht mit der Arbeit, aber mit den Nerven – und ich mich auf den Weg nach Hause machen konnte. Ich war müde, mein Kopf brummte von den vielen Zahlen und in meinen Gedanken spukte immer noch der verschwundene Ehering herum.

Ich hatte versprochen, nicht mehr in die Nähe von Dingen, Personen oder Orten zu kommen, die mit dem Fall zu tun hatten – aber nicht darüber nachzudenken war unmöglich.

Natürlich könnte der Ring einfach heruntergefallen sein, als der Mörder den Finger abgetrennt hatte, aber was, wenn nicht?

Es war nur dieser eine Finger gewesen. Kein anderer Körperteil hatte meines Wissens nach die Leiche verlassen. Es war nur der rechte Ringfinger gewesen. Das musste doch etwas bedeuten, oder? Warum sollte man nur einen Finger nehmen und warum genau diesen, wenn es nicht darum ging, dass es der Finger war, an dem das Symbol eines Eheversprechens steckte?

Es musste einfach irgendjemand gewesen sein, der Kathrin nicht in einer Ehe hatte sehen wollen oder ich hatte wirklich zu viele SoapOperas gesehen.

Diese „Verbrechen aus Leidenschaft“-Sache war, wenn man es sich genau überlegte, auch ein wenig abgedroschen.

Aber was könnte es dann gewesen sein?

Meine Kopfschmerzen verschlimmerten sich und kopfschüttelnd schloss ich meinen Wagen ab, den ich direkt vor meinem Wohnkomplex geparkt hatte. Ich wohnte in der Innenstadt, nahe des Rheins, keine zwei Straßen von meinem Laden entfernt, in einer Erdgeschosswohnung eines dreistöckigen Hauses. Die Dame, die über mir wohnte, war fast taub und gegenüber wohnten zwei Studenten in einer WG, deswegen bemühte ich mich gar nicht erst im Hausflur leise zu sein. Ich lief die paar Treppenstufen zu meiner Wohnung hoch und entdeckte ein quadratisches Päckchen davor. In großen Buchstaben waren die Worte „Deine Sachen" darauf geschrieben worden.

Seufzend hob ich es auf und entriegelte meine Tür. Malte hatte mir endlich meinen Kram hergebracht.

Ohne mir den Inhalt anzusehen, stellte ich die Kiste auf meinen Küchentresen, bevor ich den Sicherheitsriegel vor meine Tür schob. Ich stellte Twinky sein Abendessen hin, zog mich um und ließ mich ins Bett fallen. Kurz bevor ich einschlief, fühlte ich, wie sich mein Kater warm an meine Seite presste.

Ich wachte auf, weil mir kalt war. Twinky lag nicht mehr an meiner Seite. Ich konnte noch nicht lange geschlafen haben, denn es war noch stockdunkel und es fiel mir schwer, meine Augen geöffnet zu halten. Ich drehte mich auf die andere Seite und wollte gerade wieder in einen seichten Schlaf absinken, als ich ein Geräusch wahrnahm.

Ein Scharren, dann dumpfe Töne – Töne, die kein Tier, sondern nur ein Mensch hervorrufen konnte. Füße auf dem Parkett.

Mit einem Mal saß ich kerzengerade im Bett. Hier war jemand. In meiner Wohnung. Während ich schlief.

Mein Herz schlug mir bis zum Hals und es fiel mir schwer zu lauschen, weil mein Blut so laut in meinen Ohren pochte – aber jetzt war das Geräusch noch deutlicher zu hören. Jemand schob etwas in der Küche hin und her.

Ich hatte nur einen Ersatzschlüssel und den besaß Ari. Sie würde nachts nicht in meine Wohnung kommen ohne mir vorher Bescheid zu sagen, aber ... wer war es dann?

Kalte Panik durchfuhr mich und mein Atem wurde so hektisch, dass ich fürchtete, er könne dem Einbrecher verraten, dass ich nicht mehr schlief.

Schlagartig fiel mir mein Handy ein.

Ich musste Hilfe rufen! Die Polizei, irgendwen.

Mit zitternden Händen, möglichst ohne ein Geräusch zu machen, schob ich die Decke etwas beiseite und sah neben mein Bett. Kein Handy.

Mist. Ich wusste genau, wo es war. In meiner Handtasche, auf der Couch.

Das Zittern wurde schlimmer und hektisch sah ich mich im Zimmer nach einer möglichen Waffe um – aber da gab es nichts. Das Einzige, was irgendwie ansatzweise Schmerzen zufügen konnte, war eine halb mit Wasser gefüllte Plastikflasche. Und die würde wohl niemanden niederstrecken. Meine Augen huschten durch den Raum, verzweifelt auf der Suche nach etwas Hartem oder Spitzem – irgendetwas, das mehr Schaden als ein Kissen anrichtete, aber leichter als meine massive Nachttischlampe war.

Ich wollte gerade meine Beine aus dem Bett schwingen, als ich hörte, wie eine Tür knarrte. Das musste die zum Bad sein. Aber wenn der Einbrecher dort nicht finden würde, was er suchte, dann würde das nächste Zimmer ...

Ich erstarrte in meiner Bewegung.

Er würde in mein Zimmer kommen! Und wenn er sah, dass ich wach war – was würde ein Einbrecher dann tun?

Magensäure stieg in meine Speiseröhre, doch bevor ich Opfer meiner blinden Angst werden konnte, zog ich meine Beine wieder unter die Decke und legte mich entgegen meiner Urtriebe mit dem Rücken zur Tür, das Gesicht ins Kissen gepresst, wieder hin.

Ich zwang mich ruhig zu atmen. Das war es, was man beim Schlafen gewöhnlich tat. Man bewegte sich nicht und atmete. Das schaffte ich. Das hatte ich seit meiner Kindheit gegenüber meiner Mutter geübt. Die hatte noch bis zu dem Moment, in dem ich auszog geglaubt, dass ich nie mitbekommen hatte, wie sie nachts in mein Zimmer geschlichen war, um zu überprüfen, ob ich irgendwo Kondome versteckte.

Ich presste die Augen zusammen und schluckte meine Angst herunter, als jemand mit ganz leisen Schritten vor meinem Schlafzimmer zum Stehen kam. Das war nur meine Mutter, die nachsehen wollte, ob ihre Tochter bereits unzüchtige Gedanken hatte. Nichts weiter. Nur meine Mutter. Kein Grund zusammenzuzucken ...

Als ich hörte, wie vorsichtig die Tür aufgeschoben wurde, war die Panik so übermächtig, dass es mir ohnehin unmöglich gewesen wäre, mich zu bewegen. Alles, worauf ich mich konzentrieren konnte, war meine Atmung. Langsam und gleichmäßig zu atmen und nicht anzufangen zu weinen.

Die Dielen knarrten leicht, doch sonst gab es kein weiteres Geräusch. Keinen Lichtkegel, gar nichts – und doch wusste ich, dass jemand da war.

Mir wurde übel.

Wo war Twinky?

Twinky mochte keine Menschen, er war da etwas eigen.

Gott, hoffentlich war ihm nichts angetan worden! Wenn Twinky etwas passiert war ... atmen. Ich musste atmen.

Wieder knarrten die Dielen und ich hörte, wie eine Schublade geöffnet wurde und dann noch eine.

Das Schlimme war, dass ich mir ziemlich sicher war, dass ich nicht aufgewacht wäre, würde ich nicht bereits wach sein.

Die Angst kroch mir in jede Pore und der einzige Gedanke, der mich davon abhielt, anzufangen zu schreien war der, dass ich bereits tot wäre, wenn der Einbrecher es so gewollt hätte. Er hätte mich umbringen können – aber er tat es nicht. Er suchte etwas.

Aber was hatte ich zu geben? Ich hatte kein Geld, keinen teuren Schmuck. Ich hatte nichts, was von irgendeinem Wert war. Die Schubladen wurden wieder geschlossen und Sekunden später herrschte wieder Stille.

Stumm stieß ich Luft aus. Vielleicht würde er ja einfach gehen, wenn er nicht fand, was er suchte. Mein Herzschlag verlangsamte sich gerade wieder von blanker Panik zu nackter Angst, als mehrere Dinge gleichzeitig geschahen.

Etwas sprang plötzlich auf meine Matratze, ich stieß einen hohen Schrei aus, in nicht ganz so weiter Ferne gingen Polizeisirenen los und eine Zehntelsekunde später ertönte ein lautes Krachen und Scheppern aus der Küche, gefolgt von lauten Schritten und dem Knallen einer Tür.

Mit den Händen an meiner Brust sah ich Twinky an, der verdutzt mit seinen grünen Augen zurückstarrte. Zitternd strich ich über sein Fell.

„Es ist alles gut", murmelte ich, „alles wieder in Ordnung."

Die zufallende Tür konnte nur meine gewesen sein, sonst wäre der Einbrecher schon längst in meinem Zimmer und würde versuchen, mich zum Schweigen zu bringen.

Schwer atmend schloss ich die Augen, streichelte noch ein letztes Mal über Twinkys Kopf, machte dann mein Nachttischlicht an und stieg zitternd aus dem Bett. Meine Beine knickten ein, doch ich hielt mich an der Matratze fest, bis sie meinem Großhirn wieder gehorchten. „Er ist weg", sagte ich laut, denn alles war besser als die Stille. „Er ist weg, ich kann in die Küche gehen."

Ich bewaffnete mich dennoch mit der Wasserflasche und machte jedes Licht an, das mir in die Quere kam.

Meine rationale Seite wusste, dass ich wieder alleine war, dennoch kostete es mich einige Überwindung, das Wohnzimmer zu betreten.

Die Kiste, die Malte mir vorbeigebracht hatte, lag auf dem Boden, während der Inhalt sich über den Teppich verteilt hatte – Backformen, CDs, meine Zahnbürste. Zumindest wusste ich jetzt, was gescheppert hatte. Mein Blick blieb an der Tür hängen. Die Sicherheitskette hing in zwei Teile zersägt am Holz und am Rahmen.

In wenigen Schritten war ich bei der Couch. Mit immer noch zitternden Fingern suchte ich mein Telefon aus dem Gewühl und als ich es endlich gefunden hatte, brauchte ich ewig, bis ich die richtige Pin eingegeben hatte. Ich fuhr mit meinem Handrücken über meine kalte Stirn und sah zum Kühlschrank. Mir schien es, als würde eine weitere Ewigkeit vergehen, bis ich endlich die Nummer eingetippt hatte.

Es klingelte nur zweimal, bevor jemand abhob.

„Hallo?"

„Rispo?" Selbst meine Stimme zitterte. „Bei mir … hier … hier war jemand in meiner Wohnung und er ist jetzt weg, aber er stand neben meinem Bett während ich schlief, aber ich hab gar nicht geschlafen und …"

„Louisa? Sind Sie das?"

„Ja, ich … ich …"

Ich merkte erst, dass ich weinte, als die Tränen bereits in mein Schlafshirt sickerten.

„Meine Tür ist aufgebrochen und alles liegt auf dem Boden und … ich habe Angst und …"

„Lou? Beruhigen Sie sich. Gehen Sie in Ihr Schlafzimmer, schließen Sie die Tür ab und fassen Sie nichts an! Öffnen Sie erst Ihre Tür, wenn Sie meine Stimme hören, ich bin in ein paar Minuten bei Ihnen."

Ich nickte und lief in mein Zimmer. Der Schlüssel steckte.

„Sind Sie in Ihrem Zimmer?"

„Ja", flüsterte ich und wischte mir über meine Nase. „Nur … bitte. Legen Sie nicht auf."

„Das werde ich nicht", sagte er ruhig und ich hörte, wie im Hintergrund ein Automotor gestartet wurde.

„Lassen Sie mich nur kurz meine Kollegen über Funk alarmieren. Wie lautet Ihre Adresse genau?"

Ich nannte ihm Straße und Hausnummer und umklammerte fest meine Knie.

„Okay, danke. Die Streife ist auf dem Weg und jetzt erzählen Sie mir doch mal ... was haben Sie heute zu Mittag gegessen, Lou?"

Irritiert lockerte ich den Griff um meine Knie. „Was?"

„Was haben Sie gegessen? Heute Mittag."

Blinzelnd starrte ich in das Licht meiner Nachttischlampe. „Ich ... ich weiß nicht."

„Doch, sicher wissen Sie das noch. Frauen vergessen so was nie."

Ich stieß ein Geräusch aus, das eine Mischung zwischen einem Schluchzer, einem kleinen Lachen und dem Aufeinanderklappern meiner Zähne war. Ich zog die Bettdecke über meine Knie, dachte an heute Mittag und überlegte.

„Ich ... ich hatte Kartoffeln, mit Brokkoli und Hühnchen", sagte ich schließlich nach ein paar Minuten.

„Selbst gekocht?"

„Nein, ich ... kann kaum ein Spiegelei braten. Trudi, meine Angestellte, hat es mir vorbeigebracht."

„War es denn gut?"

Mein Atem beruhigte sich, als ich daran dachte, wie das Huhn auf meiner Zunge zergangen war. Ich nickte.

„Sehr gut. Aber nicht so gut wie die Kekse, die ich als Nachtisch hatte."

Er lachte leise. „Was waren das für Kekse?"

Ich ließ meine Knie los und sah auf meine Hände. Sie hatten aufgehört zu zittern. „Erdnussbutter-Nutella-Cookies."

„Erzählen Sie mir, wie genau sie geschmeckt haben."

Das tat ich. Ich sprach von der Schokolade und dem süßen Teig, bis mein Herzschlag sich wieder beruhigt hatte und meine Wangen zwar noch von den Tränen klebten, aber keine neuen hinzukamen.

„Das hört sich tatsächlich gut an ... Louisa?"

„Ja?"

„Sie können jetzt aus Ihrem Zimmer kommen und mir die Tür öffnen."

Ich stand auf, öffnete meine Tür und lief zu der meiner Wohnung. „Klopfen Sie zweimal", flüsterte ich.

Es klopfte zweimal, doch mein Herzschlag beruhigte sich erst endgültig, als ich die Tür öffnete und in die warmen Augen von Joshua Rispo sah, der sein Handy vom Ohr sinken ließ und mich im nächsten Moment in den Arm nahm. Seine starken Arme, eng um meine Schultern gezogen – und in diesen Moment war mir bewusst, dass es wohl keinen sichereren Ort auf dieser Welt gab, als die Arme dieses Mannes.

Kapitel 6

Die Polizeistreife traf wenige Minuten später ein. Entweder fanden sie es nicht merkwürdig, dass der Kommissar von der Kripo das weinende Opfer fest im Arm hatte, mein Kopf an seiner Schulter, die mittlerweile mehr als nur feucht war, oder sie verbissen sich jeden Kommentar, weil sie Respekt vor Rispo hatten. Ich konnte mir beides vorstellen, tendierte aber eher zu Letzterem.

Rispo ließ mich erst wieder los, als ich aufgehört hatte zu weinen und meine Beine mich wieder alleine tragen konnten. Mit immer noch besorgtem Blick hielt er mich auf Armeslänge an meinen Schultern fest.

„Alles wieder okay?", fragte er behutsam.

Peinlich berührt nickte ich. Ich kannte diesen Mann seit zwei Tagen und so eine liebevolle, innige Umarmung hatte ich nicht einmal mit Malte ausgetauscht.

„Ja, danke. Einen Erdnussbutter-Nutella-Cookie hätte ich jetzt trotzdem gerne."

Sein Mundwinkel zuckte und jetzt ließ er auch meine Schultern los. Zu schade.

Wer hätte geglaubt, dass so viel Zärtlichkeit in diesem Mann steckte?

Ich legte die Arme um meine Mitte. Mir wurde bewusst, dass ich weder einen BH noch Makeup trug und dieser Aufzug nicht ganz so lässig wirkte wie Rispos, der in Jogginghose, T-Shirt und unrasiertem Gerade-aus-dem-Bett-gekommen-Look dastand. Ich fragte mich, ob er wohl alleine in diesem Bett gelegen hatte …

Ich zwang mich zur Konzentration.

Ich war Opfer eines Verbrechens geworden.

Rispo hatte sicherlich schon Schlimmeres gesehen als verheulte, ungeschminkte, leicht bekleidete Frauen.

Mein Gesicht wurde heiß und schnell wandte ich mich dem Wohnzimmer zu, in dem zwei Polizisten bereits angefangen hatten sich Notizen zu machen und Türklinken in Augenschein zu nehmen.

Rispo trat über die Schwelle und sah in meine offene Einbauküche. Irrte ich mich oder hatte er kurz gegrinst, als er die rote Färbung meiner Wangen wahrgenommen hatte?

„Frau Manu –"

„Louisa oder Lou", unterbrach ich ihn und steckte eine Haarsträhne, die an meiner nassen Wange klebte, hinter mein Ohr. Niemand umarmte mich für fünf Minuten, tröstete mich und nannte mich weiterhin beim Nachnamen!

„Sie haben mich fester umarmt als meine Mutter es je vor fremden Leuten getan hat, da können Sie mich auch beim Vornamen anreden", murmelte ich leise hinterher.

Da war es wieder – das Grinsen, das ich noch nicht ganz dem Attribut „unverschämt“ oder „heiß“ zuordnen konnte.

„Entschuldigung, alte Angewohnheit – haben Sie den Einbrecher gesehen, Lou?“

Ich schüttelte den Kopf und lehnte mich gegen den Küchentresen. Vor meinem nackten rechten Fuß lag der Rasierer, den ich bei Malte für meine Beine benutzt hatte. „Als er in meinem Zimmer war“, sagte ich und schluckte bei dem Gedanken daran, „hatte ich meine Augen geschlossen. Ich wollte nicht, dass ...“

Ich verstummte, doch Rispo nickte nur und zwang mich nicht dazu weiterzusprechen.

„Ist Ihnen sonst etwas aufgefallen? Hat er gesprochen? Schwere Schritte gehabt? Ist er gegen eine Deckenlampe gestoßen?“

Wieder schüttelte ich den Kopf.

„Das heißt, Sie wissen weder, ob es ein Mann oder eine Frau war und Ihnen ist auch sonst nichts aufgefallen?“

Ich nagte an meiner Unterlippe. Mir war etwas aufgefallen, aber ich wusste, dass Rispo das wahrscheinlich nicht als verwendbares Material werten würde.

Er runzelte die Stirn.

„Was? Sie denken doch an irgendetwas.“

Langsam nickte ich und zog die Arme etwas tiefer in die Ärmel meines Shirts.

„Na ja, der Einbrecher muss gut gerochen oder einfach nicht bedrohlich gewirkt haben, weil ... na ja, Twinky hat keinen Mucks von sich gegeben.“

Rispo blinzelte. „Was?“

Etwas peinlich berührt verlagerte ich mein Gewicht von dem einen auf den anderen Fuß.

„Twinky, mein Kater. Er mag keine Menschen."

Ich nickte zu einem der Polizisten, der mit der linken Hand wedelte und „Zschh"-Laute von sich gab, weil mein Kater ihn anfauchte und mit der Pfote auf seinen Fuß schlug.

„Aber er war leise. Er muss den Einbrecher ... gemocht haben." Katzen waren eben nicht unfehlbar.

Rispo verzog sein Gesicht. „Sie haben Ihre Katze nach einem Teletubbie benannt?"

Schnell schüttelte ich den Kopf. „Nein, das ist Tinky-Winky. Ich habe meinen Kater nach den süßen Küchlein aus den USA benannt."

„Natürlich haben Sie das", meinte Rispo trocken und fuhr sich mit der rechten Hand über sein Gesicht. „Ich fürchte nur, dass wir die Reaktion einer Katze nicht als Indiz werten können. Abgesehen davon, dass wir nicht wissen, was Ihr Kater als ‚gefährlich' einstuft ... er ist nur eine Katze!"

Ich verschränkte meine Arme über der Brust. „Sie haben gefragt."

Er ignorierte meine Antwort. „Ist etwas gestohlen worden?"

Ich zuckte die Achseln und sah mich im Raum um. „Ich weiß es nicht, aber ich glaube nicht. Der Einbrecher wurde unterbrochen ..."

Rispo hob seine Hand. „Moment. Was genau ist hier passiert? Warum wurde der Einbrecher unterbrochen?"

„Na, weil ich geschrien habe und dann plötzlich diese Polizeisirene erklang und dann hat er die Kiste vor

Schreck runtergeworfen und ist aus der Wohnung rausgerannt“, erklärte ich geduldig.

„Also hat er die Kiste aus Versehen heruntergeworfen und nicht, weil er darin etwas gesucht hat?“

Rispo legte den Kopf schief und besah sich die Habseligkeiten auf meinem Boden.

„Sicher, dass Ihnen da nichts fehlt? Ich könnte über den Müll da keine Übersicht behalten ...“

„Das ist kein Müll!“, fuhr ich ihn an.

„Oh. Ich dachte, Sie hätten die Dinge in eine Kiste gepackt, um sie wegzuwerfen.“

Charmant.

„Nein. Mein Ex-Freund hat sie mir gestern Abend spontan vorbeigebracht. Aber es ist nichts Wertvolles drin – so wie es auch bei dieser ganzen Wohnung der Fall ist.“

Rispo seufzte und trat über ein kleines Kuscheltier, das Malte mir mal geschenkt hatte. Es war so furchtbar hässlich – der Grund, warum ich es in seiner Wohnung aufbewahrt hatte.

„Habt ihr was gefunden, Leute?“, fragte er die Polizeibeamten, von denen einer immer noch mit Twinky kämpfte.

„Aus, Twinky!“, sagte ich laut und bestimmt.

Der Kater sah mich an, miaute einmal und verschwand dann in meinem Schlafzimmer.

„Was sagt man dazu. Eine Katze, die sich für einen Hund hält.“ Das vierte Mal an diesem Abend schüttelte Rispo den Kopf, bevor er sich seinen Kollegen zuwandte.

„Es gibt nichts. Keine Fingerabdrücke, keine Fußspuren. Bis auf die aufgebrochene Tür, die heruntergefallene Kiste und die Unordnung im Bad hat der Einbrecher keine Spuren hinterlassen.“

Meine Wangen liefen rot an und ich räusperte mich. „Streichen Sie die Unordnung im Bad von Ihrer Liste.“

Der Polizist grinste breit, tat aber wie geheißen.

Rispo seufzte schwer und stieß dabei hörbar Luft aus.

„Das heißt, wir haben nichts? Aus der Tatsache, dass selbst jetzt noch kein Nachbar vor der Tür steht und wissen will, was los ist, schließe ich, dass auch keiner etwas gesehen oder gehört hat und das Schloss ...“

Er sah zu meiner Tür und fuhr sich mit der Hand durch die Haare.

„Seien wir ehrlich: dieses Billigteil hätte selbst ein Kindergartenkind knacken können, also besteht die Gruppe der Verdächtigen aus der gesamten Erdbevölkerung!“

Ich begann zu frösteln.

„Meinen Sie, das hat etwas mit dem ... mit dem Mord zu tun?“, stellte ich schließlich die Frage, die mich beschäftigte, seitdem ich die fremden Schritte im Wohnzimmer gehört hatte.

„Ich will Ihnen keine Angst machen, aber es wäre ein zu großer Zufall, wenn nicht – es wurde nichts gestohlen. Kein Laptop, kein Fernseher ...“

Er sah auf meinen alten Röhrenbildschirm. „Na ja, belassen wir es bei Laptop.“

„Aber wonach hat er gesucht?“, fragte ich und hatte Mühe dabei, die wieder aufkeimende Panik zu unterdrücken.

„Ich weiß es nicht, Lou. Vielleicht die Box. Vielleicht irgendwas anderes. Aber ich werde es noch herausfinden." Rispo sah mich fest an und ich glaubte ihm jedes Wort.

„Aber woher wussten die, wo ich wohne?", hakte ich weiter nach.

Ironisch stellte er fest: „Richtig. Das ist die Frage – wo Sie ja gekonnt unter dem Radar geblieben sind und nicht etwa in voller Größe deutschlandweit im Fernsehen zu bewundern waren."

Ich schluckte.

Er nickte vielsagend. „Genau. Können Sie irgendwo hin für heute Nacht? Die Tür wird bis morgen warten müssen."

Ich seufzte und sah auf die Uhr. Es war halb fünf. „Ja, kann ich." Meine Mutter würde begeistert sein.

Das Erste, was ich am nächsten Morgen tat, nachdem ich den Blumenladen aufgesperrt hatte, war einen Schlosser anzurufen. Die Aussicht auf dieses Telefonat war das Einzige, was zwischen mir und einem Kugelschreiber in der Halsschlagader meiner Mutter gestanden hatte. Ich war völlig übermüdet in meinem alten Zimmer aufgewacht, mit einem Zettel, der auf meiner Stirn klebte.

Probier das Kleid an, das an deiner Tür hängt – ich möchte dich einmal als Lady sehen!

Offenbar gingen die Ansichten meiner Mutter und mir, was ein angemessenes Kleid für eine schicke Gala anging, weit auseinander. Und die Vorstellungen, wie man mit einer Tochter umging, die die furchtbarste Nacht ihres Lebens hinter sich hatte, auch.

„Du hättest eben mit dem Zahnarzt zusammenbleiben sollen. Dann wärst du nicht alleine gewesen, hättest nicht im Müll anderer gewühlt und das alles wäre nie passiert." Das waren die Worte meiner Mutter gewesen, als ich um fünf Uhr morgens im Schlafanzug und mit immer noch verquollenen Augen vor ihrer Haustür gestanden hatte.

Mein Vater war zu müde gewesen, um sie in ihre Schranken zu weisen und ich hatte keine Kraft gehabt, mich zu verteidigen. Deswegen hatte ich nur stumm genickt und war ohne ein weiteres Wort in mein altes Zimmer gerauscht.

Als mein Wecker dann schließlich auch schon um halb acht klingelte, ich einen kurzen Blick auf das besagte Kleid warf und alles, was in mir aufstieg ein „NEIN!" und etwas Magensäure waren, konnte ich nicht behaupten, dass meine Stimmung sich verbessert hatte – trotz des fertigen Frühstücks auf dem Tisch. Auch wenn meine Mutter keine leichte Konversation machen konnte – von Rühreiern hatte sie Ahnung.

Die gestrige Nacht war mir auf den Magen geschlagen und als ich die Gästeliste der Gala auf meinem Platz vorfand, bei der meine Mutter die Leute, die am wichtigsten in dieser Stadt waren eingekreist hatte, entschied ich mich dafür, das Haus so schnell wie möglich zu verlassen.

Folglich war ich überpünktlich am Laden – hatte also noch genug Zeit für einen Anruf beim Schlosser. Die alte Frau Schneider, die über mir wohnte, hatte sich netterweise bereit erklärt, ihn zu beaufsichtigen – hereinlassen musste sie ihn ja nicht, da die Tür immer noch aufgebrochen war.

Bei mir war eingebrochen worden! In meinem ganzen Leben war mir nie mehr passiert, als dass jemand meinen Joghurt aus dem Kühlschrank geklaut hatte, und jetzt?

Ich bedankte mich bei dem Schlosser dafür, dass er versprach, noch bis heute Abend das Schloss ersetzt zu haben – diesmal so, dass nicht jedes Kind es knacken konnte – und legte dann den Kopf auf meinen Schreibtisch.

Leiche, Einbruch – was war als Nächstes an der Reihe?

Ich hasste es, keine Ahnung zu haben.

Hatte die Polizei bereits einen Verdächtigen? Irgendwelche Hinweise? Wurde meine Affären-Theorie untersucht? War der Ehering mittlerweile gefunden worden? Was war die Tatwaffe gewesen?

Viel zu viele Fragen, die mir im Kopf herumschwirrten und keine Möglichkeit, die Antworten zu finden. Mir würde es nicht erlaubt werden, Einsicht in die Polizeiarbeit zu nehmen. Ich war eine Blumenverkäuferin. Ich hatte nicht einmal die Berechtigung zu fragen, wann genau Kathrin Pfenning gestorben war.

Wenn ich nur wüsste, was los war, vielleicht könnte ich mich dann etwas beruhigen. Wenn ich nur die richtigen Verbindungen hätte, wenn ... Moment.

Verbindungen? Ich hatte Verbindungen. Zwar nicht ich selbst, aber ich kannte jemanden, der solche Verbindungen schaffen konnte.

War das eine Schnapsidee?

Bevor ich länger über die Beantwortung dieser Frage nachdenken konnte und womöglich noch zu einem

Schluss gekommen wäre, der mir nicht gefiel, hob ich den Telefonhörer ab und wählte die Nummer.

Es war kurz nach neun. Er würde schon im Büro sitzen. Ich musste nicht lange warten, bis mein Anruf entgegengenommen wurde.

„Hey, Loubalou. Wie geht es dir? Mama hat gerade angerufen und von dem Einbruch erzählt. Scheinst ja den Ärger anzuziehen in letzter Zeit."

Natürlich. Mama hatte erst einmal jedes Familienmitglied auf den neuesten Stand bringen müssen.

„Mir ging es schon mal besser", gab ich zu und ließ mich tief in den Sessel nach hinten sinken. „Ehrlich gesagt, rufe ich deswegen auch an ..."

Es war besser, direkt auf den Punkt zu kommen.

„Um mir zu sagen, dass es dir nicht gut geht?", fragte Jannis langsam und ich konnte bereits den ersten Hauch von Misstrauen wahrnehmen. Man lernte viel, wenn man miteinander aufwuchs.

„Ja, nicht direkt. Eher um dir zu sagen, dass du einer der wenigen Menschen bist, der die Fähigkeit besitzt, dafür Sorge zu tragen, dass es deiner kleinen Schwester wieder besser geht."

Es herrschte für einen Moment Stille am anderen Ende der Leitung.

„Du hörst dich an wie damals, als ich dir harten Alkohol für deinen sechzehnten Geburtstag kaufen sollte."

Damals war Jannis bereits vierundzwanzig gewesen – alt genug, um ein zu großes Verantwortungsgefühl zu haben, als dass er meiner Bitte nachkam. Aber heute hatte ich ganz andere Ressourcen zur Verfügung.

„Hab ich dir eigentlich schon gesagt, dass du immer mein Kindheitsheld warst? So groß und stark – und klug genug, um einer der Top-Anwälte zu werden."

Er lachte leise in den Hörer hinein. „Deine Schleimerei ist noch so subtil wie eh und je. Sag schon, was willst du von mir?"

Es lohnte sich nicht, länger um den heißen Brei herumzureden. „Also gut: Du bist doch mit Sven Leodrik zur Schule gegangen, nicht?"

„Wenn du von dem derzeit amtierenden Polizeichef redest, dann: Ja. Bin ich."

Ein kleines Lächeln breitete sich auf meinem Gesicht aus. „Wie hoch würdest du die Wahrscheinlichkeit einschätzen, dass er dir einen klitzekleinen Gefallen tut?"

Jannis schnaubte. „Dein klitzeklein kenne ich. Das letzte Mal, als du mich um so einen klitzekleinen Gefallen gebeten hast, musste ich deinem Freund erklären, warum du mit seinem Bruder geflirtet hast!"

Mit geschlossenen Augen schüttelte ich den Kopf. „Das ist völlig irrelevant."

„Dann spuck schon aus! Um was soll ich den Polizeichef bitten?"

Ich atmete tief ein. „Du sollst ihn fragen, ob er mich eventuell in einen Fall miteinbezieht."

Stille.

Lange, sich dehnende Stille. Nur Jannis konnte Stille dazu bringen, einem Schuldgefühle einzutrichtern. Er war der geborene Anwalt.

„Miteinbeziehen?", fragte er schließlich misstrauisch. „Was soll das überhaupt heißen – miteinbeziehen?"

Ich hustete. „Na ja, mich die Informationen einsehen lassen, mich mitnehmen, falls es irgendwelche Entwicklungen gibt, …“

„Du spinnst doch.“

„Ich will doch nur zusehen und helfen“, bettelte ich, „bitte! Es ist mir wichtig.“

„Warum willst du zusehen? Ist es nicht einfacher, die Polizei einfach ihre Arbeit machen zu lassen? Sie werden den Mörder schon finden.“

„Aber wann?“, platzte ich heraus. „Bei mir wurde eingebrochen, höchstwahrscheinlich von derselben Person, die auch Kathrin Pfenning umgebracht hat, Jannis! Weißt du, was für ein Gefühl es ist, im Bett zu liegen und zu hören – zu spüren – dass jemand Fremdes bei dir an der Matratze steht? Genauso schrecklich wie das Gefühl, nichts zu wissen. Ich weiß nicht, wie sie gestorben ist, ob es Verdächtige gibt – nichts! Und das macht mich verrückt.“

„Louisa“, sagte Jannis jetzt etwas weicher. „Polizeiarbeit ist nichts, wo man einfach so mitmacht. Ich halte es für keine gute Idee, dass …“

„Ich würde eher noch eine Woche zuhause wohnen bleiben, als immer noch keine Infos zu bekommen!“

Jannis verstummte. „Dir ist das Ganze ja wirklich sehr ernst.“

„Das versuche ich dir doch die ganze Zeit zu sagen! Bitte, Jannis! Bitte! Ich will doch auch gar nicht mitgehen, wenn der Mörder verhaftet wird, ich möchte nur wissen, was passiert.“

Er seufzte schwer. „Gott, du weißt gar nicht, was du da von mir verlangst! Du bittest mich quasi darum, den Zorn der Polizei, unserer Mutter und höchstwahrscheinlich auch den meiner Frau auf mich zu ziehen!“

Da hatte er Recht. Vor allem mit dem Zorn von Steffi – seiner Frau – war nicht zu spaßen.

„Tu es aus Geschwisterliebe. Dafür, dass ich dich nicht verraten habe, als ich dich rauchend hinterm Gartenhäuschen entdeckt habe. Und dafür, dass ich dir Hamburger zugesteckt habe, als Steffi schwanger war und du aus Loyalität ebenfalls kein rotes Fleisch essen wolltest. Dafür, dass ich …“

„Ach du meine Güte, ist ja schon gut!“, lenkte er gequält ein. „Ich versuche es. Die Liste, die jetzt noch kommen könnte, ist ja doch viel zu lang.“

Erleichtert lächelte ich. „Danke! Das weiß ich wirklich zu schätzen. Und zumindest den Zorn von Mama werde ich versuchen nur auf mich zu lenken.“

Das dürfte nicht allzu schwer sein. Ihr zu sagen, dass ich das ausgewählte Kleid potthässlich fand, wäre der erste Schritt in die richtige Richtung.

In meinem Ohr piepte etwas. „Jannis, danke nochmal, aber da ist jemand auf der anderen Leitung. Vielleicht ein Kunde, ich muss Schluss machen, danke dir. Du bist der beste Bruder der Welt!“

„Das werden wir ja noch sehen. Auch, wenn Sven das strenge Polizeiprozedere nicht so ganz eng sieht … es würde mich schon wundern, wenn er einfach so zusagt.“

„Vielleicht ist er einfach ein guter Mensch.“

„Es ist egal, ob er ein guter Mensch ist. Du willst dich in Polizeiangelegenheiten einmischen!“

Vielleicht konnte Jannis ihn ja bestechen? Aber ich wusste es besser, und verkniff mir, das vorzuschlagen. „Versuche es einfach."

„Schön – und egal, was dabei herauskommt: Du schuldest mir was!"

„Ich weiß. Wir sehen uns Sonntag beim Brunch." Ich drückte ihn weg und mit einem leichteren Gefühl ums Herz wechselte ich die Leitung.

„Flower Power, Louisa am Apparat, was kann ich für Sie tun?", meldete ich mich neuen Mutes und zückte optimistisch einen Kugelschreiber.

„Ähm, hallo", erklang eine unsichere Stimme durch meine Ohrmuschel. „Gregor Pfenning hier, ich glaube, wir hatten uns gestern kurz gesehen."

Augenblicklich richtete ich mich auf.

„Herr Pfenning. Natürlich. Ich stand gestern ungebeten bei Ihnen im Wohnzimmer. Wie kann ich Ihnen helfen?"

„Nun, die Beerdigung meiner Frau wird morgen stattfinden und Sie hatten meinem Bruder Ihre Visitenkarte in die Hand gedrückt ..."

Was sagte man dazu? Nicht taktvoll zu sein zahlte sich eben doch aus.

„Ja, das ist richtig. Möchten Sie eine Bestellung aufgeben?"

„Das wäre nett, ja, danke."

Die Floristin anzurufen, um die Beerdigung seiner Frau zu organisieren, musste schrecklich sein. Dabei hatte ich gehofft, Freude mit meinem Laden zu verbreiten.

„Was haben Sie sich denn vorgestellt?"

„Ich ... weiß es ehrlich gesagt nicht."

Der arme Mann hörte sich selbst übers Telefon so geknickt an, dass es mir schwerfiel, nicht einfach zu rufen: „Ich schenke Ihnen die Blumen, sagen Sie nur, wo ich hin muss."

Leider verhalfen mir verschenkte Blumen nicht zu einem Dach über dem Kopf.

„Wie wäre es, wenn ich Ihnen einfach eine persönliche Auswahl zusammenstelle? Kränze für die Kirche und langstielige Rosen, um ihr die letzte Ehre zu erweisen?"

Das war das Standardpaket bei Beerdigungen. Kränze in Weiß und rote Rosen, um sie dem Verstorbenen mit ins Grab zu legen.

„In Ordnung. Die Beerdigung findet morgen Mittag um zwölf statt. Wissen Sie, wo die St. Augustinus Kirche ist?"

Es dauerte keine zehn Minuten, da waren alle Details festgelegt. Ich sollte morgen eine halbe Stunde früher da sein und die Kirche ausstatten.

Beerdigungen machten mich traurig – aber die Chance, dass ich wohl mit jedem Verwandten und Freund von Kathrin reden konnte um herauszufinden, was sie zu verbergen gehabt hatte, ließ meine Haut vor Aufregung prickeln.

Ich fragte mich, ob es Rispo genauso ging oder ob er sich an die Aufregung, bevor man Zugang zu neuen Informationen hatte, gewöhnt hatte. Wichtiger war wohl die Frage: Wie lange würde ich leben, wenn er erfuhr, worum der Polizeichef gebeten worden war?

Das Klingeln der Türglocke kündigte Trudis Ankunft an.

Keine zehn Sekunden später klopfte es, bevor sie sich, ohne auf eine Antwort zu warten, in mein Büro drängte.

„Guten Morgen", flötete sie und stellte eine frische Fuhre Kekse auf meinen Tisch. „Hast du auch so erholsam geschlafen wie ich?"

Nein, hatte ich wirklich nicht. Ich hatte aber keine Lust, erneut über die Details des gestrigen Abends zu reden, deswegen ignorierte ich die Frage einfach und konzentrierte mich stattdessen auf etwas anderes.

„Wo ist dein T-Shirt, Trudi?", wollte ich wissen und deutete auf ihre Brust, die mit Zebramuster anstelle des Geschäftslogos geschmückt war.

„In der Wäsche", antwortete sie wie aus der Pistole geschossen und wurde noch nicht einmal rot bei dieser so offensichtlichen Lüge.

Ich verdrehte die Augen und stand auf, nur um mich dann wieder zu bücken und unter dem Tisch herzukriechen. „Du hast dein T-Shirt noch kein einziges Mal getragen, warum solltest du es waschen müssen?" Wahrscheinlich hatte sie es als Lappen benutzt und musste jetzt erst einmal die Flecken entfernen.

„Es ist ungesund, neue Fabrikate direkt zu tragen", belehrte sie mich und folgte mir in den Verkaufsraum. Es war kurz vor zehn und gleich Zeit zu öffnen.

„Natürlich", grummelte ich.

Trudi störte es überhaupt nicht, dass ich ihr offensichtlich nicht glaubte, sie lächelte immer noch breit. „Iss erst einmal einen Keks, dann bist du bestimmt fröhlicher."

Eines musste man dieser Frau lassen: Sie hatte ihre Methoden entwickelt, mit Problemen umzugehen.

Kapitel 7

Um zwei Uhr war Rispo immer noch nicht wutentbrannt in meinen Blumenladen gestürmt, obwohl Jannis sich gemeldet und mir zugesichert hatte, dass der Polizeichef kein allzu großes Problem darin sehen würde, einer besorgten und vertrauenswürdigen Bürgerin ein paar Einblicke in ihre Arbeit zu gewähren. Solange sich das nicht herumsprach und Jannis ihm einen Deal mit einem guten Scheidungsanwalt machen konnte. Aus Rispos Nicht-Anwesenheit schloss ich, dass er entweder so wütend war, dass er Angst hatte, etwas zu tun, was er später bereute oder die Informationen noch nicht weitergereicht worden waren.

So oder so, es hielt mich nicht davon ab, meinen täglichen Mittagskaffee heute mal woanders zu trinken als beim Starbucks direkt neben uns.

Das Finanzamt, in dem Kathrin Pfenning gearbeitet hatte, war eines der hässlichsten Gebäude der ganzen Stadt. Nichtsdestotrotz stand es in einer der Gegenden, in denen die Mietpreise am höchsten waren –

Sicht auf den Dom, Sicht auf den Rhein und eine Menge verspiegelter Fensterfronten.

Hier wurden die Aktentaschen eng am Körper getragen und die Nasen hoch in der Luft. Hier wurde das Wort Stil mit schwarzen Bleistiftröcken und Nadelstreifenanzügen geschrieben und das Wort Status auf die Stirn tätowiert – kurzum: Hier war der Ort, an dem Personen wie ich und jeder andere normale Mensch sich nicht wohl fühlten.

Da ich mir noch nicht im Klaren darüber war, was ich mir von meinem Besuch hier versprach, entschied ich mich, tatsächlich erst einmal einen Kaffee zu trinken.

Ich sah mich um und entschied mich dann für einen kleinen Coffee-Shop namens „Beans and Baked Goods“. Für den Namen konnte der kleine Laden ja auch nichts und außerdem konnte man von seinem Schaufenster aus perfekt auf den Eingang des Finanzamtes schauen.

Ich trat ein und wurde sofort von einer wohligen Wärme, dem Geruch von frisch aufgebrühtem Kaffee und einer jungen, hochgewachsenen Barista mit blutroten, lockigen Haaren begrüßt.

Der Laden war bis auf ein paar japanische Touristen komplett leer, weswegen ich nicht erst warten musste, bis ich an der Reihe war.

„Guten Morgen, was hätten Sie denn gerne?“, begrüßte mich die Frau hinter der Theke lächelnd.

„Schöne Haarfarbe!“, lächelte ich zurück.

Die junge Frau errötete. „Danke! Am Wochenende frisch gefärbt! Diese neue Farbe ohne Ammoniak funktioniert wirklich gut! Aber ich war mir nicht sicher, ob sie nicht zu auffällig ist."

Die Frau war in meinem Alter und hatte wunderschöne hellblaue Augen. „Auffällig steht Ihnen", versicherte ich ihr und sah auf die Anschlagtafel über ihrem Kopf. Die Auswahl war so groß, dass sie mich eher verwirrte. Deswegen nahm ich einfach das, was ich bereits kannte.

„Ich nehme einen kleinen Caramel Latte ... ach was. Machen Sie daraus einen großen." Ich hatte schließlich einige anstrengende Tage hinter mir. Das Mindeste, was ich verdient hatte, war ein großer Caramel Latte und vielleicht noch ein Hot Chocolate Fudge Brownie. Ein Blaubeer-Muffin würde es aber auch tun.

„Kommt sofort", lächelte die Barista und wandte mir den Rücken zu, während bei jedem ihrer Schritte ihre Halskette klirrte. Da baumelte wirklich eine Menge um ihren Hals. Lauter kleine herzförmige Anhänger schlugen an der dreischichtigen goldenen Kette immer wieder gegeneinander. Ein Wunder, dass sie nicht vorne über fiel.

Die Barista drückte auf einige Knöpfe und das mir bekannte Rauschen der Kaffeemaschine ertönte, als sie sich wieder zu mir umwandte und den Kopf etwas zur Seite neigte.

„Sie kommen mir so bekannt vor", sagte sie schließlich kopfschüttelnd.

Meine Wangen wurden heiß. „Tatsächlich?"

Ihr Blick erhellte sich. „Ja richtig! Sind Sie nicht die, die den Finger gefunden hat?"

Das mit dem öffentlichen Auftritt war vielleicht wirklich keine meiner brillanteren Ideen gewesen. Ich hustete hinter vorgehaltener Hand. „Kann sein."

Sie legte sich eine Hand aufs Herz. „Das muss ja ein ziemlicher Schock für Sie gewesen sein ..."

Unangenehm berührt sah ich auf meine Finger. „Kann man wohl so sagen."

„Na, durften Sie denn wenigstens ein Souvenir behalten?", zwinkerte sie. „Als Entschädigung für Ihren Horrortag?"

Ich lachte. „Nein, alles Beweise. Die liegen jetzt bei der Polizei."

„Zu schade", lächelte sie und mischte das Caramel mit der aufgeschäumten Milch, bevor sie mit Kakao ein Herzchen darauf stäubte und mir den fertigen Becher gab. „Hier, der geht aufs Haus. Dafür, dass Sie so etwas Schlimmes miterleben mussten."

„Oh, danke", sagte ich überrascht und nahm den Becher entgegen. Vielleicht sollte ich ja doch öfter Finger finden. Kostenlose Lattes konnte ich wirklich gebrauchen. Vor allem die mit solch liebevollen Herzchen darauf.

Ich lächelte ihr zu, nippte an dem Becher, wandte mich um und verschluckte mich, als ich beinahe gegen eine Männerbrust lief – eine, von der ich noch genau wusste, wie sie sich anfühlte, wenn mein Kopf darauf lag.

Allerdings sah Kommissar Joshua Rispo gerade nicht so aus, als würde er meinen Kopf an seiner Schulter dulden.

„Das kann nicht Ihr Ernst sein", sagte er kopfschüttelnd, mit verengten Augen.

Unschuldig sah ich ihn an.

„Was denn?"

Das Problem war, dass ich nicht wusste, ob er von der Sache mit seinem Chef sprach oder davon, dass ich mich sozusagen gegenüber des Arbeitsplatzes des Opfers befand, obwohl ich versprochen hatte, mich nicht mehr einzumischen.

„Was zum Teufel tun Sie hier?"

Ah, es war also nur der Ort. Dennoch unangenehm berührt, ließ ich meinen Kopf von der einen Seite zur anderen gleiten und bemerkte dabei den neugierigen Blick der Barista.

Ich lächelte ihr zu und schob Rispo dann, so gut wie eine kleine schwache Frau einen großen, schweren Mann eben schieben kann, in Richtung eines Tisches.

Er knurrte nur kurz, folgte mir dann aber. Ich warf der Barista einen dankbaren Blick zu und musste die Selbstbeherrschung dieser Frau loben. Sie sah mir doch tatsächlich ins Gesicht anstatt auf Rispos Hintern. Ich hatte keine derartige Selbstkontrolle. Mein Blick schweifte etwas nach unten und ich seufzte. Dieser Hintern war vergeudet! Nur nette Männer sollten so gesegnet sein.

„Starren Sie mir auf den Arsch?"

Mein Kopf schoss hoch und ich wurde rot. Mich räuspernd blinzelte ich: „Nein. Ich wollte nur wissen, ob Sie immer eine Waffe tragen."

Er grinste breit. Ganz langsam zog sich das Lächeln von einem bis zum anderen Mundwinkel. Mein Herz machte einen Satz.

„Trage ich immer. Und Sie sind eine sehr schlechte Lügnerin."

Das würde er anders sehen, wenn er mit meiner Mutter sprach. Sie hatte mehr als einmal die Bedenken geäußert, dass es meinem Charakter nicht gut tun würde, dass es mir so leicht fiele zu lügen.

Wir setzten uns und ich nahm noch einen weiteren Schluck von meinem Latte.

Rispos Blick hatte sich wieder verfinstert, von seinem Lächeln war keine Spur mehr zu entdecken. Er sagte jedoch nichts.

Irritiert hob ich die Augenbrauen.

„Sie sehen aus, als würden Sie auf etwas warten", bemerkte ich.

„Tue ich. Ich warte darauf, was Sie zu Ihrer Verteidigung zu sagen haben."

Also bitte. War er immer so melodramatisch?

„Wieso verteidigen?", fragte ich betont gleichgültig. „Will die Polizei mir jetzt vorschreiben, wo ich meinen Kaffee trinke, oder was?"

Etwas an seinem Kiefer zuckte. „Sie hatten versprochen, sich nicht mehr einzumischen."

Ich hob einen Zeigefinger. „Ich sagte, der Fall betrifft mich nicht, deshalb halte ich mich raus. Die Lage hat sich jetzt aber geändert. Jetzt bin ich involviert."

„Warum zum Teufel das?", fluchte er.

„Bei mir wurde eingebrochen", erinnerte ich ihn vehement, „schon vergessen?"

„Na und? In dieser Stadt wird täglich eingebrochen."

Ich verschränkte meine Arme. „Vorher hatte ich nichts mit der Sache am Hut, aber jetzt – jetzt ist es persönlich!"

Rispo fasste sich an den Kopf und stöhnte laut. „Bitte, sagen Sie das nicht so."

„Wie denn?"

„So, als wären Sie nur eine Handbreit davon entfernt, etwas sehr Riskantes und Dummes zu tun."

„Sie kennen mich nicht, woher wollen Sie wissen, dass ich nicht vorsichtig bin?"

Ironisch sah er mich an. „Die Art, wie man Auto fährt, meine Liebe, sagte eine Menge über den Charakter aus."

Das zählte ja wohl nicht. „Ich fahre sehr gut Auto!", gab ich bissig zurück. „Und wenn das stimmt, dann müssten Sie ja ein konservativer, überkorrekter Langweiler sein!"

Er streckte seine Beine aus, unberührt von meinen Worten.

„Warum interessieren Sie sich überhaupt so dafür? Der Einbruch kann unmöglich der einzige Grund sein."

Nun gut, das war wahr. Aber zu sagen, dass ich einfach furchtbar neugierig war, fiel mir nicht im Traum ein.

„Doch, so ist es aber", erwiderte ich mit fester Stimme. „Bei mir wurde eingebrochen und ich will wissen, warum und wer es war. Ist das so schwer zu glauben? Es geht hier um meine eigene Sicherheit und – nichts für ungut – die Polizei ist nicht immer für ihre gründliche Arbeit bekannt."

„Woher nehmen Sie diese Informationen jetzt schon wieder?"

Aus dem Fernsehen wahrscheinlich.

„Ist doch auch egal, ich möchte dabei sein und jetzt darf ich es offiziell sogar. Leben Sie damit."

Er sah mich scharf an und lehnte sich dann langsam nach vorne. „Moment ... was?"

Oh. Das hätte ihm doch lieber sein Boss sagen sollen.

„Nichts", sagte ich schnell.

Seine Augen wurden zu Schlitzen. „Was soll das heißen: Sie dürfen, offiziell?"

Ich rührte mit einem Zahnstocher in meinem halbleeren Becher herum. „Hat Ihr Boss etwa noch nicht mit Ihnen geredet?", fragte ich, meine Stimme so leise haltend, dass ich mich selbst kaum verstand. Rispo schien allerdings das Gehör einer Fledermaus zu haben.

„Warum sollte er?", fragte er jetzt, ebenfalls mit kaum hörbarer Stimme, nur dass es bei ihm weitaus angsteinflößender klang.

„Ähhh ..." So aufgelaufen hatte ich mich das letzte Mal bei meiner mündlichen Abiturprüfung gefühlt.

„Louisa. Was meinen Sie damit?"

Dieser Typ war bestimmt eine Wucht im Verhörzimmer! Seine ganze Ausstrahlung war so bedrohlich, dass ich anfing, unwohl auf meinem Stuhl hin und her zu rutschen.

„Also, das sollten Sie wirklich Ihren Chef fragen", wich ich aus und betrachtete meine Fingernägel. Ich hatte gestern wieder angefangen, an ihnen herum zu kauen. Nicht sehr ansehnlich – aber besser als Rispos Gesicht.

Wie aufs Stichwort fing plötzlich ein Handy an zu vibrieren. Der Gott des Timings war also immer noch mit mir.

Mit finsterem Blick nahm Rispo das Telefon aus seiner Hosentasche und hielt es sich ans Ohr.

„Rispo", meldete er sich, bevor er eine ganze Weile lang nichts mehr sagte. Er bewegte sich nicht, aber sein Blick wurde von Sekunde zu Sekunde düsterer.

„Das kann nicht Ihr Ernst sein! Sie ist Blumenverkäuferin!"

„Ich hab meinen eigenen Laden!", widersprach ich.

Er ignorierte meine Worte. „Ich werde sicherlich nicht den Babysitter mimen, weil ein kleines Mädchen gerne einmal Detektiv spielen will!"

Hallo? Ich war siebenundzwanzig. Und ich saß hier!

„Ich ... ja ... natürlich verstehe ich, was Sie ... nein ... aber ... nein." Er presste die Lippen aufeinander und ich sah schnell woanders hin. „Natürlich will ich meinen Job behalten, ja ... auf Wiedersehen."

Ich sah wieder auf und zuckte zusammen. Wenn ich bisher geglaubt hatte, dass ich wusste, wie Joshua Rispo wütend aussah, dann hatte ich mich geirrt.

Seine Augen waren so dunkel geworden, dass man die Iris nicht mehr von der Pupille unterscheiden konnte.

„Aus Gründen gesundheitsgefährdender Angstzustände müssen Sie volle Einsicht in den Fall erhalten?", presste er zwischen den Zähnen hervor.

Da hatte sich Jannis ja etwas ausgedacht. Aber ich schätze, gesundheitsgefährdende Angstzustände waren so gut wie jede andere Ausrede auch.

„Sieht wohl so aus ..."

„Ich fasse es nicht! Sie sagen, Sie wollen sich nicht einmischen und stattdessen gehen Sie zum Chef, damit er Ihren Willen durchsetzt?"

Das hörte sich jetzt selbst in meinen Ohren sehr nach Dritte-Klasse-Verhalten an.

„Vielleicht kann ich ja wirklich helfen", gab ich zu bedenken.

Sein Gesicht war härter als jede Granitküchenfläche. „Wirklich? Ich habe eher das Gefühl, dass Sie im Weg stehen werden."

„Das wissen Sie doch gar nicht!", blaffte ich.

Rispo war ein solch verurteilender Mensch! Hatte ihm keiner beigebracht, dass man zuerst die positiven Dinge sah, bevor man sich auf die schlechten konzentrierte? Er sollte sich über einen Partner freuen!

„Ach ja? Was sind Ihre Kompetenzen?"

Ich überlegte. „Na ja, als Kind wollte ich immer Detektivin werden. Ich habe immer am schnellsten die Ostereier gefunden", erklärte ich langsam.

Ungläubig sah er mich an. „Bitte sagen Sie mir, dass ich mich gerade verhört habe."

Aufmüpfig schob ich meine Unterlippe vor. „Dinge, die man als Kind gut kann, werden auch ins Erwachsenenleben mitgenommen."

„Nur weil man gut Eier finden kann, heißt das nicht, dass man Potenzial hat, Kriminalkommissar zu werden."

Ich runzelte die Stirn und wiegte meinen Kopf hin und her. „Zugegeben, meine Mutter hat sie auch nicht besonders gut versteckt. Immer auf meiner Augenhöhe. Sie ist nicht besonders groß und bückt sich nicht gerne – das ist nicht damenhaft ..."

Er fuhr sich mit der flachen Hand übers Gesicht und kratzte sich am unrasierten Kinn.

„Wie haben Sie nur erkannt, dass ich unbedingt wissen wollte, wie groß Ihre Mutter ist?"

Ich lachte und sah ihn überrascht an.

„Meine Güte, Sie haben ja einen Witz gemacht! Ich dachte schon, das hätte man Ihnen bei der Polizei verboten."

„Hat man auch. Das und unschuldige Frauen körperlich zu verletzen. Ihr Glück."

Er stand auf und sah überheblich auf mich herab. „Schön. Sie wollen Detektivin spielen? Machen Sie das. Sie dürfen Informationen einsehen, aber dass ich Sie überall mit hinnehme, können Sie vergessen. Wenn Sie mich also nicht finden können – Ihr Pech. Die Mord-Akte können Sie nur im Präsidium einsehen und wenn Sie meine Arbeit irgendwie behindern sollten ..." Er stütze seine Arme auf den Tisch vor mir, sodass ich seinen Atem auf meinem Gesicht spüren konnte.

Er sprach den Satz nicht zu Ende, aber das brauchte er auch nicht. Seine Nachricht war angekommen.

Die Tatsache, dass ich gestern für fünf Minuten in seinen Armen gelegen hatte, schien auf einmal sehr irrelevant.

Die kleine Abteilung der Finanzbehörde, in der Kathrin Pfenning gearbeitet hatte, hatte heute geschlossen, aufgrund von Trauer und organisatorischen Schwierigkeiten – so sagte es mir zumindest die Sekretärin in der Eingangshalle – deswegen machte ich mich wieder auf den Weg zum Laden. Ich hatte Trudi gebeten, schon einmal mit dem Binden der Kränze, die ich bis zur morgigen Beerdigung fertigstellen musste, anzufangen. Als ich jedoch in den Verkaufsraum trat, stand nur ein einziger Kranz im Kühlkasten und der war aus Calla, einer weißen trichterförmigen Blume,

gebunden – der typischen Blume für einen Brautstrauß.

Ich seufzte.

„Trudi?", rief ich. „Wieso sind die Kränze noch nicht angefangen? Und wieso ist der einzige Kranz einer für eine Hochzeit?"

Die alte Frau reckte ihren Kopf aus meinem Büro und blinzelte mich unschuldig an. „Wir haben keinen silbernen Draht mehr", erklärte sie sachlich.

„Ich weiß, deswegen hatte ich dich gebeten, welchen zu kaufen."

Ihr Gesicht erhellte sich. „Das war es, was ich vergessen hatte! Und ich dachte schon, dass es meine Tabletten gewesen wären."

Ich stöhnte kurz und schüttelte dann den Kopf. „Egal, dann müssen wir eben mit goldenem arbeiten."

„Ich mag den goldenen sowieso lieber", lächelte meine Angestellte und zwinkerte, als hätte sie mir damit, dass ihr Kopf wie ein Nudelsieb war, sogar noch einen Gefallen getan.

Das würde ein langer Tag werden.

Um Punkt vier Uhr war ich mit den Nerven am Ende. Ich hatte fünfzig Kunden bedient und einer Braut ausgeredet, einen Strauß aus Tulpen zu nehmen und sich einen Teil der Pflanzen in die Haare flechten zu lassen. Außerdem hatte ich zehn Sträuße und zwei Kränze für den morgigen Tag gebunden, während Trudi zwei Sträuße und einen Teller voller Kekse verzeichnen konnte.

Ich würde mich nicht als ungeduldigen Menschen bezeichnen, aber so liebenswert Trudi auch war: Zu viel war zu viel.

Ich stellte die Blumen kalt, nahm mir noch einen Keks und rief Ari an, um zu fragen, ob sie Zeit hätte, ein Kleid für die Gala am Freitag zu kaufen. Trudi konnte zwar keine Sträuße binden, aber Blumen verkaufen und den Laden abschließen konnte sie. Für irgendetwas musste ich sie ja bezahlen.

Zwanzig Minuten später liefen Ariane und ich durchs Einkaufzentrum und ich musste feststellen, dass Mamas Kleidervorschlag im Vergleich zu manchen Tüllbergen, die man erstehen konnte, sogar noch als annehmbar bezeichnet werden konnte.

„Eleganz ist out", stellte ich fest und ließ einen aufgebauschten Ärmel von einem Ungetüm von Kleid wieder nach unten fallen. „Was denken sich Designer, wenn sie mehr Stoff verwenden, als der Mensch Körper hat?"

„Umso mehr Stoff, desto teurer?", schlug Ari vor und linste auf das Preisschild. „Ja, eindeutig das."

Wir gingen weiter und müde strich ich mir über die Augen, als im nächsten Schaufenster ein pinkes Cocktailkleid auftauchte, bei dem sich der Designer wohl Weniger ist Mehr gedacht hatte. Die vier Stunden Schlaf, die ich letzte Nacht nicht bekommen hatte, fehlten mir.

„Du kannst heute Nacht auch bei mir schlafen, wenn du Angst in deiner Wohnung hast", bemerkte Ari bei meinem erneuten Gähnen.

Ich schüttelte nur den Kopf. „Nein, das ist schon in Ordnung. Ich hab keine Angst." Und außerdem hatte ich jetzt einen Baseballschläger – hatte ich von Papa bekommen.

Nicht ganz überzeugt sah meine beste Freundin mich an. „Sicher? Ich glaube, ich würde mich furchtbar unwohl fühlen, ganz alleine, nach einem Einbruch."

Ich zuckte die Schultern und schlenderte in den nächsten Laden hinein. „Keine Ahnung. Der Einbrecher hat nicht gefunden, was er gesucht hat – ich glaube nicht, dass der nochmal wiederkommt. Das wäre zu riskant."

„Stimmt vielleicht."

„Außerdem arbeite ich jetzt offiziell mit der Polizei zusammen. Die Einbrecher dieser Stadt sollten sich lieber in Acht nehmen."

Ari sah mich stirnrunzelnd an. „Du arbeitest jetzt mit der Polizei zusammen? Wie darf ich das verstehen?"

„Oh, das habe ich dir ja noch gar nicht erzählt", bemerkte ich und fasste schnell die Geschehnisse des Tages zusammen, bis hin zu dem Punkt, an dem Rispo mich davor warnte, ihm nicht im Weg zu stehen.

Interessiert hörte Ari mir zu, bis sie fragte: „Ist der Kommissar heiß?"

Überrascht sah ich zu ihr auf. „Wie kommst du denn darauf?"

Sie grinste. „Du redest von ihm, als wäre es so."

„Tue ich nicht!", wehrte ich mich entrüstet.

„Doch!", beharrte Ari. „Jedes Mal, wenn du seinen Namen nennst, seufzt du und streichst dir eine Haarsträhne hinter die Ohren."

Ich verdrehte die Augen. „Du spinnst doch."

Ari legte einen Arm um meine Schultern und drückte sie sanft. „Ist doch keine Schande, auf einen Beamten zu stehen. Passiert den besten Leuten."

„Ich stehe nicht auf ihn!"

Ich war keine der Frauen, die eine Schwäche für Bad Boys hatte – obwohl man zugeben musste, dass er gestern Abend wirklich süß gewesen war und zudem noch außergewöhnlich gut roch.

Nichtsdestotrotz, ich war nicht eine von den vielen Mädchen, die auf den Anti-Charme hereinfielen!

„Wie du das so überzeugt sagen kannst, wo doch in deinen Augen steht, dass es anders ist", schmunzelte sie.

„Du bist in deinen Gärtner verknallt!", gab ich zurück.

Ariane hob ihren Zeigefinger in die Höhe. „Ja, aber ich gebe es wenigstens zu! Du musst nur sagen, dass es die Wahrheit ist, dann lass ich dich in Ruhe", versprach sie mit unschuldigem Nicken.

Ich streckte ihr die Zunge heraus.

Tatsache war, dass ich unfähig war, einen Mann toll zu finden. Überhaupt war das letzte Mal, dass mir jemand richtig gut gefallen hatte, bereits vier Jahre her – und das hatte in einem Desaster geendet, bei dem ich mit einer Ein-Kilogramm-Packung Mäusespeck auf meiner Couch gesessen hatte und mir von meiner Mutter hatte anhören müssen, dass mir fünf Zentimeter breitere Oberschenkel auch nicht weiterhelfen würden. In verheiratete Männer verliebte man sich eben nicht.

Vor allem nicht in verheiratete Ehemänner, die deine Gefühle ohnehin nicht erwiderten und anfingen zu lachen, wenn man ihnen seine Liebe gestand.

Natürlich war Rispo heiß! Aber das war Ryan Gosling auch. Wollte ich deshalb gleich mit ihm schlafen?

Mhm.

Okay. Vielleicht war Ryan Gosling ein schlechtes Beispiel.

„Neues Thema", ließ ich verlauten und schüttelte über mich selbst den Kopf. „Lass uns Schuhe kaufen gehen."

Ari runzelte die Stirn. „Aber ich dachte, du bräuchtest ein Kleid?"

Ich zuckte die Schultern. „Wir machen es andersrum. Ich kaufe erst ein Paar Schuhe und dann das dazu passende Kleid." Das würde mich glücklicher machen, da war ich mir sicher.

Es machte mich glücklicher. Schuhe waren so viel einfacher zu finden als ein Kleid – und auch so viel angenehmer anzuprobieren.

Ich besaß nur vier Paar Schuhe – meine unzähligen Gummistiefel zählte ich nicht mit – aber das hieß nicht, dass ich schöne Dinge nicht zu schätzen wusste. Nach nur einer Viertelstunde hatten wir den Gewinner: rote Riemchen-Stilettos, auf denen ich fünf Meter laufen und zwei Stunden stehen konnte, bevor ich meine Füße würde abhacken müssen. Aber das war es wert. Vorausgesetzt, ich fand das passende Kleid. Aber Rot passte doch zu allem, oder?

„Nimmst du eine Begleitung mit?", fragte Ariane, als wir uns an einer der Kassen anstellten.

Ich prustete. „Wen denn bitte?"

Sie zuckte die Schultern. „Keine Ahnung, ich dachte, du hast da vielleicht noch jemanden in petto. Ansonsten kannst du doch immer noch irgendwen in der U-Bahn aufgabeln.“

Genau aus diesem Grund fuhr ich nur noch Auto, seitdem ich es mir leisten konnte – weil die Menschen offenbar glaubten, man könne zur Not ja noch jemanden in der U-Bahn aufgabeln. „Ich gehe alleine“, sagte ich und rückte einen Platz weiter nach vorne. „Vielleicht lache ich mir ja dort jemanden an.“

„Und was macht deine Mutter mit der zweiten Karte, die sie für den Zahnarzt besorgt hatte?“ Ari hatte Malte noch nie beim Namen genannt, für sie blieb er „der Zahnarzt“. Meiner Meinung nach wurde der Ausdruck Malte nicht gerecht: Es hörte sich zu sehr nach einer Mafioso-Bezeichnung an.

Ich zuckte die Schultern. „Ich weiß es ehrlich gesagt gar nicht. Vielleicht kommt eine ihrer Freundinnen mit? Oder vielleicht Papa.“

Schwer vorstellbar, aber Wunder geschahen immer wieder.

Wir waren bis zur gelangweilt aussehenden Kassiererin nach vorne gerückt und ich legte den Schuhkarton zusammen mit meiner Kreditkarte auf den Tresen.

„Entschuldigung, aber Ihre Karte funktioniert nicht.“

Ich sah zu der Kassiererin, die mit der Kreditkarte vor meinem Gesicht herumwedelte und runzelte die Stirn.

„Wie meinen Sie das, die Karte funktioniert nicht?“

Das junge Mädchen verdrehte die Augen und schob ihr Kaugummi vom einen in den anderen Mundwinkel.

„Das heißt, dass mir das Gerät anzeigt, dass sie nicht funktioniert", sagte sie noch einmal langsam und mit ätzender, monotoner Betonung.

„Dann probieren Sie es noch einmal", erwiderte ich mit der gleichen Betonung.

„Habe ich." Zuckersüß lächelte sie mich an. „Sie müssen sie wohl überzogen haben."

Genervt ließ ich die Schultern sinken.

„Ich habe seit Wochen nichts mehr gekauft, ich habe diese Karte nicht mehr benutzt, seit ... Emily." Ich hatte die Karte meiner kleinen Schwester überlassen. Welcher Teufel hatte mich da geritten?

Ich presste die Lippen aufeinander und zog der Frau die Karte aus der Hand. Heute gab es wohl keine Schuhe für mich. „Legen Sie sie bis morgen zurück?", bat ich seufzend und klappte mein Portemonnaie zu.

„Nein. Wir legen die Sachen nur für zwei Stunden zurück. Außerdem werden Sie bis morgen ohnehin nicht im Lotto gewonnen haben." Die Kassiererin stellte die Schuhe auf ein Regalbrett vor ihren Beinen und ignorierte mich dann. „Der nächste, zahlende Kunde bitte!"

Mein Gesicht wurde dunkelrot, doch mehr als giftige Blicke und imaginäre Kinnhaken konnte ich nicht verteilen.

„Oh oh", japste Ari und hatte Schwierigkeiten mit meinem plötzlich energischen Schritt mitzuhalten, „den Gesichtsausdruck kenne ich. Du wirst bald jemanden verbal töten."

„Worauf du einen lassen kannst", fauchte ich und riss mein Handy aus der Tasche, als wir endlich vor dem Einkaufzentrum standen und ich wieder Empfang hatte.

„Deine Schwester ist wirklich noch jung, du solltest nicht ..."

„Sie wird fünfundzwanzig! Sie sollte wissen, dass man seiner Schwester nicht die letzten achthundert Euro vom Konto nimmt, ohne ein Wort darüber zu verlieren!", fuhr ich auf und einige Passanten drehten sich nach der verrückten, schreienden Frau um. Sollten sie doch. Wenn nichts Besseres im Fernsehen kam ...

„Na gut", seufzte Ari, „aber stör dich nicht daran, dass ich mich ein paar Meter von dir entferne und so tue, als würde ich dich nicht kennen."

„Keineswegs", murmelte ich und stampfte die Nummer meiner Schwester ein.

Emily nahm bereits nach dem ersten Klingeln ab und sie klang so fröhlich, dass meine Laune sich prompt weiter verschlechterte.

„Hallo, Loubalou! Wie geht es dir? Hast du dich vom Schrecken der letzten Nacht erholt?"

Ich atmete tief durch. Direkt anzufangen zu schreien würde niemandem helfen. Ich musste warten, bis Emily verstanden hatte, warum ich wütend war.

„Ja, hab ich", sagte ich gequält ruhig. „Ich bin gerade shoppen, für die Spendengala am Freitag ..."

„Oh, cool! Hast du was Schönes gefunden?"

„Witzig, dass du fragst", knurrte ich. „Tatsächlich wollte ich mir etwas kaufen ..."

„Bist du krank? Deine Stimme hört sich merkwürdig an.“

Das passierte nun einmal, wenn man krampfhaft versuchte, seine Wut zu unterdrücken! Bei mir war gestern eingebrochen worden, ohne dass etwas gestohlen wurde – und jetzt erfuhr ich am nächsten Nachmittag, dass ich doch bestohlen worden war, allerdings von meiner kleinen Schwester!

„Ja, so merkwürdig wie die Stimme der Kassiererin, als sie mir sagte, dass meine Karte gesperrt sei!“ Ich konnte nicht anders, mein Stimmvolumen mitsamt Lautstärke stieg exponentiell Wort für Wort an.

„Oh, richtig. Ich wusste, ich hatte dir noch was sagen wollen ...“

„EMILY! DAS KANN NICHT DEIN ERNST SEIN! DU BIST KEINE SECHZEHN MEHR! DU KOMMST NICHT MIT ALLEM DURCH, NUR WEIL DU SÜß BIST!“

„Reg dich nicht so auf, Loubalou!“ Meine kleine Schwester war die Gelassenheit in Person. „Du kannst ein Kleid von mir leihen.“

Na prima. Endlich wurde mein Wunsch erfüllt und ich durfte wie ein Flittchen gekleidet zu einer Spendengala auftauchen. „Emmi! Ich will das Geld zurück haben! Du kannst nicht tausend Euro von mir ausgeben, ohne mir ein Sterbenswörtchen zu sagen!“

„Tausend Euro? Du hattest höchstens Achthundert auf dem Konto ...“

„Das ist mir doch egal“, zischte ich und legte schützend eine Hand um meinen Mund, als ein Wachmann skeptisch in meine Richtung schaute. „Ich habe dir erlaubt, dir deine Bücher von dem Geld zu kaufen, nicht aber eine ganze Bibliothek!“

„Ich hab auch Bücher gekauft!", wehrte sie gekränkt ab. „Aber dann habe ich diese Bluse gesehen und diesen absolut süßen Jeansrock, auf dem einfach mein Name stand, Lou!"

„Ist mir egal, ob er deinen Namen geschrien, getanzt oder mit Rauchzeichen verdeutlicht hat – ich will das Geld zurück! Von mir aus in Raten, aber du wirst mir jeden Cent zurückbezahlen! Hast du verstanden? Ich baue gerade ein Business auf, mein Geld wächst auch nicht auf Bäumen!" Und ich bekam nicht wie sie jeden Drink von einem fremden Mann bezahlt.

„Mhm." Ich konnte förmlich sehen, wie Emily ihren Kopf hin- und herwiegte und ihre kleine Nase kräuselte. „Kann ich dir nicht einfach den Rock geben, wenn ich ihn nicht mehr tragen will?"

„NEIN!"

„Ist ja schon gut", murmelte sie beleidigt. „Musst nicht gleich so empfindlich reagieren – er würde dir ohnehin nicht passen. Dein Becken freut sich zu sehr darauf, Kinder zu bekommen."

Dieses kleine Biest!

„Ja, und meine Brieftasche freut sich von dir zu hören. Morgen die erste Rate!" Ich musste schließlich den Schlosser bezahlen.

Emmi seufzte. „Schön. Tut mir auch irgendwie leid, dass ich es dir nicht gesagt habe. Ich wollte, ich schwöre, aber es gibt so viel, an das ich denken muss."

Sicher, sie musste ja erst einmal herausfinden, was sie eigentlich studierte.

Manchmal wünschte ich mir, ich könnte das Leben auch so leicht nehmen wie Emily. Sie schien nie besorgt oder unglücklich zu sein – als hätte Mama nur

Gummibärchen und Zitronensorbet gegessen, als sie mit ihr schwanger war.

„Ist schon okay …", knirschte ich. Was sollte ich auch tun? Ich hatte sie nun mal unglaublich lieb. „Aber gib das nächste Mal dein eigenes verdientes Geld aus. Wir sehen uns Sonntag."

Ich legte auf und seufzte einmal tief und schwer, während Ari wieder ein paar Schritte auf mich zu machte.

„Genug Erziehungsmaßnahmen für heute erteilt?"

„Ach, ich könnte noch mehr von mir geben, wenn du nochmal was zu dir und deinem Gärtner hören willst…"

„Wenn du mir was von dem heißen Polizist erzählen willst…" Ari klimperte mit den Wimpern.

Ich sah sie für einige Sekunden an und ließ dann das Telefon in meine Handtasche fallen. „Fahren wir nach Hause."

Kapitel 8

Ich schlief überraschend gut dafür, dass ich mir die letzte Nacht in genau demselben Bett beinahe panisch in meine Hosen gemacht hätte.

Mein Schlaf war traumlos und als ich am nächsten Morgen um acht aufwachte, war ich bereit für neue Taten. Meine erste Handlung würde es sein, die Mordakte einzusehen. Da Trudi gestern den Laden geschlossen hatte, hatte sie auch den Schlüssel, konnte ihn also auch wieder aufsperren. Darüber musste ich mir also keine Gedanken machen. Zur Beerdigung von Kathrin Pfenning würde ich um zwölf erwartet, was bedeutete, dass noch einige Zeit blieb, in der ich mir darüber Gedanken machen konnte, warum jemand diese hübsche, unschuldige Finanzbeamtin ermordet hatte.

Ich duschte eilig und zog dann einen seriös wirkenden, schwarzen knielangen Rock sowie eine seriös wirkende, hochgeschlossene Bluse an. Ich wusste zwar nicht was der Dresscode im Polizeipräsidium war, aber mit schwarz-weiß konnte man zumindest bei einer Beerdigung nichts falsch machen.

Meine Haare band ich mir zu einem lockeren Knoten zusammen, der sich bereits auf der Autofahrt in Wohlgefallen auflöste. Egal, dann ließ ich die Haare eben offen.

Die Polizeiwache, in der Rispo arbeitete, war ein grauer Betonklotz, der mehr von Effizienz als Ästhetik zeugte.

Ich parkte neben einem schwarzen Audi A5, der am Heck etwas zerkratzt war. Rispo war also bereits bei der Arbeit – und hatte sein Auto immer noch nicht reparieren lassen. Gut so. Je länger es dauerte, bis ich die Rechnung bekam, desto besser.

Im Eingangsbereich saß die gleiche fleißige Rezeptionistin, die ich bereits von den mühseligen Stunden von vorgestern kannte.

Als sie mich sah, erhellte sich ihr Blick. „Sie waren toll im Fernsehen, wirklich! Eine solche Ausstrahlung!"

Bei der Begeisterung in ihrer hohen Stimme bekam ich spontan Migräne. Schön, dass nicht nur dem Einbrecher der Beitrag gefallen hatte, nichtsdestotrotz sollte ein Gesetz gegen zu hohe Stimmfrequenzen erlassen werden. Das konnte unmöglich ihre tatsächliche Stimme sein – oder konnte ein Körper natürliches Helium ausschütten?

„Danke sehr", murmelte ich und legte meine Hände auf den Tresen. „Ich bin hier, um die Mordakte von Kathrin Pfenning einzusehen."

„Ach richtig. Kommissar Rispo hatte etwas in die Richtung erwähnt. Sie liegt momentan bei einem Kollegen."

Sie schrieb mir einen Namen auf und deutete in eine Richtung. „Geradeaus, dritte Tür links.“

Dankbar für die Information und dafür, dass sie endlich aufgehört hatte zu reden, nahm ich den Zettel entgegen und verabschiedete mich.

An der dritten Tür links hielt ich inne und klopfte. Ein Schild benannte den Raum äußerst intelligent als „Büro“ und ich musste ein Grinsen aufgrund des Ideenreichtums der Gesetzeshüter unterdrücken.

„Immer herein“, rief jemand und ich tat wie geheißen. Vorsichtig drückte ich die Klinke herunter und mich erwartete genau das, was das Schild versprochen hatte: Ein Büro.

Zwei große Schreibtische, eine Menge mit Akten gefüllte Regale, ein Kopiergerät und ein kleiner Ficus, der wohl die Stimmung des sonst spartanisch eingerichteten Raumes heben sollte. Er verfehlte seinen Zweck.

„Hallo!“ Ein junger blonder Mann Anfang zwanzig erhob sich von seinem Stuhl und reichte mir die Hand. Er trug eine viel zu große Anzughose und ein Hemd, das für jemanden genäht worden war, der zwanzig Kilo mehr Muskelmasse besaß – aber er lächelte sehr nett. „Ich bin Marvin, der Recherchist des Hauses.“

Er machte eine Handbewegung, die man sonst nur von einem Zauberer aus einem Zirkus kannte.

„Louisa Manu.“ Ich kam seiner Hand entgegen und lächelte ebenfalls.

„Recherchist? Den Beruf gibt es tatsächlich?“

Er schüttelte den Kopf. „Nein, aber ich arbeite nur vom Büro aus und mache die Hintergrundrecherche und alles andere was anfällt. Mich als Recherchist zu bezeichnen, gefällt mir besser, als das ‚Mädchen-für-alles‘ zu sein.“

„Dann sind Sie bestimmt der Mann, der mir sagen kann, wie ich die Akte vom Mordfall Pfenning einsehen kann?“

Begeistert nickte er. „Dafür bin ich tatsächlich der Richtige!“, frohlockte er und hockte sich neben den Schreibtisch, um einige Schubladen aufzuziehen. Er stöberte in mehreren Fächern herum, bis er schließlich triumphierend eine Mappe hervorzog. Eine dünne Mappe. Eine sehr dünne Mappe.

Marvin erhob sich wieder und wollte sie mir gerade aushändigen, als er sich noch einmal anders besann.

Er runzelte die Stirn und blinzelte mich wie ein Reh im Scheinwerferlicht an. „Warum dürfen Sie die Akte gleich noch einsehen?“, fragte er schließlich.

Ich zeigte ihm mein gewinnendstes Lächeln, ohne zu viele Zähne zu zeigen – ich wusste schließlich, dass man Rehe sehr leicht verscheuchen konnte. „Oh, ich … bin Beraterin“, erklärte ich, „Kommissar Rispo hat mich sozusagen selbst herbestellt.“

Wenn man seine Worte von gestern sehr großzügig interpretierte, dann hatte er mich doch tatsächlich geradezu dazu eingeladen, mir die Akte hier anzusehen …

Das Gesicht des jungen Polizisten konnte man nur mit einem Goldbären vergleichen. Leuchtend, süß und einfach knuffig. „Ach, dann gehen Sie sicher auch gleich zu der Besprechung“, sagte er fröhlich und legte die Akte vor mir auf den Tisch, während er in Richtung eines Stuhles ihm gegenüber wies. Ich setzte mich.

Interessant. Eine Besprechung über den Mordfall und ich hatte keine Einladung erhalten? Skandalös.

Fleißig begann ich zu nicken. „Ja genau, die will man ja nicht verpassen! So viele Informationen auf einmal …“

„Eben! Dann werde ich jetzt erst einmal anfangen, den Kaffee …“

Er hielt inne und errötete etwas.

„Ähm anfangen, das Meeting vorzubereiten, lassen Sie die Akte einfach hier, sobald Sie fertig sind. In Raum 23, der ist gleich den Gang runter, findet die Besprechung statt. Zehn Minuten haben Sie noch.“ Er zwinkerte und verließ mit immer noch roten Ohren das Büro.

Lächelnd überschlug ich meine Beine und öffnete die Mappe. Übelkeit flutete in meinen Magen und ich schlug die Hand vor den Mund. Der Deckel fiel zurück an seinen Platz und mit geschlossenen Augen atmete ich durch die Nase ein und den Mund wieder aus. Ich hatte geglaubt, einen abgetrennten Ringfinger zu sehen, wäre schlimm. Aber eine Leiche mit blutüberströmtem Gesicht, in einen Kofferraum gequetscht, die ringfingerlose rechte Hand auf ihrem Bauch, war doch noch ein Stück furchtbarer.

Oh Gott. Es war nur ein Foto, aber diese Augen und diese Haut und …

Ich schüttelte mich und verzog angeekelt das Gesicht. Es war die richtige Entscheidung gewesen, nicht Medizin zu studieren. Ich versuchte mich wieder zu beruhigen und wedelte mit meinen flachen Händen vor meinem Gesicht auf und ab. Die Lösung schien, die erste Seite einfach mit umzuklappen. Ich griff mit meinen Fingern in die Mappe und öffnete sie zaghaft, die erste Seite an den Pappdeckel gedrückt.

Die von mir gefundene geschlossene Dose strahlte mir entgegen. Auf der nächsten Seite war sie geöffnet, deswegen blätterte ich schnell weiter. Dieses Bild würde ich sowieso nicht vergessen, da brauchte ich meine Erinnerung nicht aufzufrischen.

Auf der nächsten Seite waren Fakten über das Opfer festgehalten, auf der darauffolgenden Fakten über den Ehemann. Die Mappe war dünn, aber dennoch waren es viel zu viele Informationen, als dass ich sie innerhalb von zehn Minuten hätte überfliegen können.

Ich war mir ziemlich sicher, dass es verboten war, aber trotzdem zog ich mein Handy aus der Tasche und fotografierte jede einzelne Seite der Mappe. Die Fotos, die Notizen zum Mord, die Notizen zu meinem Einbruch (er hatte sogar erwähnt, dass meine Katze nicht feindlich auf den Einbrecher reagiert hatte!), und das, was über mich geschrieben wurde. Durfte man eigentlich so unhöfliche, subjektive Dinge, wie „hysterisch" und „nervtötend" in die Beschreibung von Zivilisten miteinfließen lassen?

Wenigstens der Satz „Es besteht kein Tatverdacht" machte es wieder wett. Ich wurde also nicht für eine Mörderin gehalten. Irgendwie beruhigend.

Nachdem ich jede einzelne Seite auf meinem Handy gespeichert hatte, legte ich die Mappe zurück auf Marvins Schreibtisch und ging auf leisen Sohlen den Gang zum Besprechungsraum hinunter.

Der Raum stellte sich als Ansammlung von Stühlen heraus, die vor einer weißen Flip-Chart-Tafel standen. Bereits etwa dreißig Leute hatten Platz genommen, deswegen fiel es gar nicht auf, dass ich durch die Tür schlüpfte und mich in die hinterste Reihe neben Marvin, den selbsternannten Recherchisten, setzte.

Er lächelte. „Haben Sie alles gefunden, was Sie brauchen?"

Nickend legte ich meine Handtasche neben meine Füße.

„Ja, danke! Ich ..." Doch ich kam nicht dazu, meinen Satz zu beenden, denn jemand fing an, sich mit erhobener Stimme Gehör zu verschaffen. Auf der Stelle herrschte vollkommene Stille. Offenbar war ich nicht die Einzige, der Joshua Rispo Angst einjagen konnte.

„Leute, ich gebe zu, dass wir uns in einem Informationsengpass befinden", begann er und drehte das Board um.

„Tatsache ist, dass wir weder wissen, wo sich der tatsächliche Tatort befindet, noch womit genau das Opfer ermordet wurde. Die Gerichtsmedizin will sich nicht festlegen und sagt lediglich, dass die Todesursache ein gezielter Schlag auf den Kopf durch einen stumpfen Gegenstand mit kreisförmigem Sockel sei. Todeszeitpunkt ist zwischen acht und neun am Montagmorgen. Das hilft uns ehrlich gesagt nicht weiter, solange wir die Mordwaffe nicht finden und wir nicht wissen, wo das Opfer sich zwischen dem Verlassen ihres Hauses und dem Eintreffen seiner Arbeit genau befunden hat."

Er zeigte auf eine Karte der Stadt, die an dem Board hing. „Der Finger wurde hier gefunden, die Leiche hier." Er zeigte auf die passenden Stellen, die eine in der Südstadt – diese Stelle kannte ich ganz genau – und die andere auf der rechten Rheinseite am Stadtrand Kölns.

Kopfschüttelnd verengte ich meine Augen. Das ergab keinen Sinn. Die zwei Orte klafften unendlich weit auseinander. „Die Orte haben keine Verbindung, niemand hat etwas gesehen oder gehört. Der Ehering sowie auch das Handy sind nach wie vor verschwunden und der Einbruch bei der Frau, die den Finger gefunden hat …", ich legte meine Hände ineinander, um meinen rechten Arm davon abzuhalten, in die Höhe zu fahren, „… verläuft ins Nichts. Bis auf ein paar ominöse Beschreibungen der Anwohnerin gibt es keine Spuren."

„Ominös!", murmelte ich leise, schloss aber den Mund, als Marvin blinzelnd seinen Kopf zu mir wandte.

„Weder ein Familienmitglied noch Freunde haben irgendetwas über eine mögliche Affäre oder sonstige Probleme gewusst, es gibt niemand mit Vorstrafen im engeren Kreis. Das Einzige, was wir haben, sind Auffälligkeiten auf dem Bankkonto des Opfers."

Jetzt wurde es interessant. Neugierig beugte ich mich auf dem Stuhl etwas weiter nach vorne, die Unterarme auf meine Oberschenkeln gestützt.

„Das Opfer hat am Mittwoch, zwei Wochen vor seinem Tod, zweitausend Euro von seinem Konto abgehoben und eine Woche darauf erneut zweitausend. Der Ehemann wusste nichts davon und das Geld ist verschwunden."

Da bezeichnete er meine Anmerkungen zu dem Einbruch als ominös, wo das mit dem Geld doch eindeutig viel ominöser war!

„Gibt es bei dem Geld weitere Entwicklungen? Steiner?“

Während Steiner verneinte und erklärte, warum das Geld nicht zurückzuverfolgen sei, lehnte ich mich zu Marvin und fragte leise: „Ist das normal, dass bei einem Mordfall so viele Leute mit einbezogen werden?“

Dreißig Polizisten für einen Mord kamen mir doch ein wenig viel vor. Wenn das immer so war, war es ja kein Wunder, dass sich nicht um Einbrüche oder Überfälle gekümmert wurde.

Marvin schüttelte den Kopf. „Oh nein. Doch der Ehemann der Frau macht ein wenig Druck und der Chef will, dass einige Nachwuchs-Kollegen bei Rispos Arbeit mit reinschauen, also ...“

Er zuckte die Schultern, als würde das den Massenandrang erklären.

Ich legte meinen Kopf schräg. „Ist Rispo so gut?“

Marvin nickte eifrig. „Brillant!“

Er sagte das in einem Ton, den nur ein Fan benutzte, wenn er über seinen Lieblingsrockstar sprach.

„Er war der Jüngste, der es hier im Präsidium zum Kommissar gebracht hat und er hat eine Aufklärungsquote von siebenundachtzig Prozent!“

Richtig. Jannis hatte etwas in die Richtung gesagt. Siebenundachtzig Prozent waren wohl gut – und erklärten außerdem, warum Rispo ein selbstgerechter Vollidiot mit übergroßem Ego war.

„Wie alt ist er?“, wollte ich im Flüsterton wissen.

„Gerade dreißig geworden.“

Wie viele Leichen er wohl schon mit dreißig Jahren gesehen hatte? Konnte er nachts überhaupt schlafen?

„Was ist mit dem Auto?", fragte jemand in der ersten Reihe.

Rispo schüttelte nur den Kopf. „Es ist ihr Auto gewesen. Keine weiteren Fingerabdrücke – also eine weitere Sackgasse."

Mein Kopf fing an zu rauchen. Sie war eine Finanzbeamtin gewesen. Sollten Finanzbeamte nicht ein langweiliges Leben führen? Irgendein Leben, in dem niemand ihnen den Tod wünschte? Abgesehen von dem gewöhnlichen Steuerzahler natürlich.

Aber vielleicht hatte sie ja ein langweiliges Leben gehabt und hatte es nicht mehr ertragen. Das wäre ein weiterer Grund, um eine Affäre anzufangen.

Wenn ich den ganzen lieben langen Tag nur mit Zahlen und unzufriedenen Kunden zu tun hätte, würde ich mir wahrscheinlich auch einen Toyboy suchen ...

Nun, wenn ich es mir recht überlege, wahrscheinlich doch nicht. Ich war viel zu feige, um mit zwei Männern gleichzeitig zu jonglieren. Meistens war ich ja schon mit nur einem überfordert.

Dennoch – die Affäre sollte nicht ausgeschlossen werden. Es war ja nicht jeder so wie ich.

Ich räusperte mich. „Warum war die Affäre noch einmal ausgeschlossen worden?", fragte ich laut in den Raum hinein.

Rispo faltete seine Hände vor seinem Bauch.

„Wie ich bereits sagte, ich ..."

Er hielt inne und ich sah, wie seine Stirn sich runzelte. Mehr von seinem Gesicht konnte ich auch nicht erkennen. Ich war wirklich froh, dass er mich nicht sehen konnte.

„Was zum Teufel machen Sie hier?"

Ups. Offenbar hatte der leitende Kommissar nicht die Verpflichtung, während seines Vortrages an der Stelle vor den ganzen Stuhlreihen zu verweilen. Zumindest schien es bei diesem nicht der Fall zu sein, denn der baute sich jetzt vor mir auf und sah überhaupt nicht freundlich aus.

Unschuldig erwiderte ich seinen Blick. „Zuhören natürlich!", erklärte ich. „Sie sind ein toller Redner. Sehr autoritär."

Sein Mund blieb für einige Sekunden offen stehen, dann besann er sich wieder.

„Wie sind Sie überhaupt hier reingekommen?"

Mein Kopf wandte sich zu meiner Rechten, wo Marvin perplex in seinen Stuhl zu versinken schien.

„Sie meinte, sie sei Beraterin bei dem Fall …"

„Hat sie Ihnen etwa auch erzählt, dass sie mit Hilfe von magischen Bohnen die Riesen besuchen kann?"

Auf Rispos Stirn fingen zwei Adern an zu pochen.

„Gott, kaum kommt eine hübsche Frau zur Tür herein und lächelt, glauben Sie ihr jedes Wort?", brüllte Rispo. „Wo zum Teufel ist Ihr Verstand?"

Hübsch! Er hatte eindeutig hübsch gesagt. Das hatte ich genau gehört! Das konnte er nicht mehr zurücknehmen.

„Sie … und …"

Der arme Mann stotterte so stark, dass es mir schwerfiel, ihm nicht beschützend den Arm um die Schultern zu legen. „Na ja, sie hat Ihren Namen gekannt …"

„Den kennt Google auch! Gott, was hätten Sie nur gemacht, wenn die Frau auch noch Muffins dabei gehabt hätte? Einen Antrag?“

Nun sollte wirklich jemand in Rispos Ego-Trip eingreifen.

„Marvin, ich darf hier sein“, beschwichtigte ich den armen, in sich zusammengesunkenen Polizisten und tätschelte leicht seinen Arm, bevor ich Rispo einen wütenden Blick zuwarf.

Mir doch egal, ob dreißig Augenpaare auf mich gerichtet waren. Andere Menschen schlecht zu machen, weil man wütend auf etwas – oder jemanden – ganz anderes war, war eine Charaktereigenschaft, die ich noch nie hatte tolerieren können. Waffenträger hin oder her.

„Kommissar Rispo hat anscheinend nur seine Periode. Das ist nicht Ihre Schuld.“

Im Raum wurde zischend Luft eingesogen und ich war froh, dass es zu viele Zeugen gab, als dass Rispo handgreiflich werden konnte, denn ich glaube, ich konnte den Teufel in seinen Augen erkennen.

„Fünf Minuten Pause!“, bellte er und sofort wandten sich alle Köpfe wieder ab.

Die Polizisten erhoben sich und liefen zu den aufgestellten Donuts und der Kaffeemaschine. Ich griff nach meiner Handtasche und erhob mich ebenfalls in Richtung des Buffets.

„Nicht für Sie“, knurrte Rispo und packte mich am Oberarm. Mich überkam auf der Stelle ein heftiges Déjà-vu-Gefühl. Diese Szene hatten wir doch erst vorgestern.

„Beraterin", spuckte er aus, als er mich vor die Tür zog, „dass ich nicht lache."

„Ich bin Beraterin!", widersprach ich.

„Nein, Sie sind eine Zivilistin und Erpresserin, die Verbindungen zum Boss hat und ihre Nase in alles außer ihren eigenen Blumen steckt!"

Das Wort Zivilistin war noch nie für mich benutzt worden – als Erpresserin wurde ich so gut wie jeden zweiten Tag bezeichnet.

„Nennen Sie mich, wie Sie wollen", meinte ich schulterzuckend. „Das ändert nichts an der Tatsache, dass ich berechtigt bin, hier zu sein – und dass Sie diese Sache mit der Affäre wirklich noch einmal in Betracht ziehen sollten."

„Um Himmels willen!"

Rispo stöhnte und sah in den Besprechungsraum. Dreißig Leute starrten neugierig durch das Fenster. Sein Stöhnen wurde lauter und er zog mich um eine weitere Ecke, sodass wir vor den Blicken verborgen blieben.

„Für die nächsten Wochen bin ich der Polizist, der sich von einer Frau eine Periode hat andichten lassen ..."

Ich schnalzte ungeduldig mit der Zunge. „Kommen Sie drüber hinweg. Also, wegen der Affäre ..."

„Oh mein Gott! Es gibt keine Affäre!" Rispo warf die Arme in die Höhe. „Sie beißen sich in etwas fest, das weder Hand noch Fuß hat!"

„Das können Sie nicht wissen!", widersprach ich und hob einen Finger. „Vielleicht hat sie das Geld bar abgehoben, weil sie nicht wollte, dass jemand erfuhr, wofür sie das Geld benutzte."

„Wer?“

Ich verdrehte die Augen. „Ihr Mann natürlich! Ehemänner können durchaus auf Kontoauszüge schauen.“

„Es gibt kein Indiz für eine Affäre.“

„Die langen Arbeitszeiten, das Geld ...“

„Niemand hat sie je mit einem anderen Mann gesehen, kein ungewöhnliches Verhalten vor dem Ehemann ...“

„Ja, natürlich nicht!“, rief ich frustriert. „Weil Frauen raffiniert sind, wenn es darum geht, ihre Männer zu betrügen.“

Interessiert hob Rispo seine Augenbrauen. „Nehmen Sie da als Referenz sich selbst?“

Ich lief rot an und strich fahrig eine Haarsträhne hinter mein Ohr.

„Nein, natürlich nicht, ich würde nie meinen festen Freund betrügen! Aber andere eben schon! Andere brauchen eben die Leidenschaft, die sie in ihrer Ehe nicht bekommen können ...“

Ironisch sah er mich an, während er seine Arme langsam vor seiner Brust verschränkte.

„Louisa. Wollen Sie, dass das Opfer eine Affäre hatte oder sind Sie es, die mal wieder eine bitter nötig hat?“

Mir klappte die Kinnlade herunter. „Wie bitte?“

Er grinste. „Sie haben mich schon verstanden. Klassische Selbstprojektion.“

Oh. Mein. Gott.

Das konnte nicht sein Ernst sein! Durfte ein Polizist einer Zeugin überhaupt sagen, dass sie mal dringend wieder flachgelegt werden musste – wenn auch indirekt?

„Ich projiziere überhaupt nichts auf niemanden!“, fuhr ich immer noch fassungslos auf.

Er sah mich gespielt ernst an. „Sind Sie sich da sicher? Ich meine, Sie haben mir schon sehr offensiv auf den Arsch geguckt. Ich verstehe das. Wenn man einige Zeit lang allein war …“

Ich knirschte mit meinen Zähnen. „Jetzt halten Sie mal die Luft an! Ich bin nicht alleine, ich brauche keine Affäre und Sie sind ein Egomane! Da wir das jetzt aus der Welt geschafft haben: Würden Sie endlich die mögliche Affäre unter die Lupe nehmen?“

„Interessant.“ Rispo fixierte mich mit seinen braunen Augen. „Eine überzogene Reaktion und der erneute Versuch, das Thema zu wechseln. Wie lange hatten Sie schon keinen Sex mehr?“

Mit offenem Mund starrte ich ihn an. Was zum …?

„Entschuldigung, ich stelle die Frage anders: Wie lange hatten Sie schon keinen guten Sex mehr?“

Wie waren wir von … also … was?

Moment. Das war eine unverschämte Frage! Eine gemeine noch dazu.

Ich war mit einem Zahnarzt zusammen gewesen, der beim Küssen mit der Zunge immer über meine Zähne gestrichen hatte! Ich schüttelte meinen Kopf. „Das hat überhaupt nichts mit Sex zu tun!“, fauchte ich laut und erwiderte seinen Blick.

„Wirklich?“ Er machte einen kleinen Schritt auf mich zu und ich wich gegen die harte Wand hinter mir zurück.

„Also, wenn ich Ihnen jetzt und hier anbieten würde, dass ich mich zur Verfügung stelle, um Ihrer Obsession von einer Affäre Abhilfe zu schaffen …“

Er lehnte sich näher zu meinem Ohr und ich konnte seinen Atem an meinem Hals spüren. Sein Körper war meinem so nah, dass ich die Hitze, die er ausstrahlte, in jeder Pore meiner Haut wahrnehmen konnte. Mein Herzschlag beschleunigte sich und ich fuhr mit der Zunge unwillkürlich über meine Lippen.

„Würden Sie ‚Nein' sagen?", flüsterte er und in meinem Nacken richteten sich sämtliche Härchen auf.

Ach du liebe Güte. Das Wort ‚Nein' lag mir nicht auf den Lippen.

„Ich ..."

Er wich vor mir zurück und grinste breit. „Dachte ich es mir doch. Klassische Selbstprojektion."

Ich war unfähig, auch nur ein Wort zu formen. Er grinste noch breiter. „Na wenigstens hab ich Sie jetzt mal zum Schweigen gebracht. Dafür sollte ich ein Abzeichen bekommen."

Mir wäre bestimmt noch eine angemessene Reaktion eingefallen – witzig, schneidend und schlagfertig – aber leider wurde ich um diese Chance beraubt, als Marvin, der Recherchist, in den Gang trat. „Entschuldigung, aber wir fragen uns, wo Sie bleiben ...?"

Rispo trat einen Schritt zurück und wandte mir den Rücken zu. „Ich bin soweit. Louisa hat leider noch andere Verpflichtungen."

Weg war er.

Ich fächerte mir mit meiner rechten Hand Luft zu, um sie dann angeekelt anzustarren.

Wer war ich? Ein vierzehnjähriges Mädchen, das gerade zum ersten Mal geküsst worden war?

Tief durchatmend ließ ich den Arm fallen.

Dieser Kampf war noch nicht vorbei. Ich warf einen Blick auf meine Uhr und zuckte zusammen. Ich hatte tatsächlich noch eine andere Verpflichtung – Tote konnten einem wenigstens nicht zu nahe kommen.

Kapitel 9

„Das ist so aufregend! Ich war noch nie auf einer Beerdigung. Außer natürlich auf der von meinem Mann. Und meinen Eltern. Und meiner Tante – Gott hab sie selig. Aber das war etwas anderes. Da kannte ich alle und war traurig, aber jetzt? Das ist ja 'ne richtige Sause!"

Trudi hüpfte auf ihren vier Zentimeter hohen Schuhen auf und ab und strahlte mich an, während sie das letzte Blumensträußchen an der hintersten Bank der Kirche festband.

„Ja, es freut mich, dass es dir gefällt, aber vielleicht solltest du ein bisschen ... weniger fröhlich sein?", schlug ich mit gedämpfter Stimme vor, „die Menschen trauern."

„Oh, natürlich", quietschte sie vergnügt und zog einen ihrer Stützstrümpfe höher. Wenigstens trug sie Schwarz und kein Neonpink.

Wir traten von den Bänken zurück und ich dehnte meinen schmerzenden Rücken. Trudi war keine große Hilfe gewesen, da ihr Arzt ihr streng verboten hatte, sich zu sehr zu überanstrengen und sie sich nur zweimal innerhalb einer Stunde hinunterbeugen konnte, ohne dass sie vornüber fiel oder zehn Minuten auf dem Boden hocken bleiben musste, bevor sie sich wieder aufrichten konnte.

Aber es war schön nicht alleine zu sein, also war es schon in Ordnung. Emily hatte sich bereit erklärt, im Laden zu arbeiten, bis wir wieder zurück waren. Zuerst hatte sie eine Bezahlung verlangt – bis ich sie daran erinnert hatte, dass sie mir noch achthundert Euro schuldete. Dann war sie ganz schnell still geworden und hatte mir erzählt, wie lieb sie mich hatte.

Ich lief nach draußen, um den Kofferraum meines Passats zu schließen, der mir zeitweilig als Blumen-Van dienen musste, bis ich mir etwas Größeres und Professionelleres leisten konnte.

Trudi folgte mir langsamen Fußes und pfiff leise vor sich hin. Always look on the bright side of life, wenn ich mich nicht irrte. Taktgefühl lernte man also doch nicht mit dem Alter. Und ich hatte mich schon gefreut, nicht mehr in so viele Fettnäpfchen zu treten, wenn ich die siebzig überschreiten würde.

Die ersten Gäste waren bereits eingetroffen und unterhielten sich vor der kleinen Kirche. Die Wolken hingen trist und grau am Himmel und ließen die Sonne verschwinden – alles in allem eine passende Stimmung, gäbe es nicht die juchzende ältere Dame neben mir.

Ich erkannte den Ehemann, Gregor Pfenning, der die Hand einer Frau umschlossen hielt, die vom Alter her die Mutter von dem Opfer sein konnte. Neben ihm, mit gesenktem Kopf, standen sein Bruder, dessen Anzughose über dem Boden zu schleifen schien und eine blonde Frau mit lockigen Haaren, die ihm ihre Hand auf die Schulter gelegt hatte.

Die Uhr schlug fünf vor zwölf und die Gäste strömten in die Kirche, um dem Gottesdienst beizuwohnen. Eine Menge Leute waren da und so wie es aussah, war die Hälfte von ihnen ebenfalls im Finanzwesen tätig.

Ich will mich nicht an Stereotypen und Klischees festhalten, aber mindestens zehn von den Gästen konnten das Wort Sonne, glaube ich, nicht buchstabieren, dafür aber die ersten dreißig Ziffern der Zahl Pi. Wenn man etwas im BWL-Studium lernte, dann war es, sein Nerd-Radar auszubauen und zu perfektionieren.

„Gehen wir auch hinein?“, fragte Trudi aufgeregt und wollte sich schon auf den Weg machen, als ich sie am Arm festhielt. „Nein Trudi, das tun wir nicht. Wir gehören nicht zur Trauergesellschaft. Am besten warten wir hier, bis der Gottesdienst vorbei ist.“

Um ehrlich zu sein, wollte ich keinem der Gäste Trudis Geschnatter darüber wie schön doch die Stuckdecke der Kirche war zumuten. Außerdem wollte ich nicht, dass Trudi etwas passierte.

Ich war mir zwar eigentlich ziemlich sicher, dass Gott nicht mit Blitzen warf – aber warum etwas riskieren?

„Och, wie schade. Der Pfarrer war so ein süßer Kerl. Ich wette, ihm steht die Robe ausgezeichnet.“

„Ja, ein süßer, im Zölibat lebender neunzigjähriger Kerl mit sexy Robe“, murmelte ich und lehnte mich gegen das Auto.

Aus der Kirche drang Musik und Trudi wiegte sich im Takt hin und her.

Eigentlich konnte ich mir nur wünschen, dass ich in vierzig Jahren auch noch eine solche Lebenslust verspürte.

„Meinst du, sie zeigen ihre Leiche?", fragte meine Angestellte nach einer Weile und öffnete die Beifahrertür, um sich schnaufend auf den Sitz sinken zu lassen.

„Bezweifele ich. Sie sah ziemlich ... übel aus."

„Oh, das würde ich ja gerne sehen. Vielleicht frage ich nachher mal den Ehemann. Man kriegt ja nicht alle Tage die Möglichkeit, die Leiche einer Frau zu sehen, die Opfer eines Gewaltverbrechens war. Wer weiß, wann die nächste Frau ermordet wird, für die wir die Beerdigung arrangieren können. Auf Beständigkeit von Kriminalität ist heute auch kein Verlass mehr. Er wird sicher erlauben, mir einen winzigen Blick in den Sarg zu ermöglichen."

Etwas panisch sah ich sie an. „Ich glaube kaum, dass es der richtige Ort ist, den frischen Witwer um so etwas zu bitten", gab ich zu bedenken und zog meine Jacke enger um mich.

„Stimmt. Männer sind bei so etwas immer viel zu sensibel."

Nein, Menschen waren bei so etwas sensibel.

„Vielleicht warte ich, bis keiner guckt."

Gütiger Himmel! Auf diese Frau musste man noch aufpassen! Sie war schlimmer als Emmi und der hatte ich noch im Alter von zehn sagen müssen, dass man die Exkremente von Katzen nicht anfasste, auch wenn sie im eigenen Sandkasten lagen.

Wir saßen mehrere Minuten schweigend da und genossen einfach die Sonne auf unseren Gesichtern. Die

Vögel über uns fingen an, in den Süden zu ziehen und ließen einen für einige kurze Momente vergessen, dass der Grund, warum wir hier waren, ein Mord war.

Es dauerte aber keine zwanzig Minuten, bis Trudi die Stimmung wieder unter die Erde zog.

„Meinst du, zu deiner Beerdigung kommen auch so viele Leute?", überlegte sie schließlich laut und nahm sich einen Keks aus ihrer Handtasche. Sie schien immer welche dabei zu haben.

Verwundert blickte ich auf. „Wie bitte?"

„Ob auch so viele Leute kommen, wenn du stirbst", wiederholte sie.

„Äh …" Sollte ich nicht diejenige sein, die diese Frage stellte?

Ich zuckte mit den Schultern. „Keine Ahnung. Ich hoffe es." Meine Mutter würde wahrscheinlich die halbe Stadt zwingen zu kommen, damit die Gesellschaft nicht denken könnte, ich sei unbeliebt gewesen, also …

„Ja. Doch. Es würden wahrscheinlich sogar noch mehr kommen."

„Ha, gesundes Selbstbewusstsein. Gefällt mir. Keks?"

Nickend nahm ich einen entgegen. Ich war zu schwach, um Trudis Backkünsten zu widerstehen. Außerdem war das hier eine Beerdigung. Das war traurig. Ich brauchte den Keks, damit er mich aufmunterte.

„Ich würde gerne auf einem Heuwagen zu meinem Grab gefahren werden. Natürlich in einem offenen Sarg. Ich möchte niemandem etwas vorenthalten."

Hustend schlug ich mir auf meine Brust und blinzelte sie an. „Warum das?", würgte ich schließlich hervor,

als die Krümel halbwegs wieder aus meiner Luftröhre
gepresst worden waren.

„Auf einem Heuwagen gezeugt, auf einem Heuwagen zur Welt gekommen ... es erscheint mir irgendwie
passend.“

Mein Mund stand eine Weile offen und ich war froh,
dass ich mit einem weiteren Bissen gewartet hatte.
„Du weißt, wo du gezeugt worden bist?“

„Aber natürlich! Du etwa nicht?“

Gott, nein! Ich schüttelte den Kopf. Schlimm genug,
dass meine Eltern überhaupt Sex gehabt haben mussten. Ich wollte den Akt des Grauens wirklich nicht
auch noch einem Ort zuordnen können. Nachher
wurde ich noch in der Badewanne gezeugt und ich
würde nie wieder baden gehen können, ohne ein dazu
passendes Bild im Kopf zu haben.

„Aber woher willst du dann wissen, wo du wirklich
herkommst?“, fragte Trudi verwirrt. „Wo deine Wurzeln liegen?“

Ich kniff meine Augen etwas zusammen und wickelte den Keks in ein Taschentuch ein. Mir war der Appe-
tit vergangen. „Ich glaube, das mit den Wurzeln ist
dann doch etwas anders gemeint. Das hängt eher
damit zusammen, wer deine Eltern sind und nicht
was sie wann und wo getrieben haben.“

Trudi sah nicht überzeugt aus. „Bist du dir sicher?“

„Ziemlich“, nickte ich. „Ja.“

Die alte Frau schnalzte mit ihrer Zunge – oder war es
ihr Gebiss? „Die Dinge haben sich geändert. Heute sagt
man alles im philosophischen Sinne und muss sich die
Bedeutung erst mühselig erschließen. Früher hat man
noch gemeint, was man gesagt hat.“

Ich war mir auch ziemlich sicher, dass das mit den „Wurzeln" auch schon früher etwas anderes bedeutet hatte – aber Leute mit mehr Lebenserfahrung als ich selbst kritisierte ich nur ungern. Abgesehen von meiner Mutter, versteht sich.

„Ja, die gute alte Zeit", murmelte ich und war froh, dass wir den Rest der Zeit schweigend verbrachten.

Als jedoch die Glocken das Ende des Gottesdienstes ankündigten, öffnete ich den Kofferraum und ging sicher, dass die Rosen allesamt noch blühten und dornenfrei waren, damit ich sie gleich an die Gäste weitergeben konnte. Trudi musste mit den Beinen wackeln, denn der Passat schunkelte leicht hin und her.

Der Kies knirschte neben mir und ich konnte hören, wie sich ein Auto näherte.

„Ach, schau mal. Die Polente ist auch da!", rief Trudi begeistert. „Meinst du, die geben gleich einen Ehrenschuss ab?"

Mein Kopf fuhr in die Höhe und tatsächlich – ein Streifenwagen hatte keine zehn Meter neben uns geparkt.

„Hm …", drang ein unzufriedenes Geräusch aus Trudis Kehle. „Also früher durften die nicht so rumrennen. Mit Anzug und ohne Uniform. Wo kommen wir denn dahin? Dann kann die doch niemand erkennen. In Uniform sehen Männer immer so stattlich aus, das sollte ihnen keiner nehmen."

Ich fand, dass dieser spezielle Polizist auch im Anzug eine recht stattliche Figur machte. Breit genug, um den Anzug auszufüllen waren seine Schultern zumindest – und diese warmen braunen Augen … wenn sie mich ansahen und er gleichzeitig etwas in mein Ohr flüsterte ...

Oh mein Gott!

Rispo hatte tatsächlich Recht! Ich hatte wirklich zu lange keinen guten Sex mehr gehabt. Wie sonst konnte ich mir erklären, dass ich über den arroganten Egomanen vor mir fantasierte, nur weil er eine Krawatte trug und ihm die dunklen Haare ins Gesicht fielen?

Rispos Blick landete bei mir und seine Augenbrauen hoben sich ungläubig. Schnell wandte ich meinen Blick ab. Polizisten hatten zwar keine Superkräfte, aber ich war mir dennoch sicher, dass man mir meine Gedanken von meinem erhitzten Gesicht ablesen konnte.

Ich fing an, die Rosen zu zählen, kam aber nur bis fünf, bevor ein Schatten über mein Gesicht fiel.

„Sagen Sie mir, dass Sie ein Hologramm sind.“

Ich prustete und machte weiter damit, die Blumen zu zählen. Jede Rose war eine fünf. Hauptsache, ich musste nicht in sein Gesicht sehen.

„Sie haben zu viel Star Wars gesehen ... und wagen Sie es nicht, mir in die Seite zu piksen, nur um Ihre Theorie zu testen.“ Ich hob einen Zeigefinger in seine Richtung und stupste ihm damit versehentlich unters Kinn. Vielleicht sollte ich doch mal hinschauen, um wenigstens zu sehen, was ich tat.

Ich richtete mich auf und erhaschte dabei einen Blick auf Trudi, die sich interessiert im Sitz nach vorne lehnte.

Rispo rieb sich sein stoppeliges Kinn und verzog sein Gesicht.

„Wo haben Sie denn Ihr Auto gelassen?", fragte ich beiläufig und betrachtete den Streifenwagen, „Sie fahren doch sonst inkognito."

Er ließ seine Hand sinken. „Das ist in der Werkstatt."

Schade. Ich dachte, er hätte es vielleicht vergessen.

Der Anzug stand ihm wirklich gut. Er war so dunkel und das machte Rispo auch irgendwie ... düster.

„Wenn Sie kein Hologramm sind, was machen Sie dann hier?"

„Arbeiten", erwiderte ich pikiert und wedelte mit einer Rose vor seiner Nase herum.

„Wie sagten Sie noch so schön: Ich soll mich um meine Blumen kümmern. Das tue ich hiermit. Sehen Sie?" Wieder schwenkte ich meinen Arm. „Blume!"

Er sah überhaupt nicht belustigt aus.

„Und Sie konnten sich nicht woanders um Ihre Blumen kümmern? Sie mussten das auf der Beerdigung des Mordopfers tun? Welch ein Zufall."

Ich blinzelte unschuldig zu ihm auf. „Keineswegs ein Zufall. Ich hab dem Bruder des Ehemanns meine Karte gegeben. Wieso verteidige ich mich eigentlich?" Ich schüttelte den Kopf und legte die Rose zurück. „Ich bin Floristin und auf einer Beerdigung braucht man Blumen. Sie müssten sich eigentlich erklären! Die Polizei ist auf einer Beerdigung ungewöhnlicher als Blumen."

„Ich mache das Gleiche wie Sie – meine Arbeit. Statistisch gesehen sind die Mörder immer Menschen aus dem näheren Umfeld."

„Statistisch gesehen geschehen die meisten Verbrechen aus Leidenschaft, aber Sie schließen die Affäre ja trotzdem kategorisch aus!" Ich verschränkte meine Arme, um meinen Protest zu unterstreichen.

Er verengte seine Augen und steckte seine Hände in die Hosentaschen. „Wollen Sie wirklich wieder dieses Fass aufmachen? Ich dachte, das hätten wir heute Morgen bereits ausreichend diskutiert.“

Meine Wangen verfärbten sich rot und ich löste meine Arme, um erneut meinen Zeigefinger zu heben. Dieses Mal allerdings gegen seine Brust.

„Sie sind ein Blödmann!“, stellte ich fest. „Und jetzt entschuldigen Sie mich, ich muss arbeiten und eine Voodoo-Puppe für Sie basteln. Trudi, hilfst du mir?“

Die alte Frau erhob sich ächzend und schaute mich etwas verwirrt an. „Ich weiß leider nicht, wie eine solche Puppe gebastelt wird, aber vielleicht kann man ja diesen Google-Typen befragen? Das macht mein Sohn zumindest immer ...“

Ich verdrehte die Augen. „Kommen Sie einfach mit.“ Die Rosen zusammenraffend, wandte ich dem Kommissar den Rücken zu.

Rispos leises Lachen verfolgte mich noch bis zur Kirchentür, doch als die Tür aufgestoßen wurde und vier Männer mit einem Sarg auf ihren Schultern aus der Kirche kamen, hörte ich ihn nicht mehr.

Trudi lachte kein einziges Mal während der Zeremonie.

Ich verteilte die Rosen und betrachtete zeitweilig Rispo aus meinen Augenwinkeln, der nichts weiter tat, als ... ja, was machte er eigentlich?

Er verhielt sich unauffällig und sah den Leuten nacheinander ins Gesicht. Nicht einmal lange, aber dennoch hatte ich das Gefühl, dass er jeden einzelnen aufs Genaueste unter die Lupe nahm und beobachtete. Es war faszinierend, ihm dabei zuzusehen. Er agierte freundlich, lächelte, aber sein Blick war so scharf wie sein Hintern.

Die Metapher würde ihm wohl nicht gefallen.

Als die Zeremonie endete und die erste Schaufel Erde auf Kathrin Pfennings Sarg landete, reihten sich die Gäste auf, um dem Ehemann ihr Beileid auszudrücken. Ich hatte irgendwie ein schlechtes Gewissen, weil ich so eine schreckliche Situation ausgenutzt hatte, um Geld zu verdienen, deswegen stellte ich mich auch einfach an. Es war ja nur höflich. Trudi hingegen sah dazu keinen Anlass. Sie sagte, sie sei alt und für Höflichkeit bliebe ihr keine Zeit – außerdem täten ihr die Füße weh – weshalb sie sich schon einmal auf den Weg zum Auto machte.

Die Schlange war lang und ging nur mäßig voran, da Herr Pfenning jede Umarmung in die Länge zu ziehen schien und außerdem jedem Menschen noch eine Anekdote seiner toten Frau mit auf den Weg gab. Einige Menschen schienen davon genervt, aber trauernde Menschen drängelte man nun einmal einfach nicht.

Die Frau vor mir fing leise an in ihre Hände zu schluchzen, wobei ihre Jackenärmel etwas hochrutschten und ich schwarze Spuren von Mascara an den Ärmeln ihrer weißen Bluse erkennen konnte.

Ich öffnete meine Handtasche, kramte nach einem Taschentuch und reichte es ihr über die Schulter. Sie wandte sich um und lächelte mir dankbar zu.

„Es ist so … so … traurig", schluchzte sie weiter und schnäuzte sich kräftig. „Sie war nur zwei Jahre älter als ich! Und jetzt …" Sie schnäuzte sich erneut und sah mich an. „Finden Sie nicht auch?"

„Ja, natürlich. Viel zu jung."

Die Frau nickte und trat einen Schritt in der vorrückenden Reihe nach vorne.

„Dabei war sie immer so eine vorbildliche Angestellte. Es ist unmöglich, sich vorzustellen, dass jemand ihr etwas Böses wollte." Eindrucksvolle, große Tränen verfingen sich in ihren Wimpern und sie wischte sich mit ihrem Ärmel über die Augen.

„Sie kannten Kathrin also von der Arbeit?", fragte ich und zog ein weiteres Taschentuch hervor.

Nickend nahm mein Gegenüber es mir aus der Hand.

„Sie hatte den Schreibtisch gleich gegenüber. Immer fleißig bei der Arbeit, damit sie pünktlich zu ihrem Gregor nach Hause fahren konnte."

Ich wurde hellhörig. „Pünktlich sagten Sie? Sie hat keine Überstunden gemacht?"

Schluchzend schüttelte meine neue Bekanntschaft den Kopf. „Aber nein. Sie wollte die Zeit mit ihrem Ehemann verbringen."

Sie hatte also doch keine Überstunden gemacht, wie von besagtem Ehemann behauptet! Das schrie nach Affäre! Behaupten zu arbeiten, während man in Wirklichkeit ganz andere Dinge machte – das wusste doch jedes Kind, dass da ein anderer Mann im Spiel sein musste! Aber wieso hatte niemand von den Freunden etwas gesehen? Irgendwer musste doch etwas wissen!

Ich tätschelte die Schulter der Frau und bewegte mich mit der Schlange weiter nach vorne.

„Sie ist also immer direkt nach Hause gefahren, die treue Seele?"

Die Frau nickte.

Ich runzelte meine Stirn. „Haben Sie sie ins Auto steigen sehen?"

Mein Gegenüber blinzelte verwirrt. „Wie bitte?"

Verflixt, ich musste vorsichtiger sein. Verhörtechnik stand noch nicht auf der langen Liste meiner überragenden Fähigkeiten.

Offenbar war die Frage, ob man seine Arbeitskollegin dabei beobachtete hatte, wie sie allabendlich ihren Wagen bestieg, doch etwas zu merkwürdig. Das würde ich mir fürs nächste Mal merken müssen.

„Nichts", sagte ich eilig und tätschelte wieder ihre Schulter. „Sie war nur so jung, nicht wahr?"

„Ja", heulte die Finanzbeamtin und schnäuzte sich erneut, „und dabei war sie doch ein so fröhlicher Mensch. Jeden Morgen kam sie summend mit ihrem Kaffee ins Büro und malte das Herzchen nach – sie hat ihren Mann, glaube ich, sehr geliebt ..."

„Welches Herzchen?", unterbrach ich verwirrt.

Kathrins Arbeitskollegin schniefte.

„Das Herz auf ihrem Latte Macchiato ... sie hatte dieses eine Lieblingscafé, wo sie alle ihre Meetings absaß und mit jedem Kunden hinging. Sie sagte, dort machen sie göttlichen Kaffee und er bringe ihr Glück."

Ein Herzchen auf dem Latte. Den Laden kannte ich.

Wenn Kathrin wirklich jeden Kunden in dieses Café geschleppt hatte, wie groß war dann die Wahrscheinlichkeit, dass sie dort auch mit ihrem Lover gewesen war?

Sehr groß.

Und in einem Café gab es immer eine Person, die alles überblickte ...

Ich musste mich gewaltsam davon abhalten zu lächeln. Stattdessen griff ich noch einmal in meine Handtasche und nahm die Packung mit den restlichen Papiertaschentüchern hervor.

„Hier, nehmen Sie die", sagte ich und drückte sie der Frau in die Hand. „Ich muss kurz … jemanden suchen."

Ich trat aus der Schlange und sah mich um. So viele Männer im Anzug, aber nicht der, den ich suchte.

Das war ja mal wieder typisch. Wenn ich es absolut nicht wollte, lief mir Rispo bei jeder Gelegenheit über den Weg, aber wenn ich tatsächlich mal etwas Interessantes herausgefunden hatte, war er nicht aufzufinden.

War er womöglich schon wieder gefahren?

Eilig lief ich den Kiesweg hinab und entfernte mich von der Trauergemeinde. Der Friedhof lag direkt hinter der Kirche, deswegen dauerte es keine zwei Minuten, bis ich meinen Wagen und das Polizeiauto erkannte.

Rispo war noch nicht gefahren. Stattdessen stand er vor meinem Auto und unterhielt sich mit Trudi, die auf dem Beifahrersitz Platz genommen hatte, ihre dunkelgrauen Locken fröhlich hin und her wippend.

„Aber haben Sie auch schon einmal jemanden erschossen? Also, nicht nur einen Warnschuss gegeben, sondern wirklich ins Herz und – tot?", wehte ihre Stimme herüber.

„Könnte ich nicht behaupten. Angeschossen, aber nicht erschossen. Bei der Polizei lernt man, den Täter nicht gleich zu töten."

Trudi sah unzufrieden aus und schüttelte den Kopf.

„Das ist nichts Besonderes. Mein Mann hat auch schon einmal jemanden angeschossen. Er war auf der Jagd und hatte seine Brille vergessen. Kurzum – Menschen und Rehe unterscheiden sich wohl doch nicht so, wie mancher meinen könnte."

Wenn sie so weitermachte, würde der arme Rispo sich wohl noch in die Hose machen, weil er sich so krampfhaft davon abhielt, loszulachen.

„Trudi, das war mit einem Luftgewehr. Das ist was anderes", sagte ich laut und die beiden wandten sich zu mir um.

„Das ist überhaupt nichts anderes. Angeschossen ist angeschossen!", beharrte sie und legte ihre Beine in den Fußraum. „Fahren wir jetzt? Ich müsste mal."

Ich nickte. „Wir machen uns sofort aus dem Weg, ich will nur noch einmal kurz mit Kommissar Rispo reden."

„Du meinst den Spielverderber hier? Er wollte mich noch nicht einmal seine Waffe anfassen lassen!"

Guter Zug von Rispo. Trudi war nämlich auch nicht mehr dazu in der Lage, einen Menschen von einem Reh zu unterscheiden.

„Genau, den Spielverderber", grinste ich. Die Beschreibung gefiel mir. Obwohl Herr Grumpig immer noch besser passte.

Rispo verkniff sich ein Lächeln – was dank meiner Adleraugen nicht unbemerkt blieb – und folgte mir die paar Schritte zur Kirche hin. „Eine lebhafte Mitarbeiterin haben Sie da."

„Sie ist eine Meisterbäckerin", verteidigte ich sie sofort, „ihre Kekse sind göttlich."

Rispo steckte den kleinen Block, den er in der Hand gehalten hatte, in seine Jackeninnentasche und nickte.

„Wusste gar nicht, dass Blumenverkäuferinnen gut backen können müssen."

„Tja, Sie haben eben keine Ahnung."

Sein Grinsen vertiefte sich und erreichte seine Augen. Guter Gott, diese Augen!

„Wollten Sie deswegen mit mir sprechen? Um mir zu sagen, dass ich keine Ahnung habe?"

Nun ja, offenbar hörte er das nie – irgendwer musste es ihm ja einmal sagen.

„Nein, aber wissen Sie noch, als Sie meinten, dass ich keine Hilfe, sondern ein Klotz an Ihrem Bein wäre?"

„Daran erinnere ich mich noch sehr gut."

Triumphierend sah ich zu ihm auf und grinste ihn herausfordernd an. Ich würde das jetzt genießen.

„Nun, ich weiß, wo wir noch einmal hin müssen, um nähere Informationen zu bekommen."

„Zum Coffee-Shop."

Ich hielt eine Hand hoch. „Lassen Sie mich ausreden, wir müssen nämlich zum ... oh."

Meine Hand sank herunter, als mein Kopf realisierte, was er da gesagt hatte. „Woher wissen Sie das?"

„Ich bin gut in meinem Job, Lou. Sagte ich das nicht bereits? Nur eine Sache haben Sie verwechselt: Wir müssen nirgendwo hin. Sie müssen Ihre Blumen verkaufen und ich meinen Job machen. Viel Spaß."

Er wandte sich um und stieg in den Polizeiwagen. Zwei Sekunden später fuhr er knirschend vom Platz.

Ich beeilte mich damit, zum Passat zu gelangen und rammte den Zündschlüssel ins Schloss.

„Trudi, was hältst du davon, heute noch einmal mit Emily den Laden zu übernehmen?“, fragte ich und drückte aufs Gas.

„Toll! Mir hat noch nie jemand so viel Verantwortung übertragen.“

Wahrscheinlich nicht grundlos. Hofften wir mal, dass ich meine Entscheidung später nicht bereute.

„Hat das wieder was mit dem Finger zu tun?“, fragte sie neugierig und schnallte sich an.

Ich schüttelte den Kopf. „Nein“, murmelte ich und beschleunigte noch ein bisschen. „Das hier ist persönlich.“

Kapitel 10

Ich brach so einige Verkehrsregeln, als ich Trudi am Laden abgesetzt hatte und Richtung Finanzamt weiterheizte. Aber ich wollte nichts verpassen. Den Sieg konnte ich Rispo nicht gönnen. Es war meine Idee gewesen!

So ganz stimmte das nun auch wieder nicht, schließlich war auch er darauf gekommen, dass man die Barista vielleicht einmal befragen sollte. Darum ging es aber nicht.

Wenn ich ehrlich war, wusste ich auch nicht mehr so genau, um was es ging. Alles, was ich wusste war, dass ich Rispo nicht den Sieg würde gönnen wollen!

Die Parksituation war schwierig, aber das gestaltete sich wohl nicht nur für mich so, denn als ich endlich keuchend den Coffee-Shop betrat, stand Rispo noch in der Schlange vor dem Tresen. Er war der Letzte in der Reihe von zehn Leuten.

Ich grinste und stellte mich leise hinter ihn. Polizisten bekamen wohl doch nicht alles genau dann, wann sie es wollten.

„Das ist ja nett. Aber Sie hätten doch nicht auf mich warten müssen." Ich schlug ihm mit der flachen Hand auf sein Schulterblatt.

Er zuckte zusammen, drehte sich um und sein Blick verfinsterte sich, aber das kannte ich ja bereits. Ich glaube, dieser Blick gehörte einfach zu ihm. So wie sein Ego und seine Unverschämtheit.

„Gibt es da einen Trick?", knurrte er.

„Wofür?"

„Dafür, wie man Sie los wird!"

Ich musste lachen. „Fragen Sie doch mal meinen Ex-Freund. Wenn Sie alles genauso machen wie er, dann wird das vielleicht in drei Monaten was."

„So lange kann ich nicht warten."

„Dann müssen Sie wohl etwas kreativer werden", sagte ich gespielt seufzend. „Haben Sie ihr nicht Ihre Marke gezeigt und durften sich vordrängeln?"

Ich warf einen Blick auf die Barista, die noch genauso aussah wie vor ein paar Tagen. Lächeln auf den Lippen und bei jedem Schritt wie eine Kuh klingelnd, weil ihre Kettenornamente gegeneinander schlugen. Seelenruhig bediente sie ihre Kunden.

Mein Blick landete wieder auf Rispo und ich merkte, wie seine Augen noch eine Nuance dunkler wurden.

„Natürlich. Aber ich habe das Gefühl, dass sie Männer verabscheut. Sie hat mich auf die Schlange verwiesen."

„Haben Sie nett gefragt?"

„Natürlich!", knurrte er. „Fünfhunderttausend Frauen in dieser Stadt und ich gerate an die, die etwas gegen das andere Geschlecht hat!"

Ich musste lachen. „Natürlich! Nur diese eine hat von den Männern die Nase voll. Glauben Sie auch an den Goldtopf am Ende des Regenbogens?"

Ich trat aus der Schlange und lief zum Tresen, meinen Blick auf das Namensschild der hübschen Rothaarigen geheftet.

Lena.

„Hey Lena, erinnern Sie sich an mich?", fragte ich fröhlich und schob den Mann, der gerade seine Bestellung aufgeben wollte, mit sanfter Gewalt beiseite. Seinen Protest beachtete ich gar nicht.

Die Barista lächelte. „Natürlich. Caramel Latte, groß!" Gutes Gedächtnis.

„Richtig! Hören Sie, ich und mein Kollege hier", ich nickte zu Rispo, der angesäuerter nicht hätte aussehen können, „sind von der Polizei. Meinen Sie, Sie könnten vielleicht kurz Pause machen und uns einige Fragen beantworten?"

„Polizei?" Sie sah erschrocken aus. „Ich dachte, Sie wären Blumenverkäuferin."

„Ist sie auch", mischte sich Rispo ein, der plötzlich neben mir stand. „Sie ist Blumenverkäuferin …"

„… Ladeninhaberin", korrigierte ich ihn. So viel Präzision musste sein.

„Von mir aus auch das und dann ist sie noch … keine Ahnung … sie ist jedenfalls hier, obwohl sie keiner darum gebeten hat."

Ich verdrehte die Augen und formte „Männer" mit meinem Mund. Lena lächelte, immer noch etwas nervös. „Um was geht es denn?"

Ich winkte schnell ab. „Ach, nur ein paar Kleinigkeiten. Sie könnten uns vielleicht helfen."

„Oh." Sie nickte und trat vom Tresen zurück. „Natürlich. Wenn Sie so nett fragen."

„Sehen Sie", murmelte ich aus meinem Mundwinkel. Ein Knurren war die Antwort.

„Lisa? Kannst du mir kurz aushelfen?", rief die Barista unterdessen und eine kleine, rundliche Mittvierzigerin mit grüner Schürze trat aus dem Hinterzimmer und übernahm die Kasse. Lena band ihre Haare zu einem Zopf und kam hinter der Theke vor. „Was wollen Sie denn wissen?"

Rispo machte noch ein paar Schritte zur Seite, sodass uns kein Kunde mehr hören konnte und ich spürte seinen Blick in meinem Nacken, als versuchte er mit reiner Willenskraft, mich dazu zu bewegen, mich auf der Stelle in Luft aufzulösen.

Rispo spürte offensichtlich, dass ich nicht vorhatte, mich auch nur einen Zentimeter zu bewegen, weshalb er leise seufzte und ein Foto aus seiner Innentasche zog.

„Kennen Sie diese Frau?", wollte er wissen und hielt der Barista das Bild hin.

Sie blinzelte und besah sich das Foto genauer.

„Aber natürlich, das ist doch die Finanzbeamtin, die ermordet wurde."

„Ja, genau." Rispo steckte das Foto ein. „Arbeitskollegen meinten, dass sie öfter hier ihren Kaffee getrunken hat."

Die Barista nickte langsam. „Ja, doch, sie war fast jeden Morgen hier. Zumindest an fast jedem Morgen, an dem ich Schicht hatte."

„Natürlich." Rispos Stimme klang so sachlich wie ein Was-ist-Was Buch. „War sie alleine hier?"

„Doch, ja, ich meine schon."

Ich verdrehte meine Augen. „Fragen Sie immer so kryptisch?", fragte ich in Rispos Richtung und wandte mich dann zu der Barista. „Er will wissen, ob sie mit einem Mann hier war oder ob Ihnen in den letzten Wochen etwas Seltsames aufgefallen ist."

Neben mir knackte ein Kiefer.

Die Barista überlegte kurz und schüttelte dann den Kopf. „Nein, ich glaube nicht. Sie war zwar öfter hier, aber ein Mann ... doch!" Ihr Gesicht erhellte sich. „Natürlich, vor zwei Wochen saß sie an dem Tisch dort vorne, mit einem Mann."

Bingo.

„Wissen Sie noch, wie er aussah?"

Sie nickte. „War auffällig. Er hat nicht zu ihr gepasst. Alte Kleidung, längere Haare, etwas schmuddelig."

Die Alarmglocken in meinem Kopf fingen an zu schrillen und als ich Rispos Blick begegnete, wusste ich, dass er das Gleiche dachte.

Der Bruder vom Ehemann! Sie hatte eine Affäre mit dem Bruder gehabt!

„Haben Sie eine Ahnung, worum es bei dem Gespräch ging?", fragte Rispo nach und zückte seinen Block.

Sie zuckte die Schultern. „Tut mir leid. Ich belausche keine Kunden – aber sie hat ihm etwas mitgegeben. Einen Umschlag, glaube ich."

In Umschlägen befanden sich entweder Briefe oder Geld. Letzteres passte eher. Aber warum sollte Kathrin Pfenning den Bruder ihres Ehemanns für Sex bezahlen? Das ergab nun wirklich keinen Sinn. Da konnte

sie weitaus attraktivere Männer bekommen, für weitaus weniger als viertausend Euro.

„Fällt Ihnen sonst noch etwas ein?"

Die Barista schüttelte entschuldigend den Kopf. Die
Kette klirrte mit. Guter Gott, dass sie das nicht wahnsinnig machte! Diese vielen kleinen Herzchen, die sich
gegenseitig verprügelten, würden mir ja total auf den
Geist gehen!

Rispo steckte sein Notizheft wieder weg.

„Danke, dass Sie sich die Zeit genommen haben."

Er reichte ihr eine Karte. „Wenn Ihnen noch etwas
einfällt, melden Sie sich."

Ich war also nur eine von Vielen gewesen. Und ich
hatte geglaubt, dass er nur auserwählten Personen
seine Kontaktdaten hinterließ.

„Okay." Lena, die Barista, betrachtete die Karte und
nickte. Dann lächelte sie mir zu.

„Kommen Sie doch ruhig mal öfter vorbei – falls Ihr
Freund Ihnen wieder auf die Nerven geht", sie warf
Rispo einen verachtenden Blick zu, „bekommen Sie
einen Latte gratis."

„Er ist nicht mein Freund", stellte ich prustend klar.
„Nur ein Typ, der mir auf die Nerven geht."

„Tun sie das nicht alle?", seufzte Lena und verschwand wieder hinter der Theke.

Rispo starrte mich an. „Jetzt bin ich derjenige,
der Ihnen auf die Nerven geht?"

Ich zuckte die Schultern und wandte mich zum Gehen. „Das Spiel funktioniert in beide Richtungen, Rispo. Glauben Sie mir."

Ich stieß die Tür mit dem Knie auf und Rispo hielt
sie über meinem Kopf mit seiner Hand geöffnet.

„Sie hätten trotzdem nicht so entgeistert sein müssen bei der Vorstellung, ich könnte Ihr Freund sein“, grummelte er.

Ich schmunzelte. „Ooooh“, tat ich gespielt mitleidend, „hätte ich lieber Ihr Ego streicheln sollen?“

Ich legte die Hand auf meine Brust und wandte mich schmachtend zu ihm um. „Joshua Rispo, Sie sind der Mann meiner Träume, so wie von jeder anderen Frau auch.“

Ich wusste, dass ich das im Scherz sagte, aber die Wahrscheinlichkeit, dass es da ein oder zwei oder auch dreitausend Frauen gab, bei denen das zutraf, war relativ hoch. Selbstverständlich gehörte eine Frau wie ich nicht dazu. Ich stand auf die lieben Jungs. Solange sie keine Zahnärzte waren.

Rispos Miene blieb unverändert. Jetzt tat er mir doch irgendwie leid.

„Nehmen Sie es nicht persönlich“, seufzte ich und sah zu ihm auf. „Ich würde einfach generell mit keinem Polizisten ausgehen.“

Was nicht hieß, dass man nicht in Versuchung kam.

„Ist das so?“ Seine rechte Augenbraue hob sich.

Ich nickte. „Polizisten sind zu sehr auf der Weltverbesserungsschiene.“

„Und das ist schlecht, weil ...?“

Ich blieb stehen und legte den Kopf schräg. „Na ja, erst die Welt verbessern und das Nächste, was sie verbessern wollen, das bin dann ich.“

Rispo lachte und schüttelte amüsiert den Kopf.

„Das ist die dümmste Theorie, die ich je gehört habe und da zählt Ihre ,Meine Katze muss den Einbrecher gemocht haben, deswegen wird er nett gewesen sein'-Theorie dazu."

Ich schob meine Unterlippe vor. „Das ist ein sehr valides Argument. Ich brauche niemanden, der versucht mich zu bessern, dafür habe ich schon meine Mutter!"

Er grinste immer noch und legte eine Hand in meinen Rücken, um mich weiter voran zu schieben. Kein unangenehmes Gefühl. Wenn man kein Rendezvous mit einem Polizisten wollte, konnte man dann trotzdem mit ihm schlafen?

„Kommen Sie, wir sind noch nicht fertig." Er steuerte mich in Richtung des Finanzamtes.

„Sie haben wir gesagt", grinste ich.

„Ich werde Sie ja doch nicht los. Sie würden mir einfach hinterherlaufen wie ein treues Bernhardinerhundebaby."

Der Vergleich gefiel mir nicht – ich sah mich da eher als stolzen Schäferhund – aber der Inhalt stimmte wohl.

„Glauben Sie, dass der Bruder vom Ehemann eine Affäre mit Kathrin hatte?", sprach ich schließlich den Gedanken aus, der mir schon die ganze Zeit im Kopf herumgeisterte.

Rispo stöhnte laut und ließ die Hand fallen. „Ich glaube, dass Kathrin Pfenning dem Bruder des Ehemanns Geld gegeben hat, mehr nicht!"

Ich verdrehte die Augen. „Dass der Bruder Geld braucht, das war klar."

Er warf mir einen Blick zu. „Erleuchten Sie mich."

„Haben Sie ihn mal angesehen? Meine Fingernägel sehen besser aus als seine und ich wühle den ganzen Tag in Erde rum."

„Ihre Argumente werden wirklich immer stichhaltiger.“

Er blieb vor der Tür des Finanzamtes stehen und fixierte mich jetzt mit seinen braunen Augen. „Noch etwas: Wenn wir reingehen, möchte ich keinen Mucks von Ihnen hören, ist das klar? Ich stelle die Fragen und Sie dürfen zuhören – das ist mehr als jeder andere Zivilist darf.“

Er sah ernst aus – aber für mich nicht bedrohlich genug. Ich hatte den Blick meiner Mutter gesehen, als Jannis Marmelade auf ihr Hochzeitskleid geschmiert hatte – mich konnte nichts mehr schockieren.

Ich verschränkte die Arme. „Sie haben gerade so lange gebraucht. Ich werde dann ungeduldig.“

„Natürlich habe ich versucht, es langsam angehen zu lassen“, knurrte er, schon wieder ganz der Alte. „Ich stelle die Fragen so offen wie möglich, damit sich Zeugen an alles erinnern und nicht nur an spezifische Begebenheiten. Sie haben die Frage so gestellt, dass sich die Antworten wunderbar zu Ihrer fantasierten Affären-Geschichte zusammenfügen lassen. Aber Sie sehen das Gesamtbild nicht.“

Das Gesamtbild existierte noch gar nicht. Was wollte er da sehen?

Klar, ich war etwas eingeschränkter in meiner Sichtweise, aber meine Geschichte gefiel mir auch viel zu gut, als dass ich etwas anderes in Betracht ziehen wollte. Obwohl ich zugeben musste, dass die Sache mit dem Geld nicht ganz in mein Fantasiebild passte.

„Was wollen wir eigentlich hier machen?“, wich ich ihm geschickt aus.

Er seufzte, als würde er wissen, dass er von mir kein versprochenes Schweigen bekommen würde und öffnete mir die Tür. „Wir holen uns eine zweite Meinung ein."

Ich schlüpfte unter seinem Arm hindurch und fand mich in einer Eingangshalle wieder, die ich mir so immer bei Gringotts, der Bank bei Harry Potter, vorgestellt hatte. Sie war riesig. Eigentlich einfach eine schlichte Vergrößerung von dem Eingangsbereich bei den Pfennings. Stuck an der Decke, pornografische Bilder mit barocken Frauen und nicht sehr gut ausgestatteten Männern – nur die Sicherheitskontrolle hatte es bei den Pfennings nicht gegeben.

Ein Mann, der mit Zwillingen schwanger zu sein schien und dessen Security Guard-Uniform sich stolz über seine Brust spannte, winkte gelangweilt Menschen durch ein Drehkreuz und einen Metalldetektor, den man so nur vom Flughafen kannte.

Seit wann gehörten Finanzämter zu einer gefährdeten Zone? Es gab sicherlich eine Horde Menschen, die hier gerne mal reinstürmen und den hochnäsigen Geldjongleuren ihre Meinung sagen wollten, aber gleich jeden auf metallene Gegenstände zu untersuchen, das erschien mir doch etwas drastisch.

„Darf ich vorstellen", flüsterte Rispo in mein Ohr, „unsere zweite Meinung."

Ich hob meine Augenbrauen. „Gibt's die auch in schöner?"

Er lachte leise. „Sie sind zu wählerisch Louisa."

Hatte er etwa vergessen, dass ich mit einem Zahnarzt zusammen gewesen war, von dem Wort „Karies" angetörnt wurde? „Und wie machen wir es?", fragte ich, nur noch wenige Meter von dem Security Guard entfernt.

„Haben Sie etwa eine Lieblingsstellung?"

Ich wurde rot, verbarg diese Tatsache jedoch gekonnt mit einem ausdrucksstarken Augenverdrehen.

„Ich meinte, wie verhören wir ihn am besten? Soll ich mit ihm flirten, damit er ..."

Rispo sah mich mitleidig an und schob im Gehen sein Sakko von seinem Gürtel zurück. Seine Marke blitzte auf und der Security Guard wurde sofort aufmerksam.

„Guten Tag, ich bin Joshua Rispo von der Kripo und das hier ist ..." Er sah mich kurz an und zuckte dann die Schultern. „Meine Beraterin. Kann ich Ihnen ein paar Fragen stellen?"

Ich wollte gerade protestierend meinen Mund öffnen, als der Security Guard mir die Chance nahm, etwas zu sagen.

Er sah so eifrig aus, dass ich auf den Schaum vor seinem Mund wartete.

„Aber natürlich! Ich wäre ja auch beinahe Polizist geworden ..." Er lief rot an und wischte sich den Schweiß von der Stirn, der seine blonden Haare auf seiner Haut kleben ließ. „Hab mich dann aber dagegen entschieden ... ist ja doch viel Verantwortung und so ..." Er räusperte sich und ich war mir ziemlich sicher, dass er sich nicht freiwillig dagegen entschieden, sondern dass die Akademie ihm die Entscheidung abgenommen hatte. „Wie kann ich Ihnen denn helfen?"

Rispo zog noch einmal die gleiche Nummer wie vor ein paar Minuten ab. Erst zog er das Bild aus der Tasche, stellte dann die dazugehörige Frage und schließlich fragte er, ob „seinen scharfen Augen" vielleicht noch etwas aufgefallen war, das uns weiterhelfen könnte.

Der Uniformierte sah angestrengt in die Luft.

„Da muss ich erst einmal drüber nachdenken", erklärte er überflüssigerweise. „Ich hab sie ja, wie gesagt, fast jeden Morgen gesehen. Da wichtig von unwichtig zu filtern, ist schon eine Herausforderung."

Warum zur Hölle das denn? Man konnte doch wohl relativ fix entscheiden, was für Informationen für einen verdammten Mordfall relevant waren und welche nicht! Kaffee trinken – irrelevant; Bruder vom Ehemann, der einem droht, den Finger abzuschneiden – relevant! So einfach war das!

Gott sei Dank war ich keine Kindergärtnerin geworden, so wie meine Mutter es eigentlich von mir gewollt hatte. Mit meiner Ungeduld kam auch meine gemeine und herablassende Seite zum Vorschein.

Bei Rispo war das anders. Er war offensichtlich jemand, der kein Problem damit hatte, zehn Minuten zu warten, bis jemand aus einer Parklücke zurückgesetzt hatte, um den Platz in Anspruch zu nehmen. Er hatte sicherlich kein zuckendes rechtes Auge, wenn die Ampel nach zwei Minuten immer noch nicht auf Grün sprang.

„Lassen Sie sich ruhig Zeit", erklärte er gelassen. „Sie machen Ihren Job sehr gründlich, dementsprechend haben Sie auch viele Informationen im Kopf – das verstehe ich. Ich glaube nicht, dass ich dazu in der Lage wäre, so schnell wichtige Informationen aus der Flut von Unwichtigen herauszufiltern."

Das Gesicht des Guards wurde vor Stolz noch roter und ich fragte mich unwillkürlich, was manche Menschen nur an sich hatten, dass man sie nur ansehen musste, um den Wunsch zu verspüren, sie zu beeindrucken.

Egal was es war, Rispo hatte es und nicht zu knapp.

„Also ich kann nicht behaupten, dass sie sich sehr auffällig verhalten hat. Immer sehr zuvorkommend, freundlich. Hat sich öfter mit einer Freundin von ihr vor dem Amt getroffen." Er nickte zur Eingangstür. „Hübsches, blondes Mädchen. Ich mag, wenn Frauen Locken haben." Er zwinkerte mir zu und ich konnte mein Gesicht nur mit Mühe davon abhalten, aus der Fassung zu geraten.

„Gab es da sonst noch Personen, mit denen sich Frau Pfenning des Öfteren getroffen hat?", hakte Rispo weiter nach. Er hatte schon wieder sein Notizbuch in den Händen und kritzelte eifrig. Was stand da noch über mich drin, außer, dass ich anstrengend war?

Ich stellte mich ein bisschen auf die Zehen und bekam prompt einen vorwurfsvollen Blick von Rispo zugeworfen.

„Der Aerobic Kurs ist die Straße runter, Manu", murmelte er. Mich auf die Fußballen zurücksinken lassend, strich ich über meinen Rock. „Wenn Sie mich in engen Leggins sehen wollen, können Sie mir das doch sagen. Oder haben Polizisten wie Ärzte eine Schweigepflicht?" Interessierte mich doch nicht, was er über mich dachte …

Der Security-Mann hatte von unserem Wortwechsel keine Notiz genommen. Er steckte offenbar noch in seinem Gedankengefängnis, aus dem er „Informationen herausfilterte".

„Ich weiß nicht", antwortete er schließlich langsam. „Ihr Mann war zumindest nie da. Aber der Bruder von Herr Pfenning hat sie vor zwei Wochen besucht."

Bingo.

Wir hatten eine Spur! Zwei Augenzeugen, die gesehen hatten, wie der Bruder von Herrn Pfenning mit Kathrin gesprochen beziehungsweise einen Umschlag von ihr bekommen hatte!

Rispo blieb dennoch cool wie ein Eiszapfen und nickte nur kurz. „Sind Sie sicher, dass es der Bruder von Herrn Pfenning war?"

Der Guard nickte. „Aber natürlich, er hat mich doch noch gegrüßt. Er ist der Arzt von meinem Kleinen, deswegen kenne ich Paul persönlich."

Nicht besonders subtil von einem Mörder, sich vorher noch mit einem Security Guard zu unterhalten. Aber Männer waren ja manchmal auch einfach dämlich ... nur – so dämlich?

Aber er war alles, was ich hatte, das auf meine Affären-Theorie hinwies und mir das Recht gab, Rispo die Zunge herauszustrecken und zu sagen: „Ich hab es doch gesagt!"

„Vielen Dank, das hat uns sehr geholfen."

Rispo gab dem Guard erst seine Hand und dann seine Visitenkarte. „Wenn Ihnen noch was einfällt, rufen Sie mich an."

Ehrfürchtig nahm der Mann die Karte entgegen, während ich keines Blickes mehr gewürdigt wurde. Ja, Rispo war Held aller Männer und Traum aller Frauen.

Blödmann.

Er lief Richtung Ausgang und ich folgte ihm.

Jetzt erst verstand ich die Metapher mit dem Hundebaby. Ich beschleunigte meinen Schritt, damit es nicht mehr so aussah, als würde ich ihm hinterherlaufen.

„Der Bruder ist unser Mann?“, fragte ich und trat in die Sonne hinaus.

Rispo zuckte die Schultern. „Ich weiß nicht, ob er unser Mann ist, aber Paul Pfenning ist zumindest ein Mann, der es mit der Wahrheit nicht so genau nimmt.“

Also so wie jeder andere der 3,6 Milliarden Männer auf dieser Welt. Paul Pfenning, der … Moment.

„Warten Sie mal …“ Ich blieb stehen und runzelte die Stirn. Bei dem Namen klingelte etwas. „Paul Pfenning. Das habe ich schon einmal irgendwo gelesen. Er ist … Arzt?“

„Onkologe.“

Mein Gesicht erhellte sich.

„Natürlich! Er ist einer der Gastgeber von der Krebshilfe-Gala morgen!“

Ich musste seinen Namen auf der Liste gelesen haben, die meine Mutter mir zum Frühstück hingelegt hatte. Ein potentieller Mörder, der dumm genug war, zwei Wochen vor seiner Tat mit einem Gesetzeshüter zu reden und nebenbei auch noch Krebskranken half. Passte doch perfekt ins Bild.

Andererseits – waren nicht immer die unscheinbarsten Leute die Täter? Die, von denen man es nicht erwartete?

Vielleicht sah ich doch zu viele Krimis.

„Sie gehen zu einer Spendengala?“

Die Skepsis aus Rispos Stimme hätte mich eigentlich ärgern sollen – wenn sie nicht irgendwie gerechtfertigt wäre.

Menschen waren toll und denen, die Probleme hatten, sollte man unbedingt helfen, so gut man konnte – aber doch nicht auf einer Gala, bei der so viel Geld in den Wind geschossen wurde, dass bestimmt vier Schulen in Afrika gebaut und zwanzig Jahre mit Strom und Wasser versorgt werden könnten.

Ich nickte. „Nicht freiwillig, aber meine Mutter fängt immer damit an, dass sie mir das Leben geschenkt hat ...“

Ich zuckte die Schultern. „Da sieht jede Gegenargumentation ziemlich lahm aus – aber jetzt nochmal zu Paul Pfenning: Sie haben ihn doch sicherlich schon vernommen, nicht wahr?“

Rispo nickte und schob seine Sakkojacke wieder über die Marke, als einige Touristen stehenblieben und anfingen, ihn interessiert zu beobachten. „Sicher.“

„Und er hat nichts gesagt?“

Er hob seine Augenbrauen. „Sie meinen, er hat nicht erwähnt, dass er von dem Opfer viertausend Euro bekommen hat? Nein, das muss mir entgangen sein.“

Kein Grund sarkastisch zu werden. „Und jetzt? Noch einmal befragen?“

„Damit er wieder lügen kann? Nein. Ich dachte an etwas anderes.“

Sein Blick blieb an meinem Gesicht hängen und sein Grinsen verunsicherte mich ein wenig.

„An was?“

Er grinste noch breiter. „Wissen Sie, was man tut, wenn ein Mann nicht reden will?“

Sein Auto anfahren? Nach meiner Erfahrung redeten Männer danach sehr viel! Nicht nett, aber doch viel. „Erleuchten Sie mich."

„Man fragt seine Frau. Am besten in einer Umgebung, in der sie durch Alkoholeinfluss und sozialen Druck besonders viel redet. Noch mehr als sonst ohnehin schon, meine ich natürlich."

Ich presste die Lippen aufeinander und überkreuzte meine Arme. „Ein bisschen sexistisch, wenn Sie mich fragen. Männer sind hart und knicken nicht ein, aber sobald eine Frau einen Sekt in die Hand gedrückt bekommt, fängt sie an, Geheimnisse auszuplaudern?!"

Rispo zog seinen rechten Mundwinkel in die Höhe. „Ehrlich gesagt brauche ich nicht einmal ein Glas Sekt, um die Frauen zum Reden zu bringen ... obwohl mir ja eher das Zum- Schreien-Bringen liegt."

Mir klappte meine Kinnlade herunter. Fassungslos starrte ich ihn an. Eine solch chauvinistische Macho-Aussage war mir schon seit Langem nicht mehr untergekommen. „Dürfen Sie so etwas überhaupt während des Dienstes von sich geben?", schnappte ich nach Luft.

Amüsiert durch mein Entsetzen grinste er breit und sah auf seine Uhr. „Ich befinde mich offiziell in meiner Mittagspause."

Ich schüttelte den Kopf. „Sie sind so ein blöder, sexistischer ..."

„Sind Sie immer so prüde?", fragte er interessiert.

Ich verengte die Augen. „Nur donnerstags und wenn ich es mit selbstverliebten Vollidioten zu tun habe! Wie wollen Sie seine Frau überhaupt in eine solche Situation bekommen? Ist das nicht ein bisschen blauäugig zu denken, dass Sie sie einfach an einem öffentlichen Ort, an dem sozialer Druck herrscht, im beschwipsten Zustand antreffen und ohne Beisein ihres Ehemannes befragen können?"

Rispo kratzte sich am Kinn. „Sagten Sie nicht, dass Sie morgen auf diese Spendengala gehen?"

Ich legte den Kopf schief und sah ihn fragend an.

„Ja, und?"

Rispo grinste breit. „Tja, ich fürchte, dann haben Sie jetzt wohl doch ein Date mit einem Polizisten..."

Als ich mich am Abend mit dem Kopf voran vornüber in die Sofakissen fallen ließ, schien sich alles in meinem Kopf zu drehen.

Ich hatte mir vorgestellt, die Mordaufklärung würde irgendwie simpler sein. Ich hatte geglaubt, die Hinweise würden mir entgegenfliegen und sich auf natürliche Art und Weise zu einem Bild zusammenfügen. Falsch gedacht.

Die Informationen flogen unkontrolliert in meinem überfüllten Kopf hin und her und machten mich mit ihrer Zusammenhanglosigkeit vollkommen verrückt.

Die Idee, dass der Bruder des Ehemanns eine Affäre mit Kathrin Pfenning gehabt hatte, eifersüchtig geworden war und sie nicht mehr hatte teilen wollen, war ansprechend – aber es gab da so viele andere Dinge, die dagegen sprachen. Das Geld, die Tatsache, dass er mit dem Security-Mann gesprochen hatte – und überhaupt ... Paul Pfenning war kein Mörder. Ein Waschlappen vielleicht, ein ungepflegter noch dazu, aber er wirkte nicht wie ein Mörder.

Andererseits: Wer sah schon aus wie ein Mörder? Vielleicht war Jack the Ripper ja auch ein gutaussehender Charmeur gewesen, der Kindern sagte, sie sollten mehr Gemüse essen.

Was mich aber am allermeisten störte, war der Einbruch.

Warum war bei mir eingebrochen worden? Was versprach sich der Mörder davon? Alles, was er über mich wissen konnte, war, dass ich den Finger gefunden hatte – und die Schachtel. Aber an ihr war nichts Besonderes gewesen. Es war eine Box. Hübsch, kein Zweifel, aber mehr auch nicht. Wertvoll hatte sie auch nicht ausgesehen. Aber vielleicht war ja etwas darin versteckt? Gab es ein Geheimfach? Aber auf so etwas untersuchte die Polizei die Beweisstücke bestimmt.

Kein Wunder, dass Mordkommissare verrückt wurden! So viele Dinge, an die man denken musste.

Der Ehering, der fehlte, der abgeschnittene Finger, der Einbruch, das Geld, die Überstunden, die keine waren, die Fundorte der Leiche und des Fingers und jetzt der Bruder des Ehemanns, der einen Umschlag vom Opfer bekommen hatte.

Das waren alles runde Puzzlestücke. Und rund mit rund zu kombinieren, war eine blöde Idee für ein Puzzle.

Ich richtete mich etwas auf der Couch auf und drückte ein Kissen gegen meine Brust.

Nein. Ich blieb bei der Affäre. Mich jetzt auf etwas anderes zu versteifen, wäre viel zu anstrengend.

Die Mordaufklärungsgedanken wegschiebend konzentrierte ich mich auf die anderen Dinge, die meinen Kopf zur Dampflok werden ließen.

Die Gala morgen.

Schlimm genug, dass ich gezwungen wurde, hinzugehen. Jetzt musste ich auch noch gut aussehen! Als ich bei meiner Mutter angerufen hatte, um ihr mitzuteilen, dass ich mit Begleitung erscheinen würde, hatte sie erst einmal eine Schweigeminute eingelegt.

Rispo hatte mir ans Herz gelegt nicht zu verraten, dass er Polizist war. Je weniger es wussten desto besser, daher war mir nichts anderes übrig geblieben, als ihn als mein Date vorzustellen.

Die erste Frage war natürlich gewesen, was er von Beruf war – meine Mutter musste schließlich wissen, ob er mit einem Zahnarzt mithalten konnte. Mich hätte ehrlich interessiert, ob ein Polizist über einem Zahnarzt rangierte. Da ich aber gezwungenermaßen nicht wahrheitsgemäß antworten konnte, hatte ich aufmüpfig gesagt: „Die Frage werde ich nicht beantworten. Es kommt auf die inneren Werte an."

Jetzt dachte meine Mutter wahrscheinlich, dass er Obdachloser war oder noch schlimmer – Künstler.

Sollte sie doch. Ich hatte andere Dinge, über die ich mir Sorgen machen musste.

Was ich anziehen sollte zum Beispiel. Das wurde so langsam zu einem ernsthaften Problem. Ich wollte es nicht zugeben, aber seit ich wusste, dass Rispo mich in dem Kleid, das ich aussuchte sehen würde, war meine Motivation, wirklich etwas zu finden, in dem ich heiß aussah, um vierzig Prozent gestiegen.

Erbärmlich, aber so tickte mein weibliches Gehirn nun einmal: heißer Mann als Begleitung gleich heißes Outfit für mich.

Das Problem blieb nur, dieses Outfit zu finden, ohne dass mein Konto in die roten Zahlen ging.

Stöhnend legte ich meinen Kopf in den Nacken und fischte mein Handy aus der Handtasche, die neben meinen angezogenen Beinen lag.

Die Maßnahmen, zu denen ich gezwungen wurde, gefielen mir nicht.

„Hey, Loubalou. Was gibt's?", meldete sich Emmi nach dem zweiten Klingeln.

Ich legte meine Hand über die Augen, als würde es mir leichter fallen, die nächsten Worte auszusprechen, wenn einer meiner Sinne blockiert war.

„Hey, sag mal, hast du das ernst gemeint, als du meintest, ich könne mir ein Kleid von dir leihen?"

Emily war einen Moment still.

„Weiß ich nicht. Wieso fragst du?"

Sie wusste nicht, ob sie es ernst gemeint hatte? Ich verzog den Mund und bei meinen nächsten Worten sträubten sich meine Nackenhaare.

„Ich brauche deine Hilfe", grummelte ich.

„Kannst du diese vier Worte noch einmal ganz langsam wiederholen und ein ‚Schwesterherz' an das Ende setzen?", fragte meine Schwester unschuldig. „Warte noch kurz. Ich hole erst mein Aufnahmegerät."

Ich schlug meinen Kopf gegen den Sofarücken.

Eines war klar: Das alles war Rispos Schuld! Und er würde dafür büßen müssen.

Kapitel 11

Am nächsten Morgen um halb acht saß meine kleine Schwester im Schlafanzug auf ihrem Bett und beobachtete mich dabei, wie ich das vierte Kleid anprobierte. Dass Emily extra um halb acht für mich aufgestanden war, sollte mich eigentlich ehren, aber letztendlich ging es mir nur auf die Nerven, dass sie noch im Schlafanzug sein durfte und einen Keks nach dem anderen futterte, während ich hiernach zur Arbeit hetzen musste und Trudis Kekse wahrscheinlich der Grund waren, warum ich in zwei von drei Kleider tatsächlich nicht reingepasst hatte. Student und so jung zu sein war so schön. Vielleicht sollte ich meinen Laden doch lieber schließen und mich weitere fünf Jahre fortbilden. An dem Keksproblem würde das trotzdem nichts ändern.

Warum musste Trudi auch so wunderbar backen können?

„Zieh das wieder aus und probier das Rote", kommandierte Emily und schleckte sich ihre Finger ab. „Das fällt weit um die Hüften."

„Du bist gemein", seufzte ich. „Ich komme mir gerade schon fett genug vor."

Emily verdrehte die Augen. „Mecker nicht rum, wenigstens hast du Brüste."

Genau diese Tatsache sprengte auch beinahe das rote Kleid, das sich eng um meinen Oberkörper schmiegte und von der Taille abwärts weit auslief. Zwei dünne Spagettiträger, die sich über dem tiefen Rückenausschnitt kreuzten und mein BH waren das Einzige, das meine Brüste davon abhielt, nach vorne herauszufallen.

Emily pfiff durch ihre Zähne. „Jetzt musst du nur noch den BH ausziehen."

Ich riss meine Augen auf. „Bist du verrückt?"

„Da ist einer miteingenäht. Der Rückenausschnitt sieht mit BH nicht gut aus."

Eingenäht. Dass ich nicht lache! Nur weil eine doppelte Schicht Stoff für den oberen Teil verwendet worden war, hieß das nicht, dass man es als eingenähten BH bezeichnen konnte.

Seufzend öffnete ich meinen BH, zog ihn aus dem Kleid und entwirrte ihn aus meinen hellbraunen Locken, die heute Morgen jedes Styling boykottiert hatten. Wenigstens drohten meine Brüste jetzt nicht mehr ganz so dramatisch den Rahmen zu sprengen.

Ich strich das Oberteil glatt und sah mich im Spiegel an.

Ich konnte selbst nirgendwo anders hinstarren als auf meine Brüste – und ich kannte sie bereits. Was würde ich dann erst tun, wenn ich ein Mann wäre?

Der rote Satinstoff strich über den Boden, als ich mich zu Emily umwandte.

„Es ist sehr rot.“

„Na und?“

„Rot ist nuttig.“

„Meine halbe Garderobe ist rot.“

Ich schwieg und hob bedeutsam die Augenbrauen.

Emily verdrehte erneut ihre Augen. „Du bist so prüde! Rot ist nicht nuttig, rot ist heiß! Feuer, mit dem ein Mann spielen will.“

Ich wusste ja, wie viele Männer mit Emmi schon gespielt hatten.

„Ich weiß nicht.“ Unsicher drehte ich mich und besah meine Rückseite im Spiegel.

„Als ob heute Abend nicht alle etwas nuttig aussehen würden“, sagte Emily ungerührt. „Das ist eine Gala; die Frauen wollen zeigen, was sie haben.“

„Also gibst du zu, dass es nuttig aussieht“, sagte ich triumphierend und streckte meinen Finger in ihre Richtung.

Gelangweilt steckte Emily sich noch einen Keks in den Mund und sagte dann schmatzend: „Keine Sorge. Deine zugeknöpfte Persönlichkeit macht das wieder wett. Glaub mir: Niemand könnte je auf die Idee kommen, dass du eine Nutte bist – oder auch nur Spaß am Sex ... oder Leben haben könntest.“

„Ich habe Spaß am Leben – und am Sex!“, erwiderte ich aufgebracht. Ich konnte schließlich nichts dafür, dass die Männer, mit denen ich in letzter Zeit das Vergnügen gehabt hatte, absolute Nullnummern gewesen waren, die Probleme hatten, Brüste von Oberarmen zu unterscheiden. „Und ich bin nicht zugeknöpft!“ Mein Gesicht lief rot an und obwohl ich es besser wissen sollte, ließ ich mich immer wieder von Emily provozieren.

„Klar", flötete sie. „Wenn du das sagst."

Sie sprang von ihrem Bett und lief in den Flur. Wenige Sekunden später kam sie zurück und ein paar schlichte, schwarze High Heels baumelten von ihren Fingern. „Also, du nimmst das Kleid und dazu ziehst du die an."

Sie stellte die Schuhe neben mich und sah zufrieden aus. „Dann hält dich niemand für prüde, aber auch nicht für eine Prostituierte."

Ich wusste ja nicht, ob das das Ziel war, das ich hatte erreichen wollen …

„Sicher?"

Emily grinste. „Hast du eine andere Wahl?"

Nein. Die hatte ich nicht. Ich seufzte. „Mama wird begeistert sein."

Meine Schwester sah mich entzückt an. „Oh, bitte mach ein Foto!"

Ich war nervös. Es war albern und am liebsten hätte ich mich selbst geohrfeigt, aber das änderte nichts an der Tatsache, dass ich um sechs, aufgeregt wie ein Teenager, der zum ersten Mal Alkohol trinken durfte, in meinem Bad auf und ab hüpfte.

Es war ja nicht einmal ein richtiges Date, es wurde nichts Außergewöhnliches von mir verlangt, aber dennoch …

Das lag alles nur an dieser Aura, die Rispo ausstrahlte. Der, der verursachte, dass man ihn beeindrucken wollte. Beeindrucken, gegen die Wand drücken und besinnungslos küssen, während meine Hände …

Huch.

Rispo war überhaupt nicht mein Typ! Ich mochte ... nette Männer.

Es klingelte und erschrocken zuckte ich zusammen. Rispo war früh dran. Er hatte doch erst um Viertel nach sechs kommen wollen. Wusste dieser Mann nicht, dass bei einer Frau jede Minute zählte? Er konnte mir doch nicht einfach eine Viertelstunde stehlen!

Es klingelte erneut und seufzend zog ich den Bademantel enger um meine Hüften. Ich hatte meine braunen Haare zu Wellen geföhnt, musste aber noch Make-up auftragen und das Kleid anziehen. Egal, dann musste er eben warten.

Ich flitzte aus dem Bad, drückte den Buzzer für die untere Tür und öffnete meine Haustür einen Spalt breit. Dann huschte ich wieder ins Bad, wo das Kleid bereits an der Tür hing.

Einmal Grund-Make-up auftragen später hörte ich, wie sich die Haustür schloss.

„Ihr Sicherheitsverhalten ist wirklich sehr ausgeprägt", ertönte die dunkle Stimme von Rispo ironisch. „Die Tür einfach zu öffnen, ohne zu fragen wer da ist, Wohnungstür offen stehen lassen ... Sie sind der Albtraum eines jeden Polizisten!"

„Und Sie sind zu früh! Sie können sich ja fürs nächste Mal ein geheimes Klopfzeichen ausdenken."

Ich hatte mich hübsch zu machen. Mir doch egal, wer in meine Wohnung kommen konnte. Das hier war jetzt wichtiger.

„Sind Sie etwa noch nicht fertig?"

„Ich brauch noch ein paar Minuten. Setzen Sie sich doch aufs Sofa."

„Gut." Seine Stimme kam näher und war klar und deutlich durch die Tür zu verstehen. „Ich wollte Sie sowieso noch kurz in den heutigen Plan einweisen – und übrigens: Klopfzeichen sind kontraproduktiv. Die kann sich keiner merken. Codewörter sind besser."

Ich blinzelte. Es gab einen Plan? Meine Hand, in der ich die Wimperntusche hielt, blieb in der Luft schweben. Ich hatte gedacht, wir gingen hin, fingen die Frau ab und stellten unsere Fragen. Was gab es da zu planen?

„Was für einen Plan?", fragte ich durch die Tür und fuhr weiter damit fort, meine Augen zu vergrößern.

„Nichts Großes, es ist ja nur für den einen Abend … aber vielleicht sollten wir uns eine Geschichte überlegen, wie wir uns kennengelernt haben. Pfenning kennt mein Gesicht schon, aber seine Frau nicht und meiner Erfahrung nach lassen sich Frauen am besten mit einer süßen, kitschigen Kennenlern-Geschichte ins Vertrauen ziehen."

Irgendwer sollte eindeutig mal sein Frauenbild überholen. Das, welches er hatte, stammte noch aus den Fünfzigerjahren.

„Schön."

Ich schraubte die Wimperntusche zu und zog den Lippenstift hervor. „Wie wäre es damit: Ich bin Ihnen aus Versehen hinten drauf gefahren, weil Sie einfach der unkreativste, langweiligste Autofahrer der Welt sind und als Sie dann wütend nach meiner Versicherungsnummer fragen wollten, haben Sie mir in die Augen gesehen und alles vergessen. Ich war so wunderschön, dass Sie prompt nicht mehr daran dachten, mir die Rechnung Ihrer Reparaturkosten zu schicken, sondern als Gegenleistung nur von mir verlangten, mit Ihnen essen zu gehen.“

Es herrschte Stille und ich grinste, als ich mir den Lippenstift auftrug. Rispo zum Schweigen zu bringen gefiel mir, doch dann tönte es vom Sofa:

„Was zur Hölle ist ein unkreativer Autofahrer?“

„Sie natürlich! Sagte ich doch.“

Ich könnte schwören, dass ich ein leises Lachen hörte. „In Ordnung. Die Geschichte ist süß, die nehmen wir. Die Rechnung für die Reparatur kriegen Sie trotzdem.“ Die Geschichte war offenbar doch nicht süß genug.

„Das ist gemein“, seufzte ich.

Er prustete. „Sie sind mir hinten drauf gefahren!“

„Aber doch nicht mit Absicht!“

„Also sollte jeder Autounfall, der nicht mit Absicht verursacht wurde, vom Eigentümer des zu Schaden gekommenen Fahrzeugs finanziert werden?“

„Nicht jeder. Aber bei manchen sollte man eine Ausnahme machen.“

Vor allem bei denen, die von mittellosen Blumenladenbesitzerinnen verursacht wurden, die es sich nicht leisten konnten, dass ihre Versicherungspolice erhöht wurde.

„Können wir wieder zu Themen kommen, die nicht Ihrer Fantasie entspringen? Zum Beispiel dem heutigen Abend?“

Ich verdrehte die Augen und beendete meine Arbeit mit dem zum Kleid passenden Lippenstift. „Schön, was gibt es noch, was ich wissen muss?“

„Oh, eine ganze Menge, glaube ich, aber ich beschränke mich mal auf das, was Sie für den heutigen Abend wissen müssen. Wie lange kennen wir uns?"

Ich seufzte tief. Warum mussten wir denn lügen?

„Können wir nicht einfach bei diesen Dingen die Wahrheit sagen und den Rest improvisieren? Meine Mutter bringt mich um, wenn ich einen neuen Freund länger als eine Woche vor ihr geheim halte. Vor allem, wo sie doch gerade den Zahnarzt verloren hat."

„Sie hat ihren Zahnarzt verloren?"

„Nein, aber ich habe mich von meinem Freund, dem Zahnarzt – ihrem Traumschwiegersohn – getrennt. Das ist noch viel schlimmer."

Ich war mir ziemlich sicher, dass ich ihn trocken „Frauen" murmeln hörte, bevor er laut sagte: „Sie scheinen Ihr Leben ja bereits frei zu improvisieren, ich wette, darin haben Sie Übung."

Hatte ich tatsächlich – er brauchte das ja trotzdem nicht so zu formulieren, als wäre das etwas Schlechtes.

„Lieber das, anstatt einen Stock im Hintern! Tut Ihnen das nicht auf Dauer weh?" Ein weiteres Lachen war die Antwort.

Toll. Typisch Mann.

Wenn ich beleidigt wurde, nahm ich es mir sofort zu Herzen und wenn er beleidigt wurde, amüsierte er sich über mich. So oder so ging es auf meine Kosten.

„Wir sollten übrigens anfangen, uns zu duzen. Ich kenne kaum Pärchen, die immer noch die Höflichkeitsform benutzen."

Ich verdrehte die Augen.

„Schön, Rispo. Du bist ein Blödmann. Noch was?"

„Meinen Vornamen zu benutzen wäre nicht schlecht", sagte er laut und ich konnte sein arrogantes Grinsen beinahe hören.

„Besserwisser", murmelte ich.

„Ja, jetzt hörst du dich schon gleich wie eine meiner Ex-Freundinnen an. Sehr gut."

Wie viele es von denen wohl gab?

Ich zog den Bademantel aus und öffnete den Reißverschluss des Kleides, bevor ich vorsichtig hineinstieg. Ich hatte den ganzen Tag nichts gegessen, hatte sogar die Kekse von Trudi abgelehnt, einfach aus dem Grund, dass dieses Kleid jede Wölbung des Magens verraten hätte, so eng wie es um die Brust und Rumpfgegend geschnitten war.

Die Luft anhaltend zog ich den seitlichen Reißverschluss wieder hoch und atmete langsam aus.

Es saß perfekt. Ich besah mich im Spiegel und musste zugeben, dass ich heiß aussah.

Die Frage war nur: einfach nur heiß oder nuttig heiß?

War das Kleid nicht doch ein wenig zu freizügig? Der Ausschnitt gab mehr von meinen Brüsten preis als er verbarg.

„Es riecht nach Kaffee hier", störte Rispo meine innere Diskussion.

„Ja, das sind die Blumen. Ich dünge sie manchmal mit Kaffeesatz. Ich glaub, deswegen steht Twinky so auf das Zeug."

„Natürlich", sagte er leise, aber nicht leise genug. „Bist du jetzt mal fertig?"

Und ich hatte geglaubt, er wäre geduldig. Aber das beschränkte sich wohl nur aufs Autofahren.

„Ja, Moment." Ich drehte mich zur Seite und strich über meinen Bauch, bevor ich noch einmal meinen Rücken betrachtete und in die High Heels stieg. Langsam atmete ich durch.

„Okay, ich will eine ehrliche Meinung – du musst mir sagen, ob es zu nuttig ist."

„Für einen Mann gibt es nicht ‚zu nuttig'", rief Rispo zurück.

Ich trat aus dem Badezimmer ins Wohnzimmer und stemmte eine Hand in meine Hüfte.

„Heiliger Strohsack!" Rispo starrte mich mit aufgerissenen Augen an, bis sein Blick auf meine Brüste fiel und seine Kinnlade herunterklappte. „Wo hast du die bis jetzt versteckt?"

Ich blinzelte. „Wie bitte?"

Er räusperte sich, lockerte den Krawattenknoten um seinen Hals und zog seinen Blick mühsam von meinem Dekolleté zu meinem Gesicht. „Nichts."

Ich lächelte breit und meine Wangen wurden rot. „Schon klar. Also – gut?"

Rispo stand auf, mich immer noch anstarrend und nickte. „Wärst du wirklich meine Freundin, würde ich dich verdammt noch mal nicht so aus dem Haus lassen", sagte er etwas heiser, während er sich am Hinterkopf kratzte.

Ich wurde noch roter.

Das war das mit Abstand Netteste, was ein Mann je zu mir gesagt hatte.

„Danke", sagte ich etwas verlegen und zupfte mir am Ohrläppchen. „Du siehst aber auch ..." ... heiß aus.

Das blöde Zeitalter des Slimfit verbarg aber auch keinen einzigen Muskel. Alleine diese breiten Schultern wollten mich seufzen lassen und diese Haare und dieser Mund – und schon fing mein Kopfporno an zu laufen.

Rispo grinste. „Beendest du den Satz noch?"

Ich blinzelte und wandte ihm den Rücken zu, um meine Handtasche vom Tresen zu nehmen. „… nett aus", sagte ich schließlich.

Rispo trat von hinten an mich heran und ich konnte seinen Atem in meinem Nacken spüren, so wie die Hitze, die von seinem Körper ausging, während er langsam seine großen Hände neben meinen platzierte. „Das hast du aber nicht gedacht", flüsterte er.

Nein, und ich war wirklich froh, dass zu den Fähigkeiten eines Kommissars nicht das Gedankenlesen gehörte – sonst würde Rispo mich möglicherweise noch wegen sexueller Belästigung anzeigen. Er pustete mir leicht in den Nacken und ich bekam eine Gänsehaut, verbunden mit spontaner Kurzatmigkeit. Ich schloss die Augen und für einen kurzen Moment dachte ich darüber nach, was passieren würde, wenn ich mich jetzt zurücklehnte. Mich fallen ließ und …

„Können wir?" Ich riss meine Augen wieder auf. Rispo stand nicht mehr hinter mir, sondern sah mich jetzt grinsend über den Tresen hinweg an.

So ein Mistkerl.

Ich verschränkte die Arme unter meinen Brüsten und konnte mit Genugtuung feststellen, dass das von Rispo nicht unbemerkt blieb.

Was hatte Emily gesagt?

Feuer. Heute wurde mit dem Feuer gespielt – und das fand ich gar nicht so schlecht.

„Klar“, sagte ich zuckersüß und sah ihn mit blitzenden Augen an, während ich um den Tresen herumlief und meinen Schlüssel hervorkramte.

„Ach, hast du zufällig eine Kamera?“

„Nur die auf meinem Handy, warum?“

„Ich hab meiner Schwester da was versprochen – nicht so wichtig.“

Ich schüttelte den Kopf, trat hinter ihm aus der Tür und schloss sie ab. „Übrigens – du fährst.“

Rispo nickte.

„Hatte ich sowieso vor. Ich setze mich doch nicht freiwillig in ein von dir gesteuertes Auto.“

Gott. Dieser Wechsel von heiß zu kalt war ja nun wirklich nicht nötig. Wie gut, dass der Sekt und der Champagner heute kostenlos waren.

Als wir gemeinsam den Festsaal betraten, fragte ich mich als Erstes, ob alle reichen Leute hier in der Gegend denselben Innenarchitekten hatten. Die Decke sah genauso aus wie bei Pfennings und im Finanzamt. Alles sehr pompös.

Als Nächstes fragte ich mich, wo zur Hölle die offene Bar war, denn ich sah meine Mutter auf mich zukommen und bereits aus fünf Metern Entfernung konnte man ihr das Entsetzen vom Gesicht ablesen.

Ich wandte mich zu Rispo und seufzte schwer, bevor ich zerknirscht sagte: „Es tut mir wirklich, wirklich leid.“

Überrascht hob meine Begleitung die Augenbrauen, doch weiter kam Rispo nicht, denn der Tornado namens Gitti Manu hatte uns soeben erreicht.

„Du warst am Schrank deiner Schwester! Wie kannst du mir das antun? Du siehst aus wie Madonna in einem ihrer Sex-Videos!"

Mist. Jetzt hatte ich doch tatsächlich das Foto vergessen. Egal, ich würde den Gesichtsausdruck einfach für Emily nachstellen.

Augen aufgerissen, Lippen leicht zitternd und nicht zu vergessen, die pochende Ader auf der Stirn.

„Mama, schön dich zu sehen", erwiderte ich trocken und nahm sie in den Arm. „Du siehst ebenfalls toll aus."

Wie von einer Lady erwartet wurde, trug sie ein hochgeschlossenes Etuikleid, das mit hundertprozentiger Wahrscheinlichkeit den Namen eines bekannten Designers ins Innenfutter eingearbeitet hatte.

Meine Mutter schüttelte den Kopf. „Du brauchst hier gar nicht sarkastisch zu werden! Ich hatte dir ein so schönes Kleid bereitgelegt. Chanel! Du kannst doch nicht Chanel gegen einen Fetzen aus einem Secondhand-Shop austauschen! Und dann auch noch diese Schuhe! Die gehören in die Altkleidersammlung und nicht an die Füße!"

Wie schaffte es meine Mutter zu reden, ohne auch nur ein einziges Mal zum Luftschnappen zu pausieren?

„Was sollen denn die Leute denken? Dann auch noch in Rot und mit diesem Ausschnitt! Wenn du deine Brüste zeigen willst, dann geh in die Sauna, die freuen sich über so etwas!" Sie schüttelte empört den Kopf. Bereits jetzt zog sie die ganze Palette der mütterlichen Enttäuschung ab – dabei hatte sie meinen Rückenausschnitt ja noch gar nicht gesehen.

„So, genug gemeckert?", fragte ich, als einige Sekunden nichts mehr kam. „Dann könnte ich dich nämlich mal meiner Begleitung vorstellen. Für eine Lady bist du nämlich ziemlich unhöflich, Mama."

„Sprich nicht so herablassend mit mir, Louisa! Ich –"

Sie verstummte plötzlich, als ihr Blick über meine Schulter zu dem Mann schweifte, der da hinter mir stand.

Sie errötete fast mädchenhaft.

„Oh. Hallo."

In ihrem Gesicht zeichnete sich Überraschung ab und ich erwartete beinahe, dass sie mich verwirrt ansehen und fragen würde: „Wie bist du denn an den gekommen?". Aber sie hielt sich zurück. Stattdessen hatte sie offenbar ihre Manieren wiedergefunden, denn sie streckte Rispo mit abgeknicktem Handgelenk ihre Hand entgegen und ließ sich von dem verdutzen Kommissar einen Handkuss geben.

Ich presste die Lippen aufeinander und wandte meinen Kopf ab, damit Rispo nicht mitbekam, dass ich kurz vor einem Lachanfall stand. Aber sein Gesichtsausdruck sprach Bände! Ich war mir ziemlich sicher, dass er in seinem ganzen Leben noch von keiner Frau zu einem Handkuss genötigt worden war.

„Guten Abend, Frau Manu. Nett, Sie kennenzulernen."

„Ach, bitte nennen Sie mich doch Gitti", bot meine Mutter sofort an, ihn weiter entzückt anlächelnd.

Eine ungeschriebene Regel meiner Mutter war es, einem gutaussehenden Mann sofort den Vornamen anzubieten – man könnte es ja noch irgendwann gebrauchen.

„Louisa." Sie wandte ihre Aufmerksamkeit wieder mir zu. „Du hast ja gar nicht gesagt, dass du mit so einem ...charmanten Begleiter kommst."

Ich hob meine Augenbrauen. „Ich hab gesagt, dass ich mit Begleitung komme. Du hast dich furchtbar aufgeregt, erinnerst du dich?"

Meine Mutter machte eine wegwerfende Handbewegung. „Das war, glaube ich, ein Missverständnis."

Schon klar. Ich nickte dennoch – einfach weil ich froh war, dass ihre Aufmerksamkeit nicht mehr auf meine unpassende Wahl der Garderobe gerichtet war.

„Also Louisa – wolltest du uns nicht einander vorstellen?"

Ich verdrehte die Augen. „Klar. Das hier ist meine Mutter, Gitti." Meine Hand zeigte in ihre Richtung. „Mama, das hier ist Ri... Joshua Rispo."

Erneut wurden Hände gereicht, diesmal jedoch, um sie zu schütteln und nicht für einen Kuss.

„Erneut – nett, Sie kennenzulernen, Gitti."

Rispo hatte sein Lächeln noch nicht verloren. Das musste man ihm hoch anrechnen. Tatsächlich sah es so aus, als hätten sich seine Grübchen in den Wangen noch vertieft.

So ein Mistkerl! Er machte sich über mich lustig!

Ich hakte mich bei ihm unter und krallte meine Fingernägel in seinen Unterarm. Rispo zuckte zusammen, sagte aber nichts. Stattdessen nahm er meine Hand in seine, verschränkte seine Finger mit meinen und drückte den Rest meines Armes fest an seine Seite. Meine Güte, er musste das doch nicht gleich persönlich nehmen ...

„Darf ich fragen, was Sie beruflich machen?“ Ich war mir ziemlich sicher, dass meine Mutter den Atem anhielt. Egal wie attraktiv ein Mann war – niemand konnte es rechtfertigen Maler zu sein oder Dichter oder sonst etwas, das unter den Begriff „brotlose Kunst“ fiel.

Was wäre es für ein Skandal, wenn die Tochter von Gitti Manu nicht nur in einem Nuttenkleid auftauchte, sondern auch noch einen mittellosen Vagabunden an ihrem Arm hätte.

Sollte dies wirklich der Fall sein, würde meiner Mutter nichts anderes übrig bleiben, als den Feueralarm zu tätigen. Krebskranke Menschen – schön und gut, aber der Ruf durfte auf keinen Fall in Mitleidenschaft gezogen werden.

Mir war doch nicht umsonst im Alter von fünf Jahren beigebracht worden, wie man einen vernünftigen Knicks machte.

Eigentlich müsste meine Familie, dem Verhalten meiner Mutter nach zu urteilen, eine halbe Million Euro mehr im Jahr verdienen.

„Ich bin im Security-Bereich tätig“, erklärte Rispo langsam, meinen Arm immer noch wie im Schraubstock festhaltend.

„Oh.“ Meine Mutter blinzelte, bevor sie fragte: „Sie sind also Türsteher?“

Ich prustete laut. Es fehlte eigentlich nur noch ein Glas Champagner und dieser Moment wäre perfekt gewesen.

Rispo lächelte immer noch.

„Nein, ich besetzte eine exekutive Position in einer großen Institution, die für Sicherheit jeglicher Art zuständig ist."

Der Blick meiner Mutter erhellte sich schlagartig. Alles, was sie herausgehört hatte, war wahrscheinlich: Geschäftsmann.

Wenn er nicht meine Hand fast zerquetscht hätte, wäre ich sogar ein bisschen davon beeindruckt gewesen, wie Rispo die Wahrheit dehnen konnte.

„Interessant. Und wie habt ihr zwei euch kennengelernt?" Pikiert warf sie mir einen Blick zu. „Es ist ja nicht so, als würde meine Tochter mir irgendetwas erzählen."

Aus gutem Grund! Wenn sie es nicht einmal verkraftete, dass ihre Tochter einen Ringfinger im Sperrmüll fand, was sollte ich ihren Nerven dann überhaupt zutrauen?

„Ich bin ihm hinten reingefahren", erklärte ich und erzählte den Rest der Geschichte wie abgesprochen – obwohl ich leichte Schwierigkeiten damit hatte, ein romantisches Gesicht aufzusetzen, während der „Traummann" neben mir immer noch meinen Arm festhielt, als könnte ich auf die Idee kommen, noch ganz andere Dinge als seinen Unterarm zu zerkratzen.

Als ich geendet hatte, blinzelte meine Mutter mich verwirrt an. „Er ist der Mann von dem Stoppschild?"

Ich nickte und versuchte mich daran zu erinnern, was genau ich meiner Mutter erzählt hatte. „Genau der."

Die Verwirrung verflüchtigte sich nicht. „Aber sagtest du nicht, er sei ein unhöflicher Rüpel? Meintest du nicht sogar, dass man sein Gesicht nur verschönern könnte, wenn man mit einem Motorradreifen drüberfahren würde?"

Ich lief rot an und wich Rispos Blick aus.

„Immer diese Missverständnisse ...", flötete ich und räusperte mich dann hinter vorgehaltener Hand. „Äh, wir gehen dann auch mal zur Bar, oder?"

„Ach, ich weiß nicht." Rispo zog meinen Arm noch enger an seine Seite, sodass ich automatisch einen Schritt näher an ihn heranrücken musste. Selbst in meinen High Heels erreichte ich mit meinem Kopf nur seine Nase.

„Ich würde gerne noch hören, was du sonst so über mich gesagt hast."

Ich versuchte meinen Arm zu drehen und ihn so in Richtung Bar zu drängen – doch ich hatte keine Chance gegen ihn.

Ich war nun einmal diejenige, die anderthalb Liegestütze schaffte und er derjenige, der hundert auf einem Arm machte. Naja, wenn wir nicht gehen konnten, dann musste wohl sie gehen.

„Er macht nur Witze Mama", sagte ich schnell und bemerkte dann mit gespielter Überraschung: „Oh, ist das da hinten nicht Cecilia mit ihrem Mann? Wie lange hast du die denn schon nicht mehr gesehen?"

Meine Mutter folgte meinem Blick und holte schnappartig Luft. „Das sind sie tatsächlich! Meine Güte, es ist viel zu lange her, dass ich mit ihnen gesprochen habe!"

Sie würdigte uns keines weiteren Blickes, sondern war schon halb auf dem Weg, als sie noch rief: „Wir sehen uns ja gleich am Tisch."

Erleichtert sackte ich etwas in mich zusammen. Sie war so leicht zu durchschauen.

Ich wandte mich meiner Begleitung zu und zuckte zusammen, als ich bemerkte, wie Rispo mich anstarrte.

„Was?", fragte ich etwas atemlos.

Er hob eine Augenbraue. „Wenn man mit einem Motorradreifen über mein Gesicht rollt?"

Ich zuckte nur die Schultern. „Du warst ein Blödmann! Und könntest du jetzt bitte aufhören, meinen Arm zu vergewaltigen?"

Er lockerte seinen Griff und ließ meine Hand los, bevor er seine auf meinen nackten Rücken legte, um mich in Richtung Bar zu manövrieren.

„Ich sehe, wo du deinen Charme her hast", murmelte er und legte die Hand auf den Tresen, den wir soeben erreicht hatten.

„Einen Champagner bitte", bestellte ich, als der Barkeeper auf uns aufmerksam wurde.

Der Barmann wandte sich auffordernd an Ripso.

„Ein alkoholfreies Bier, danke."

Ich verdrehte meine Augen. „Langweiler."

„Ich bin im Dienst."

Er seufzte und reichte mir mein Glas, das der Barmann soeben vor uns abgestellt hatte. „Was ist?"

Ich zuckte meine Achseln und nippte an meinem Getränk. „Na ja, ich hab mich nur gefragt, ob Alkohol vielleicht helfen würde."

Stirnrunzelnd sah er mich an. „Wobei?"

Ich klopfte ihm auf die Schulter und lächelte breit. „Den Stock in deinem Hintern zu lockern natürlich! Suchen wir unseren Tisch?"

Kapitel 12

Wir suchten unseren Tisch und währenddessen auch schon einmal den Raum nach Paul Pfenning und seiner Frau ab.

Ich hatte geglaubt, dass es schwierig werden könnte, Pfenning aus dem Weg zu gehen, damit er keinen Verdacht schöpfte – immerhin kannte er unsere beiden Gesichter schon. Diese Sorge war allerdings umsonst gewesen. Es war eher schwierig, überhaupt jemanden ausfindig zu machen. In der Menge von Satinstoffen und Tüll und Menschen, die allesamt zehn Zentimeter größer als normal waren, war es fast unmöglich, sich auf jedes einzelne Gesicht zu konzentrieren. Die Kleider waren teilweise so grell, dass man geblendet wurde und zudem war es ja nicht so, dass die Menschen stehenblieben. Sie bewegten sich wie ein Schwarm Fische: ineinander, untereinander, stete hektische Richtungswechsel – da konnte einem fast übel werden.

Ich hatte ohnehin Schwierigkeiten, überhaupt irgendetwas zu erkennen, da alle mich zu überragen schienen und ich schon genug damit zu tun hatte aufzupassen, dass ich nicht auf meinen High Heels umknickte und zu Tode getrampelt wurde.

Nach zehn Minuten sah auch der Herr Kommissar ein, dass es keinen Sinn hatte.

„Wir setzen uns am besten und warten darauf, dass sich auch alle anderen setzen. Da behält man leichter den Überblick.“

Gott sei Dank! Meine Füße brachten mich um! Emily hatte nichts davon gesagt, dass man nach einer Nacht in diesen Schuhen diverse Zehen amputieren musste.

Ich nickte und bahnte mir den Weg durch die Masse, um nach dem Tisch mit der Nummer Vier Ausschau zu halten. Gott sei Dank war er nicht schwer zu finden.

Stöhnend ließ ich mich auf einen Stuhl sinken und schlüpfte eilig aus den High Heels heraus. Meine Füße hatten vergessen, wie schön Bewegungsfreiheit sein konnte.

Rispo ließ sich auf dem Stuhl neben mir nieder und stellte sein Bier ab. Kopfschüttelnd betrachtete er mein erleichtertes Gesicht. „Warum ziehen Frauen Schuhe an, in denen sie sowieso nicht laufen können?“

„Weil sie hübsch sind.“

„Gibt es keine bequemen, hübschen Schuhe?“

Ich lachte laut. „Du bist so ein naiver Mann.“

„Das heißt dann wohl Nein.“

Ich nickte. „Ja, das heißt Nein ... wie sieht die Frau von Paul Pfenning eigentlich aus?“

Es wäre schon hilfreich, wenn ich wüsste, wonach ich Ausschau hielt.

„Blonde lockige Haare, etwas älter als du, groß, schlank, braune Augen.“

Wie gut, dass es von dieser Sorte nur etwa hundert weitere gab. Rispo zog ein Foto aus seiner Jackeninnentasche und legte es vor mich hin. Das war schon besser.

Eine hübsche, blonde Frau lächelte mir entgegen und zeigte ihre makellosen Zähne. Viel zu schön für Paul Pfenning. Das stand fest. Na ja, vielleicht hatte er ja Humor. Oder ihr vorgeschwindelt, dass er Geld hatte.

Ich legte meine nackten Füße auf den Stuhl neben mir und besah mir den Tisch. Wir waren die Ersten, die saßen und es waren noch vier weitere Stühle frei. Für meine Mutter und meinen Vater, würde ich sagen und wohl noch jemand anderen mit seinem Partner.

Ich seufzte und nahm noch einen Schluck von meinem Champagner. Dem bereits zweiten Glas. Dann sah ich Rispo an, der immer noch den Raum absuchte.

„Weißt du, was ich mich schon die ganze Zeit frage?“

Rispo ließ von seiner Suche ab und blickte mich an.

„Muss ich diese rhetorische Frage jetzt mit einem ‚Nein‘ beantworten?“

Ich ignorierte ihn und stützte mein Kinn in meine Hand. „Ich frage mich schon die ganze Zeit, ob du eigentlich keinen Partner hast. Oder hast du? In den Krimiserien haben alle immer irgendwelche Partner. Alleine wird nie jemand losgeschickt.“

„Ich hab keinen Partner.“

„Wieso nicht?“

„Ich hatte einen, letztes Jahr – und jetzt eben nicht mehr.“

„Möchtest du drüber reden?“

Er hob seine Augenbrauen. „Mit Sicherheit nicht.“

Mehr als fragen konnte man nicht, nur … war er nicht letztes Jahr suspendiert worden? Hatte Jannis nicht gesagt, dass er für zwei Monate vom Dienst ausgeschlossen worden war? Vielleicht hatte er ja zur Therapie gemusst …

„Ist er gestorben?“ Ups. Das hatte ich eigentlich mitfühlender ausdrücken wollen.

Rispo seufzte schwer und sah mich fest an. Ich konnte nicht ganz sagen, ob seine Augen genervt oder wütend aussahen. „Kannst du dich einmal um deinen eigenen Kram kümmern und meinen in Ruhe lassen?“

Ich blinzelte. „Schon, aber …“

Sein Blick wurde hart und jetzt erkannte ich deutlich seine Wut.

„Ich arbeite gut alleine. Wenn ich Verstärkung brauche, nehme ich jemanden mit. Bis jetzt hatte ich noch keine Probleme, in Ordnung? Der Rest geht dich nichts an.“

Etwas vor den Kopf gestoßen, hob ich mein Kinn von meiner Hand und lehnte mich weiter in meinen Stuhl zurück.

„Okay, entschuldige, ich wollte mich nicht …“ Ich hob eine Hand. „Tut mir leid.“

Woher hätte ich wissen sollen, dass das offenbar ein sehr sensibles Thema war?

Rispo nickte nur, die Wut schien wieder verflogen – meine Neugierde leider nicht. Aber selbst ich wusste, wann es besser war, den Mund zu halten.

„Bist du Fußballfan?“, fragte ich, nachdem wir eine Minute geschwiegen hatten.

Rispos Gesicht war das personifizierte Unverständnis. „Was?“

Ich zuckte die Schultern. „Ich wollte die Stimmung auflockern. Deswegen habe ich gefragt …“

Ich wurde von einer Stimme unterbrochen. Von einer Stimme, die ich eigentlich wirklich nicht hören wollte. Nirgendwo, und besonders nicht hier.

„Loubär, bist du das?“

Ich nahm die Füße vom Stuhl, schlug eine Hand vor meine Augen und gab stumme Neins von mir. Was machte er hier? Hatte Mama ihn nicht wieder ausgeladen?

„Loubär?“, grinste Rispo. „Betrachte die Stimmung als aufgelockert.“

Verflucht sei jeder Zahnarzt auf dieser Erde!

Ich ließ meine Hand sinken und wandte mich langsam um. „Hey, Malte. Du hier?“

Mein Ex-Freund strahlte mich an und ich musste mich unwillkürlich fragen, ob ich das mit dem Schlussmachen richtig angestellt hatte. Sollten Ex-Freunde nicht wütend sein, anstatt das örtliche Honigkuchenpferd zu spielen?

„Ja natürlich, wir hatten die Karten doch zusammen bestellt.“

Ich lächelte etwas unsicher. „Ja ich weiß, nur dachte ich …“ Meine Stirn legte sich in Falten. „Du weißt schon, dass wir uns getrennt haben, oder?“

Eifrig nickte er. „Aber natürlich! Ich war ja dabei“, zwinkerte er.

War er sich da sicher? Ich war nämlich nicht nett zu ihm gewesen. Einer meiner schlechteren Tage.

„Okay", sagte ich etwas tonlos und sah irritiert in meinen Schoß. Rispo hatte eine Hand auf mein Bein gelegt. Was sollte das denn jetzt?

„Willst du uns nicht vorstellen, Lou?"

Böse sah ich ihn an. Oh, wie er das genoss!

„Also, eigentlich ..."

Doch Joshua ließ mich nicht ausreden, er stand auf und reichte Malte seine Hand.

„Hey, ich bin Josh – und Sie müssen der Zahnarzt sein!"

Etwas aus der Bahn geworfen blinzelte Malte von mir zu dem Polizisten. „Äh, ja. Der bin ich, und Sie sind ...?"

„Ich bin ..."

„... niemand Wichtiges!", beeilte ich mich zu sagen und sprang ebenfalls auf, meine Hand erneut auf Rispos Arm. Leider reichte ich Rispo jetzt wieder kaum bis zum Kinn, deswegen war mein Auftritt nicht gerade eindrucksvoll.

Egal, das konnte ich durch Einstellung wieder wettmachen.

Malte war nicht der Richtige für mich gewesen – war er wahrscheinlich für keine Frau mit einem vernünftigen Sinus-Rhythmus – aber wir waren noch nicht lange getrennt und es wäre gemein gewesen, ihm direkt einem neuen Freund vorzustellen. Vor allem, wenn der nur ein Alibi-Freund war.

„Wie geht es dir Malte?", fragte ich, bevor irgendwer anderes auf die Idee kommen könnte, etwas zu sagen.

Sein Blick schwankte immer noch etwas unsicher zwischen Joshua und mir hin und her. „Gut ... hast du deine Sachen bekommen?"

Ich nickte und nahm meine Hand von Rispos Arm. „Ja, danke sehr. Sehr aufmerksam. Wo sitzt du denn?"

Sein Lächeln wurde breiter. „Oh, deine Mutter war so freundlich, mich an eurem Tisch zu belassen."

Mir klappte meine Kinnlade herunter. Meine Mutter war der Teufel.

„Okay, ich muss noch einmal für kleine Pandas. Bis gleich, Loubär."

„Ich heiße Louisa", knirschte ich, doch er hatte sich schon umgewandt und war gegangen.

Ich hörte, wie Josh neben mir leise anfing zu lachen. Böse sah ich ihn an. „Halt die Klappe!"

Er lachte weiter. „Aber warum denn so gereizt, Loubär?"

Ich ließ mich wieder auf den Stuhl fallen und verdrehte die Augen. „Vollidioten kommen offenbar in Rudeln", murmelte ich.

Auch Rispo setzte sich wieder und trank amüsiert aus seinem Bierglas. „Warum habt ihr euch getrennt? Scheint doch ein Bombentyp zu sein."

Ich verschränkte meine Arme und sah meinem Gegenüber in die Augen. „Er hat mir zum Geburtstag geschenkt, meine Zähne zu bleachen."

Josh sah auf meinen Mund. „Du hast es nicht angenommen, was?"

Jetzt wurde er wirklich taktlos!

Ich seufzte und nahm mein Champagnerglas wieder in meine Hand. „Tust du mir einen Gefallen und bist nett zu ihm?"

„Was hätte ich für einen Grund, nicht nett zu ihm zu sein?", fragte Rispo interessiert.

„Was weiß ich, was du für Gründe hast?"

Rispos Augen verengten sich. „Er ist dein Ex, solltest du dann nicht mit Absicht nicht nett zu ihm sein?“

„Er ist ein netter Kerl“, verteidigte ich ihn.

Die Augen des Kommissars wurden immer interessierter. „Willst du ihn etwa zurück?“

Ich prustete. „Gott, nein. Er ist Zahnarzt.“

„Keine Polizisten und keine Zahnärzte, alles klar.“

Seufzend drehte ich das leere Glas in meinen Fingern.

„Es ist nur: Ich hab ihm irgendwie das Herz gebrochen und ich komme mir fies vor, wenn ich jetzt noch auf ihm rumhacke. Ich will doch nur nett zu ihm sein.“

Rispo sah mich schräg an. „Willst du lieber noch einmal mit ihm schlafen, damit es ihm leichter fällt, loszulassen?“, fragte er trocken.

Ungläubig riss ich meine Augen auf. „Was für ein verdrehter Kerl bist du eigentlich? Lieb sein bedeutet Sex für dich?“

Er zuckte die Schultern. „Ich hab Frauen schon Schlimmeres für weniger tun sehen. Mitleids-Sex ist da nur eins von vielen Dingen.“

„Okay, Herr Zynismus. Ich kann doch wirklich nichts dafür, wenn Frauen nur aus Mitleid mit dir Sex haben. Vielleicht solltest du es mal mit ein bisschen mehr Nettigkeit probieren – dann beschwert sich vielleicht auch keiner mehr über dich.“

Ein selbstgerechtes Grinsen erschien auf Rispos Lippen, während er sich langsam zu mir nach vorne beugte und meine Handtasche mit seiner rechten Hand etwas weiter nach hinten auf den Tisch rückte.

„Oh, ich kann sehr nett sein. Überaus nett“, flüsterte er. „Allerdings sind es dann immer eher die Frauen, die mich bitten, doch endlich Mitleid mit ihnen zu haben.“

Mein Kopf lief rot an und meine Hände fingen an zu schwitzen.

„Aber Beschwerden habe ich noch nie erhalten“, murmelte er, während seine Lippen über mein Ohr strichen. „Dankesbriefe ja, aber Beschwerden?“

Ich musste schlucken. Was, wenn …

„Na Kinder, über was redet ihr?“

Ich zuckte zusammen und schlug mit meinem Ellenbogen gegen den Tisch.

Josh verkniff sich ein Lächeln und lehnte sich lässig in seinem Stuhl zurück. „Über Sex.“

Meine Mutter sah erst etwas überrumpelt aus, dann fing sie an zu lachen. „Auch noch ein Mann mit Humor. Warum hast du nicht schon viel früher jemanden angefahren, Loubalou?“

Automatisch griff ich nach meinem Champagnerglas, nur um zu bemerken, dass ich es ja erst vor wenigen Minuten leergetrunken hatte. Wenn das so weiterging, brauchte ich eine ganze Flasche neben mir.

Seufzend stellte ich das Glas zurück und zog meine Handtasche wieder etwas näher zu mir heran. „Wo ist eigentlich Papa?“, fragte ich, absichtlich Rispos Blick ausweichend.

Meine Mutter setzte sich auf meine linke Seite und überschlug ihre Beine. „Oh, er konnte nicht kommen, da ich bereits eine Freundin eingeladen hatte und du ja plötzlich doch noch eine Karte benötigt hast.“

Ich lächelte. Mein Vater musste sich unglaublich gefreut haben – und mir wurde klar, dass dieser Abend noch anstrengender werden würde als gedacht. Papa war die beruhigende Instanz, die mich davon abhielt, meiner Mutter ein Beinchen zu stellen, damit sie über ihre konservativen schwarzen Pumps stolperte und einmal in ihrem Leben nicht perfekt war.

Er schuldete mir was.

„Ach so", murmelte ich, als ein Kellner mit einem Tablett an uns vorbeilief. Erleichtert hob ich meine Hand mit dem leeren Champagnerglas, das er in einer flüssigen Bewegung durch ein Volles ersetzte.

Meine Mutter sah mich mahnend an und wandte sich dann an meinen Alibi-Freund. „Also Joshua, erzählen Sie mir doch ein wenig von Ihrer Arbeit."

„Mama", unterbrach ich sie schnell und nahm einen kleinen Schluck aus dem Glas. „Das habe ich ganz vergessen zu erwähnen: Niemand sagt Joshua zu ihm. Er möchte gerne Joshi genannt werden. Weißt du? Alles andere ist ihm unangenehm."

Ein Kiefer knackte neben meinem rechten Ohr.

Meine Mutter legte eine Hand auf ihre Brust. „Aber warum sagen Sie das denn nicht, Joshi?"

Ich prustete, getarnt als Husten, in meine Hand.

„Er ist so schüchtern", brachte ich hervor, sobald ich wieder normal atmen konnte und tätschelte Rispos Hand. „Nimm es ihm nicht übel. Jetzt weißt du es ja."

Ich hatte Angst mich umzudrehen. Mein Kopf sagte mir, dass ein Todesblick einen nicht wirklich umbringen konnte, aber mein Bauch bat mich darum, lieber kein Risiko einzugehen.

Rispo räusperte sich vernehmlich und ich hörte, wie sein Stuhl zurückgeschoben wurde.

Oh Gott! Jetzt würde er in aller Öffentlichkeit einen Boxkampf anfangen! Eine andere Erklärung gab es nicht. Dabei war ich doch viel kleiner als er.

„Entschuldigen Sie mich kurz, ich muss zur Toilette.“

Richtig, diese Möglichkeit gab es ja auch noch. Erleichtert atmete ich aus, während Joshua um unsere Stühle herumging und so doch noch die Möglichkeit bekam, mich böse anzublicken.

Sobald Rispo in der Menschenmenge verschwunden war, lehnte meine Mutter sich nach vorne.

„Behalte ihn! Er ist ein stattlicher, erfolgreicher Mann! Bitte verscherze es dir nicht wieder.“ Ihre Augen waren so flehend, dass ich für einen Moment einfach „Ja, okay“ sagen wollte. Doch dann fiel mir wieder ein, dass sie ja meine Mutter war und ich außerdem nur mit Rispo hier aufgekreuzt war, weil wir die Frau eines Verdächtigen dazu bringen wollten, ihren Mann zu verpfeifen.

Ich zuckte langsam die Schultern. „Ach weißt du, vielleicht ist er ja doch nicht der Richtige für mich. Sein Wagen ist viel zu teuer. Männer, die sich zu viel aus Statussymbolen machen, sind ja eigentlich nicht mein Fall – und dann wollte er mich noch mit in die Karibik nehmen. Ein bisschen übertrieben, findest du nicht? Vielleicht heirate ich ja auch einfach den nächstbesten Zimmermann – wenn ich Lust habe.“

Da war sie wieder. Die hervorstehende Ader.

„Louisa Josephine Manu! Du versuchst nur, deine Mutter auf die Schippe zu nehmen!“

Ich nahm noch einen Schluck von meinem Champagner und schwenkte meinen Kopf hin und her. „Ich weiß nicht. Überleg doch mal: Jesus war Zimmermann. Was gut genug für Gott und Maria Magdalena ist, kann mir doch nun wirklich nicht schaden, oder?"

Meine Mutter schnaubte. „Jesus konnte auch übers Wasser laufen. Wenn du einen Zimmermann mit dieser Fähigkeit findest, bekommst du ohne Weiteres meinen Segen."

Ich lachte überrascht auf.

Ach, eigentlich musste man meine Mutter wirklich lieben. Immer, wenn man es nicht erwartete, bewies sie plötzlich Humor. „Und jetzt zieh deine Schuhe endlich wieder an. Wir sitzen nicht in der S-Bahn! Und leg die Serviette ordentlich auf deinen Schoß! Schlampiges Essverhalten wird hier nicht gerne gesehen."

Ach ja, die Liebe kam und ging.

Es wurden zwei langweilige Reden gehalten, bevor endlich das Essen serviert wurde. Zwei unangenehm lange Reden, in denen ich Malte und meine Mutter immer wieder dabei erwischte, wie sie Rispo anstarrten.

Lieber Gott, man könnte meinen, er wäre ein Superheld! Meine Mutter war kurz davor ihm anzubieten, ihm lebenslang seine Hemden zu bügeln, wenn er mich nur vom Fleck weg heiratete. Und natürlich so lange aushielt, bis das erste Kind unterwegs war.

In Maltes Blick war etwas ganz anderes und ich erwischte ihn mehrmals dabei, wie er die Größe seines Bizepses mit der von Joshuas verglich.

Armer Kerl. Er hatte keine Chance.

Der erste Gang wurde serviert – irgendetwas Französisches, das ich nicht imstande war auszusprechen – und gerade als die Kellner vom Tisch zurückwichen, sah ich Paul Pfenning.

Er stand auf der Bühne und unterhielt sich mit jemandem.

Er wirkte irgendwie putzig. Wie ein Hamster, der immer in seinem Rad lief und bis zum Schluss nicht bemerkte, dass er sich überhaupt nicht fortbewegte. Irgendwie bezweifelte ich stark, dass er zu einem Mord fähig wäre.

Ich stieß Rispo unterm Tisch mit meinem Bein an und nickte zur Bühne. „Der Adler setzt sich in Bewegung.“

Er seufzte schwer. „Du schaust tatsächlich zu viele Krimiserien. Amerikanische noch dazu.“

Das stimmte nicht. Den Satz hatte ich aus „Plötzlich Prinzessin“.

Wir beide folgten Pfenning mit unseren Blicken von der Bühne, bis er an einem Tisch angelangt war, der bestimmt fünfundzwanzig Meter von uns entfernt war. Trotzdem konnte man den Hinterkopf der lockigen Blondine, die neben ihm saß, deutlich erkennen.

„Und jetzt?“, flüsterte ich und lehnte mich etwas näher zu Rispo herüber.

„Jetzt essen wir und hoffen, dass sie sich betrinkt.“

Klang nach einem Plan. Schade allerdings, dass wir nicht hofften, dass ich mich betrank, denn ich war schon fleißig dabei.

Zu sehr dabei vielleicht. Hoffentlich saugte das Essen den Champagner wieder auf, ich erwischte mich nämlich schon dabei, wie ich auf Rispos Lippen starrte und mich fragte, ob er über die Dankesbriefe die Wahrheit gesagt hatte. Kopfschüttelnd wandte ich meinen Blick ab und sah, wie Malte mich anstarrte und sich dann beleidigt wieder auf das Essen konzentrierte. Und ich hatte noch nicht einmal Zahnseide dabei, um ihn aufzuheitern.

Es gab insgesamt vier Gänge und ich musste zugeben, dass es sich schon alleine für das Essen gelohnt hatte hierherzukommen.

Der Nachtisch wurde serviert und gleichzeitig auf der Bühne die Stille Auktion angekündigt und die verschiedenen Dinge, die man erwerben konnte, vorgestellt.

Von einer Ameisenfarm bis zu einer Yacht gab es alles – sogar einen McDonalds-Gutschein für einen Big Mac. Ärzte waren kreativer als ich gedacht hatte.

Als alle zur Versteigerung auserwählten Dinge vorgestellt worden waren und die Stille Auktion offiziell eröffnet wurde, griff Rispo nach meiner Hand und zwang mich somit, den Löffel aus der selbigen gleiten zu lassen.

Er lehnte sich zu mir herüber und sein Atem streifte meinen Nacken. „Komm, wir sehen uns die Dinge mal an", flüsterte er.

Ich sah sehnsüchtig auf das Eis vor mir. „Ich bin noch nicht fertig mit dem Essen", bemerkte ich.

„Wenn wir heute den Tipp bekommen, der uns hilft den Mörder zu fassen, bekommst du eine ganze Packung von mir."

„Zwei."

Er seufzte. „In Ordnung, zwei."

Ich nickte – denn das war ein fairer Deal – nahm meine Clutch und stand auf. Meine Mutter und Malte sahen uns hinterher und ich rückte unwillkürlich meinen Ausschnitt zurecht. Blicke meiner Mutter hatten immer diesen Effekt auf mich.

Wir bewegten uns zu den aufgestellten Auktionsurnen und meine Füße fingen augenblicklich wieder an zu schmerzen. Ich biss meine Zähne zusammen und ermahnte mich selbst, nicht anzufangen zu quengeln.

„Sie sind hinter uns, zu unserer Rechten", murmelte Josh leise und zwang mich, mit seiner Hand in meinem Rücken, weiterzugehen.

Instinktiv wollte ich meinen Kopf wenden, doch er hielt mich augenblicklich davon ab, indem er einen Arm um meine Schultern legte. „Erste Regel bei Polizeiarbeit: nicht das Ziel anstarren!", knurrte er.

Schnell fuhr ich mit dem Kopf zur anderen Seite und prallte prompt mit meiner Nase gegen sein Kinn.

Entschuldigend sah ich zu ihm auf und tätschelte etwas unbeholfen die Stelle, die ich getroffen hatte. „Sorry, das Ganze macht mich ein bisschen nervös."

„Was du nicht sagst", meinte er tonlos, ließ den Arm aber wo er war.

Wahrscheinlich fühlte er sich sicherer, wenn er wenigstens etwas Kontrolle über meinen unkoordinierten Körper hatte.

Ich hatte nichts dagegen. Sein warmer Arm um meine Schultern war irgendwie ... nett.

Ich räusperte mich und sah auf meine Füße, die hin und wieder gegen ein entgegenkommendes Schienenbein traten.

„Also, wir laufen hier herum und warten, bis sich das glückliche Paar voneinander trennt. Und dann?"

„Dann unterhalten wir uns mit Pfennings Frau, möglichst ohne dass sie Verdacht schöpft und denkt, dass wir von der Kripo sind."

„In Ordnung." Aber wie bekam man die gewollten Informationen, ohne dass man direkte Fragen stellte?

Wir hätten meine Mutter in den Plan einweihen sollen! Die konnte das. Ich sah auf die Urnen vor mir und las die Schilder.

Bei der Ameisenfarm standen keine Leute.

Ich lief in die gegebene Richtung und da Rispo offenbar noch nicht bereit war, mich auf die Welt loszulassen, war er wohl oder übel dazu gezwungen, mir zu folgen.

Wir erreichten die Urne und ich nahm einen Zettel plus den dazugehörigen Kugelschreiber vom Tisch. Rispo ließ die Hand von meinen Schultern sinken und ich gab mein Gebot ab.

Zufrieden steckte ich den Stift zurück und wandte mich wieder um. Josh hatte die Arme verschränkt.

Ich sah ihn an. „Was?"

„Hast du gerade ein ernsthaftes Angebot abgegeben?"

Ich zuckte die Schultern. „Ich wollte schon immer eine Ameisenfarm haben. Meine Mutter hat sie mir immer verboten, weil sie zu dreckig sind, aber jetzt?"

Rispo versuchte ernst zu bleiben, aber ich konnte sehen, wie seine Mundwinkel zuckten. „Deine Katze wird sich freuen."

Ich machte eine wegwerfende Handbewegung. „Die ist viel zu faul, um irgendetwas zu fangen. Ameisen werden da keine Ausnahme machen – sind die Ziele noch zusammen und in Bewegung?"

Rispo nickte und ich öffnete meine Clutch, um mein Handy herauszuholen. „Gut, ich muss nämlich noch einen Anruf machen, bevor wir die Vernehmung anfangen können – wie viel Uhr ist es?"

„Kurz nach neun."

Das passte gut, Trudi sollte seit einer Stunde fertig sein. Da ich heute gezwungenermaßen nicht bis abends im Laden hatte bleiben können, hatte ich ihr aufgetragen, die Vorbereitungen für eine morgige Hochzeit zu treffen, damit morgen früh nichts anderes mehr zu tun war, als den Passat zu beladen und zur Kirche zu fahren.

Trotzdem würde ich mich sehr viel besser fühlen, wenn ich ihre Arbeit noch einmal überprüfte, damit ich wusste, ob ich eine Nachtschicht einlegen musste oder nicht.

Ich ignorierte Rispos verständnislosen Blick – offenbar war es auch nicht angemessen für Polizeiarbeit, persönliche Gespräche während einer Observierung zu führen – und wandte ihm den Rücken zu.

Meine Angestellte hob nach dem dritten Klingeln ab.

„Hallo Chef", flötete sie. „Wie ist die Party?"

„Es ist eine Gala", erklärte ich. „Also Trudi, pass auf …"

„Das hört sich lustig an im Hintergrund. Die Musik ist hübsch. Bist du immer noch mit dem heißen Polizisten unterwegs?"

Ich wurde rot, doch als mein Blick über meine Schulter zu Rispo flackerte, sah es nicht so aus, als würde er ein übersensibles Hörvermögen haben.

„Ähm ... ja", antwortete ich deshalb, trotzdem mit gedämpfter Stimme. „Trudi, nur ganz schnell: Hast du alles für morgen vorbereitet? Alle Sträuße im Kühlschrank? Den Brautstrauß?"

„Ja." Sie hörte sich verwirrt an. „Ich sagte doch, dass ich alles vorbereiten würde."

Ich kratzte mich am Ohr. „Ich weiß, dass du sagtest, du würdest dich darum kümmern –" Aber du hast auch gesagt, dass du den silbernen Draht kaufen würdest, dachte ich im Stillen.

„Chef, du bist zu gestresst. Genieß die Party! Fang was mit dem heißen Polizist an, für morgen ist alles geregelt. Viel Spaß!"

Sie hatte aufgelegt, bevor ich meinen Mund hatte öffnen können. Ich ließ das Telefon von meinem Ohr sinken und war überhaupt nicht zufrieden mit der Situation, doch zurzeit konnte ich dagegen wohl nichts tun.

Ich ließ das Handy zurück in meine Tasche gleiten und wandte mich um.

„Ja", sagte ich mit trockenem Hals. „Es wird schon alles okay sein."

Interessiert betrachtete Rispo, wie mir eine Schweißperle an meiner Stirn hinab rann. Schnell fuhr ich mit meinem Handrücken darüber.

Er grinste. „Dich macht das verrückt, oder? Leute nicht kontrollieren und sichergehen zu können, dass alles so läuft, wie du es gerne hättest."

Ich blinzelte. „Sagt der Polizist zur Blumenverkäuferin?"

„Ich sagte nicht, dass es mir nicht genauso geht. Aber ich drehe nicht dabei durch."

Entrüstet hob ich das Kinn. „Ich drehe überhaupt nicht durch!"

„Du hast meine Frage nicht beantwortet", bemerkte Rispo.

„Was für eine?"

„Kommandierst du gerne andere Leute rum?"

Ich runzelte die Stirn. „Die hast du vorher aber noch anders formuliert."

„Ich habe entschieden, die Frage umzuformulieren."

Ich verdrehte die Augen und sah über seine Schulter. Solche dämlichen Fragen bedurften keiner … huch!

Wenn das nicht unser glückliches Paar war, das sich gerade voneinander getrennt hatte.

„Unser ‚Ziel', so wie du sagen würdest, bewegt sich", machte ich ihn darauf aufmerksam und nickte in die Richtung. „Willst du jetzt einen Mörder fassen oder weiter dämliche Fragen stellen?"

Rispo schien selbst herauszufinden, dass die Frage rhetorisch war, denn erneut schraubte sich sein Arm um mich und ich wurde in die besagte Richtung geschoben. Wir gingen in die Eingangshalle und blickten uns um.

Keine Frau Pfenning.

„Shit."

Plötzlich wirbelte Rispo mich an meinen Schultern herum und drückte mich fest an seine Brust, während er seinen Kopf an meine Wange legte.

Mir wurde warm. An allen erdenklichen Körperstellen – und das nicht, weil ich mich erschrocken hatte.

Wie konnte ein Mann so … hart sein?

Zweideutigkeit mal außen vor gelassen.

In diesem Moment wurde mir klar, dass Rispo kein Privatleben haben konnte. Wenn er nicht arbeitete, war er eindeutig im Fitnessstudio.

„Ich weiß, wie gerne du dich jetzt umdrehen willst …"

Er hatte offensichtlich keine Ahnung. Ich könnte ewig so stehen bleiben und einfach seinen Geruch einatmen.

„… aber Paul Pfenning läuft gerade neben uns her, also bleib ein einziges Mal da, wo du gerade bist."

Ich hielt mich fest vom Seufzen ab und erlaubte es mir, mich noch ein bisschen enger an ihn zu drängen und meine Augen zu schließen.

Ja, er war ein Vollidiot, ja, ich sollte es besser wissen, aber er fühlte sich so verdammt gut an! Er war warm und seine Arme lagen so fest um mich und seine Bartstoppeln kratzen so angenehm an meiner Wange. Wenn er mich jetzt noch auf die Zehen ziehen und küssen würde, dann …

Ich riss die Augen auf.

Das durfte doch nicht wahr sein! Ich stand auf ihn! Gott, ich wollte, dass er die Wahrheit gesagt hatte, dass er Frauen wirklich dazu bringen konnte, ihm Dankesbriefe zu schreiben und …

Sein Griff lockerte sich und peinlich berührt machte ich einen Schritt nach hinten. Ich schluckte und zwang mich, ihn anzusehen.

„Ist er weg?"

Josh starrte mich an. Nicht belustigt, nicht arrogant; in seinem Blick lag etwas, was es mir heiß und kalt den Rücken hinunter laufen ließ. Doch auf einmal war es weg.

„Er ist weg", bestätigte er, seinen Blick immer noch mit meinem verankert.

Ich nickte und trommelte mit meinen Fingern gegeneinander. „Äh, bist du eigentlich verkabelt?", räusperte ich mich etwas unangenehm berührt und biss auf meine Unterlippe. Ich musste irgendetwas sagen, irgendetwas, das die Situation weniger merkwürdig erscheinen ließ.

Obwohl ich mir ziemlich sicher war, dass er verneinen würde. Ich hatte gerade so ziemlich alles an seinem Körper gespürt und ein Kabel war nicht dabei gewesen.

„Was?"

Verwirrt hob er die Augenbrauen, bevor er den Kopf schüttelte. „Ach so, nein."

„Warum nicht?"

Er kratzte sich am Hinterkopf und wich auf einmal meinem Blick aus. „Na ja, weil du bereits verwanzt bist."

„Was? Wo?" Schockiert sah ich ihn an.

Er nickte zu meiner Handtasche.

„Wie bitte?"

Er zuckte die Achseln. „In diesen engen Anzügen sieht man einfach alles. Da schien die Handtasche die bessere Wahl."

„Wann?"

Etwas schuldbewusst sah er mich an.

„In der Küche, als ich endlich wusste, welche Handtasche du mitnimmst ..."

In der Küche? Etwa, als er ...?

Nun war der Moment eindeutig vorbei! Ich stand nicht auf ihn, er war ein Mistkerl!

Wütend hob ich die Handtasche an meinen Mund. „Kommissar Rispo ist ein Mistkerl“, sagte ich laut.

Er seufzte und nahm mir die Handtasche aus der Hand.

„Jetzt stell dich nicht so an. Pfennings Frau läuft weg.“ Er nickte in den Flur hinter mir. „Kannst du dich zusammenreißen?“

Böse warf ich ihm einen Blick zu, bevor ich wieder nach der Clutch griff, mich auf den Absätzen umwandte und Paul Pfennings Frau nachlief, Rispo an meinen Fersen.

„Verwanzt“, knurrte ich und trat um die nächste Ecke, nur um einen leeren Gang vorzufinden.

Verwundert drehte ich mich um. „Wo ist sie hin?“

„Auf die Damentoilette würde ich sagen.“ Rispo nickte auf ein großes Schild direkt vor mir, das die Toiletten auswies.

„Und jetzt?“

Mit hochgezogenen Brauen sah er mich an. „Nun, ich sehe hier nur eine Dame. Oder so etwas Ähnliches.“

Charmant.

„Ich soll da rein?“, fragte ich etwas verängstigt.

„Natürlich! Wo besser über den letzten Klatsch reden als auf der Damentoilette?“

Als ob der Mord an der Schwägerin in die Kategorie ‚Klatsch‘ gehörte!

Ich streckte den Rücken durch.

„Alles klar, ich geh rein.“

„Aber dezent bleiben“, erinnerte mich Rispo.

Ich verdrehte die Augen und wandte ihm den Rücken zu.

„Ich bin nicht blöd!“, sagte ich und stieß die Tür auf.

Der Raum war leer, was nur Glück für mich war.

Ich war eigentlich nicht der Typ dafür, mit fremden Frauen auf Toiletten tiefsinnige Gespräche anzufangen. Vor allem nicht, wenn noch andere Frauen um mich herumstanden.

Ich stellte mich ans Waschbecken und betrachtete mich im Spiegel. Meine Haare hatten sich noch nicht in Wohlgefallen aufgelöst, sondern wellten sich noch symmetrisch um mein Gesicht. Auch mein Make-up war trotz Schweißperle und dem Umstand, dass mein Gesicht für kurze Zeit an Rispos Schulter gepresst worden war, noch nicht verwischt.

Selbst meine Brüste saßen noch am richtigen Platz. Ich wäre begeistert gewesen, wäre ich nicht so furchtbar nervös wegen des bevorstehenden Gesprächs mit Pfennings Frau gewesen.

Dezent war so ein Wort, das eigentlich längst aus meinem persönlichen Wörterbuch verdrängt worden war. Ich war eher so der Elefant-im-Porzellanladen-Typ.

Warum um den heißen Brei herumreden? Menschen machten Dinge immer viel zu kompliziert, man sollte ...

Eine Toilettenspülung wurde betätigt und mit klopfendem Herzen beeilte ich mich damit, meinen Lippenstift aus meiner Handtasche herauszuholen. Es sollte wenigstens so aussehen, als würde ich etwas verbessern.

Eine Tür wurde geöffnet und ich wagte einen kurzen Seitenblick auf die große, blonde schöne Frau, deren

Locken nicht nur perfekt saßen, sondern auch wirkten, als täten sie dies von Natur aus.

Sie trug ein ärmelloses, langes türkisfarbenes Kleid, das sich eng an ihren Körper anschmiegte und eine schwere, im Licht glitzernde Goldkette mit weißem Stein in der Mitte, schmückte ihr Dekolleté. Ihre braunen Augen waren mit Lidstrich verstärkt worden und saßen groß und leuchtend perfekt in ihrem Puppengesicht.

Die Welt war unfair.

Na ja – sie war mit Paul Pfenning verheiratet. Es gab also doch noch ausgleichende Gerechtigkeit.

Ich lächelte ihr kurz zu und fuhr dann weiter damit fort, meine Lippen nachzuziehen.

„Schöne Feier, nicht?", sagte ich abwesend und besserte meine Unterlippe aus.

„Sehr schön."

Sie war wohl eine von den gesprächigeren Mädels.

„Haben Sie schon etwas Schönes gefunden?", fragte ich weiter nach.

Sie prustete. „Wohl kaum. Die Auswahl dieses Jahr ist ein Witz. Eine Ameisenfarm, wirklich!"

Mein Make-up schien doch nicht einwandfrei zu funktionieren. Die Röte, die meine Wangen hochkroch, überdeckte es zumindest nicht.

Ich räusperte mich. „Ja, da haben Sie recht. Schlechte Auswahl ... auch bei den Männern hier."

Frau Pfenning wandte sich mit dünnen, hochgezogenen Augenbrauen zu mir um. „Finden Sie? Der ein oder andere süße Kerl ist doch dabei."

Ah, jetzt wurde sie endlich warm. „Ach, mein Freund hat mich betrogen“, flunkerte ich seufzend. „Für mich sehen heute alle Männer im Anzug blöd aus.“

„Oh, das tut mir leid.“

„Muss es nicht. Er war ein Vollidiot ... Sind Sie schon mal betrogen worden?“ Was für ein gelungener Übergang! Meine Beiläufigkeit war zum Niederknien.

Die Blondine lachte auf und wandte sich zu den Handfönen um. „Nein, um Gottes Willen. Mein Mann hat gar nicht die Eier in der Hose, um mich zu betrügen! Wenn ich es recht überlege, hat er nicht die Eier in der Hose, irgendetwas in die Hand zu nehmen!“

Das war genau der Eindruck, den ich auch gehabt hatte.

Ich lächelte und reichte ihr meine Hand. „Ich bin Louisa Manu.“

„Carolin Pfenning.“

Ich runzelte gespielt überrascht meine Stirn. „Pfenning? Wie die Frau, die umgebracht wurde?“

Carolin verengte ihre Augen und ich hatte schon Angst, dass man mich, was meine schauspielerischen Leistungen anging, in der Grundschule belogen hatte, als sie sich wieder etwas entspannte.

„Ja, gleicher Name, nicht gleiche Frau.“

„Aber verwandt?“

„Verschwägert.“

Die Lust auf dieses Gespräch war ihr offenbar vergangen, denn sie entschied sich doch für ein paar Papierhandtücher und wandte sich zum Gehen.

Mist. Ich hatte theoretisch rein gar nichts herausgefunden! Nichts, außer dass sie es für unwahrscheinlich hielt, dass ihr Mann eine Affäre gehabt hatte und er offenbar nicht die Eier in der Hose hatte, irgendetwas in die Hand zu nehmen.

Aber wie sollte ich sie dezent fragen, ob ihr Mann zufällig vor zwei Wochen einen mit Geld gefüllten Umschlag nach Hause gebracht hatte?

Sie wusste es. Da war ich mir sicher. Sie schien der Teil zu sein, der in der Beziehung die Hosen anhatte.

Aber man fragte eine Person, die man seit fünf Sekunden kannte ja auch nicht nach ihrer finanziellen Situation.

Leider wirkte Carolin auch überhaupt kein bisschen betrunken. Ich war wohl eher diejenige, die sich an das Waschbecken klammern musste, um das Gleichgewicht zu halten. Obwohl ich das natürlich auch auf meine Schuhe schieben könnte.

Carolin Pfenning lief zur Tür.

Komm schon Lou, komm!, feuerte ich mich selbst an. Du bist schlau, dir fällt was ein! Nicht panisch reagieren!

„Glauben Sie, dass Ihr Mann Ihre Schwägerin umgebracht hat?"

Die Augen der Frau mir gegenüber wurden riesig, bevor sie rückwärts durch die Tür stieß.

Ich lief tiefrot an und sah Frau Pfenning dabei zu, wie sie die Toiletten verließ.

Mist. Hastig folgte ich ihr, kam aber nicht weit. Im Flur stand besagter Ehemann, hinter ihm Rispo.

Er sah gar nicht glücklich aus und ich wünschte mir inständig, dass er nicht gehört hatte, was mein Mund soeben von sich gegeben hatte.

„Dezent Manu, wirklich dezent", knurrte er.

Nie wurden meine Wünsche erfüllt. Die Wände hier mussten ja verboten dünn sein!

Paul Pfenning sah empört aus – empört und verängstigt. Seine Frau hingegen sah einfach nur wütend und kalt aus.

„Wusste ich es doch, dass Sie es sind!" Er deutete mit seinem Finger auf mich. Seinem zitternden Finger.

Lahm hob ich meine Hand. „Hey."

Carolin nahm währenddessen ihren Mann ins Visier.

„Paul, was zum Teufel geht hier vor sich? Wer sind diese Leute?"

Paul Pfenning machte meiner Gesichtsfarbe Konkurrenz. „Nichts Schatz, das sind nur Leute von der Polizei, kein Grund ..."

Ich erntete einen abschätzigen Blick.

„Polizei? Ich dachte, heutzutage müssen alle Polizisten fit sein."

Ich schnappte nach Luft, wurde jedoch von Rispos Miene zum Schweigen gebracht.

„Paul", sagte Frau Pfenning schließlich scharf, „regelst du das bitte, ja?" Sie sah ihn durchdringend an und man merkte, wie ihr Mann zwei Zentimeter kleiner wurde. „Natürlich Schatz", sagte er schnell und schon fegte seine Frau den Flur hinunter, in Richtung Festsaal. Rispo lehnte sich mit dem Rücken gegen die Wand und verschränkte seine Arme. Eindrucksvolle Pose, das musste ich ihm lassen.

„Na gut Herr Pfenning, wenn Sie schon einmal hier sind, macht es Ihnen dann etwas aus, noch ein paar Fragen zu beantworten?"

Paul wurde blass. „Aber ich, ich … ich sagte Ihnen doch bereits alles, was ich weiß.“

„Das scheint mir anders. Wir wissen von dem Umschlag.“

Sein Gesicht wurde noch weißer. Er fühlte sich offensichtlich nicht wohl in der Umgebung hier.

„We-, we-, welcher Umschlag?“

Wie hatten wir dieses nervliche Wrack je verdächtigen können?

„Herr Pfenning“, sagte Rispo langsam und mir fiel auf, wie sein Gesicht sich innerhalb weniger Sekunden vom guten Polizisten zum bösen Polizisten gewandelt hatte.

„Wir haben Zeugen. Machen Sie sich das Ganze leichter und antworten Sie. Wie haben Sie Kathrin Pfenning um das Geld erpresst?“

Die Augen des Befragten wurden groß.

„Erpresst?“, fragte er panisch. „Ich habe niemanden erpresst!“

„Wieso haben Sie dann Geld von Ihrer Schwägerin bekommen?“

Schweiß sammelte sich auf seiner Stirn und jetzt verstand ich, warum seine Frau gegangen war. Dabei würde ich meinem Mann auch nicht gerne zusehen.

„Ja, ist ja gut“, stammelte er gepresst, „ich brauchte das Geld. Aber ich musste niemanden dafür erpressen! Kathrin hat es mir einfach gegeben. Sie wusste, wie geizig Gregor ist und dann … hat sie es mir einfach so gegeben. Niemand wusste davon, nur meine Frau und ich.“

Rispo machte noch einen Schritt näher auf ihn zu.

„Sind Sie gierig geworden? Wollten Sie mehr und haben sie deshalb umgebracht?"

„Umgebracht?", spuckte der Mann aus. „Ich habe niemanden umgebracht. Sie hat mir die zweitausend Euro gegeben und das war's. Danach ist nichts mehr passiert!"

Rispos Stirn legte sich in Falten. „Zweitausend? Sind Sie sicher?"

Hektisch nickte Pfenning. „Zweitausend, vor zwei Wochen."

„Sie haben nur zu diesem Zeitpunkt Geld bekommen?"

„Ja! Ich habe nur dieses eine Mal Geld von ihr bekommen! Ich …" Er seufzte und fuhr sich fahrig über Stirn und Haare. „Na schön, ich hatte sie am Samstag noch einmal getroffen und nach weiterem Geld gefragt, doch bevor sie es mir geben konnte, war sie tot."

Rispo blieb stehen und verengte die Augen. „Hat Sie noch anderen Leuten Geld geliehen?"

„Nein, nicht dass ich wüsste. Nur uns."

Einige Sekunden starrte Rispo ihm ins Gesicht, dann seufzte er und ließ seine Schultern sinken. „Schön. Sie können gehen."

Die Erleichterung auf Paul Pfennings Gesicht war greifbar und er beeilte sich, seiner Frau zu folgen.

Ich wünschte, ich wäre an seiner Stelle, denn jetzt galt Rispos Blick nur noch mir.

„Na?", fragte ich unschuldig. „Alles klar?"

Kapitel 13

„Tut mir leid, dass ich nicht dezent war."

Wir saßen in Rispos Wagen – mittlerweile ohne Kratzer und Beule – und gegen die Windschutzscheibe prasselte der Regen.

Nach der Begegnung im Damen-WC hatte ich keine Lust mehr verspürt wieder in den Ballsaal zu gehen und ich machte mir nicht vor, dass ich mit einem Gebot von fünfzehn Euro die Ameisenfarm erstehen würde.

Es war dunkel geworden und ich betrachtete Joshs Profil.

Er seufzte, lächelte jedoch, als er mir einen Blick zuwarf.

„Nicht schlimm. Wir haben ja trotzdem unsere Informationen." In der Tat, nur wussten wir immer noch nicht, wer der Mörder war und wo die zweiten zweitausend Euro geblieben waren.

„Normalerweise schicken wir auch keine Zivilisten, um Verdächtige geheim zu verhören – das Ganze war sowieso eine ... Ausnahmesituation."

Ich konnte spüren, wie ihm das Wort Schnapsidee
auf der Zunge gelegen hatte.

„Wie werdet ihr denn weiter vorgehen?"

Wir hielten an einer Ampel und Rispo wandte mir
sein Gesicht zu. Seine dunklen Haare hingen ihm in
die Stirn und er fuhr mit seiner rechten Hand hindurch, um sie aus seinem Gesicht zu streichen.

„Ich habe keine Ahnung", gab er schließlich zu, „wir
kommen von einer Sackgasse in die nächste."

„Andere Frage", wechselte ich das Thema und legte
meine Hände in den Schoß. „Hast du Geschwister?"

Überrascht nahm Rispo seinen Blick von der Straße.
„Wieso fragst du?"

Ich zuckte die Schultern. „Ich bin es leid, immer nur
über den Mord zu reden. Wir müssen Abstand gewin-
nen, um eine neue Sichtweise zu bekommen."

„Ich habe vier jüngere Brüder."

„Vier?"

Er nickte. „27, 24, 22 und 19."

„Guter Gott, das erklärt einiges!"

Seine Stirn legte sich in Falten. „Das erklärt was?"

Ich wedelte mit meinen Händen einmal von seiner
Schulter bis zu seinen Beinen. „Das Testosteron, das
aus jeder deiner Poren kommt. Du kannst ja nichts
dafür, du bist Opfer deiner Kindheit."

Er grinste kurz und parkte schließlich vor meiner
Haustür.

„Gib mir kurz deine Handtasche", sagte er und
schnallte sich ab.

„Warum?", fragte ich misstrauisch und zog besagtes
Stück näher an meinen Körper.

„Ich möchte die Wanze herausnehmen."

„Oh." Ich konnte mich gar nicht genug beeilen, ihm die Clutch zu reichen.

Er fischte einen kleinen, kaum erkennbaren runden Gegenstand aus dem Innenraum, den er in ein Fach neben das Lenkrad legte. „So, jetzt kannst du all deine dreckigen Gedanken wieder aussprechen."

Ich musste lachen und nahm die Tasche wieder entgegen. „Na, Gott sei Dank. Ich habe so viele FSK-18-Gedanken. Wenn die alle in meinem Kopf bleiben würden …"

Rispos Mundwinkel zuckten und er stieg aus dem Wagen aus, lief einmal um die Motorhaube herum und öffnete mir die Tür.

Ich war zu verdutzt, um auch nur ein „Danke" herauszubringen, deswegen beließ ich es bei ausdrucksstarkem Schweigen, stieg aus und kramte nach meinem Haustürschlüssel, während der Regen auf meinen Mantel tröpfelte.

Die Clutch war relativ klein, weswegen es weniger lang als gewohnt dauerte den Schlüssel zu finden und die erste Tür zu öffnen.

Josh folgte mir bis zu meiner Haustür, gegenüber der er stehen blieb.

Der perfekte Gentleman hatte mich doch tatsächlich zur Tür gebracht.

„Also, dann …", sagte ich zögernd, trat aus meinen Schuhen und hob sie auf. Ich würde die gesamte nächste Woche barfuß laufen.

„Darf ich dich etwas fragen?", unterbrach Rispo mich, bevor ich entscheiden konnte, was die richtige Art und Weise war, sich von einem Alibi-Freund zu verabschieden.

Ich nickte. „Klar."

„Beim Einbruch, warum hast du da nicht die Polizei gerufen?"

Verwirrt blinzelte ich ihn an. „Hab ich doch."

„Nein, du hast mich angerufen."

„Aber du bist doch die Polizei, hast du mir das nicht selbst gesagt, als ich dir hinten draufgefahren bin?"

„Doch, aber normalerweise würde man doch instinktiv den Notruf wählen."

Ich zuckte die Schultern. „Keine Ahnung. Deine Nummer hing am Kühlschrank. Ich schätze, du warst einfach der Erste, an den ich gedacht habe." Er war der erste, von dem ich glaubte, in seiner Anwesenheit sicher zu sein. Dabei kannte ich ihn kaum.

„Du stehst übrigens nicht im Weg", murmelte er und kratzte sich am Rücken. „Du ... hilfst."

Ich lachte. „Ich glaube, ich bin doch angesäuselter als ich dachte."

Rispo steckte die Hände in seine Hosentaschen. „Warum?"

Lächelnd legte ich meinen Kopf schräg. „Du bist plötzlich so nett zu mir. Anders als mit einem vernebelten Gehirn kann ich mir das nicht erklären."

Seine Mundwinkel zuckten wieder und als er mir in die Augen sah, war er wieder da. Dieser Blick, der meine Knie weich werden ließ und mich komplett vergessen lassen wollte, dass ich eigentlich mit keinen Polizisten ausging.

„Ach, was soll's", murmelte Josh leise, bevor er mit beiden Händen mein Gesicht umfasste und mich auf die Zehenspitzen zog, um mich zu küssen.

Mir fielen zuerst die Schuhe, dann die Handtasche aus der Hand – erst dann konnte ich seinen Kuss erwidern und mich langsam gegen die Tür zurückdrängen lassen, bevor ich genüsslich meine Arme um seinen Hals schlang und mit meinen Fingern über seinen Nacken fuhr.

Dieser Mann wusste eindeutig was er tat. Der erste Kuss war langsam, beinahe zärtlich, doch sobald ich meinen Mund für ihn öffnete, war da nichts Sanftes mehr. Nur noch Hitze. Während die eine Hand immer noch mein Gesicht umfasste, ließ er seine andere langsam in meinen Mantel und an meiner Taille hinabwandern, bis er mein Bein hochzog und es um seine Hüfte legte.

Ich seufzte an seinem Mund und zog ihn mit dem Bein noch näher zu mir heran, bevor meine Hände selbst anfingen zu wandern. Über die starken Schultern, dann über die harte Brust, seinen Bauch, unter sein Hemd ...

Seine zweite Hand fuhr nun meinen nackten Rücken hinunter, bis er mich mit beiden Händen am Po vom Boden hob und gegen die Tür presste.

Mir wurde ganz schwindelig und ich schlang auch noch das zweite Bein um ihn, damit ich nicht an der Tür hinabsank und er meinen Hals küssen konnte. Ich zerknüllte sein Hemd auf seiner Brust, die ersten drei Knöpfe bereits offen.

Lieber Gott, mach, dass es nicht aufhört!

Seine Bartstoppeln kratzten an meinem Kinn entlang, bevor sein Mund wieder meinen fand und ich meine Hände auf seiner Brust spreizte und ...

„Verdammt.“

Er schob meine Beine zurück und stieß sich von meiner Tür weg, bevor er sich mit der flachen Hand über sein Gesicht fuhr. „Ich bin im Dienst. Scheiße."

Ich taumelte etwas, fand jedoch mein Gleichgewicht wieder. „Es ist nach elf. Dienst vorbei", murmelte ich atemlos.

Er schüttelte den Kopf, sah auf meinen Mund und schüttelte dann wieder den Kopf. „Warum trägst du auch ausgerechnet so ein Kleid?! Den ganzen Abend konnte ich nur daran denken, wie ich es dir vom Körper schälen könnte!"

Dann mach doch! Bitte! Jede Pore meines Körpers wollte, dass er nichts anderes tat. Sein Dienst hätte mir egaler nicht sein können. Ein Mann konnte einen doch nicht so küssen und dann einfach aufhören!

Er machte noch einen Schritt zurück. „Ich sollte gehen, tut mir leid."

Und dann tat er genau das. Er ging und drehte sich nicht einmal mehr um.

„Er ist einfach gegangen?"

Ich nickte und sah seufzend der Braut dabei zu, wie sie begleitet vom Hochzeitsmarsch auf den Altar zuschritt.

„Ja", flüsterte ich. „Einfach so. Ohne ein weiteres Wort."

Eigentlich musste ich nicht mehr hier sein. Meine Arbeit war getan, die Kirche sah toll aus, jede Ansteckblume saß, nur – Hochzeiten waren so romantisch...

Wie sich das Paar ansah, bevor es sich das Ja-Wort gab, der erste Kuss als Ehepaar ... und wenn ich diesen romantischen Moment noch mit meiner besten

Freundin teilen konnte, dann war das ein gelungener Zeitvertreib für den Vormittag.

Ari lehnte sich auf der Bank zurück und betrachtete das lange weiße Kleid der Fast-Ehefrau. Wir saßen in der hintersten Reihe, mussten uns aber dennoch Mühe geben, unsere Lautstärke auf ein Minimum zu reduzieren.

Ich seufzte tief.

„Glaubst du, er ruft deswegen nochmal an?"

„Bezweifle ich stark. Rispo ist nicht der Typ, der anruft."

Ich zuckte die Schultern. „Und dann ist da noch die SMS, die ich heute Morgen von Malte bekommen habe."

„Malte, der Zahnarzt, hat dir noch einmal geschrieben?"

Ich nickte und reichte ihr mein Handy.

Sie überflog kurz die eine Zeile und sah mich dann stirnrunzelnd an. „Ich bin sehr enttäuscht", las sie laut vor. „Was soll das denn heißen?"

Ich zuckte erneut die Schultern. Genau das hatte ich mich heute Morgen auch gefragt.

Ich bin sehr enttäuscht.

Ein bisschen kryptisch, das Ganze.

Worüber war er enttäuscht?

Darüber, dass ich meine Zähne nicht hatte bleichen lassen? Darüber, dass mein Alibi-Freund an dem Abend so viel heißer gewesen war als er?

Über unsere Trennung, über unser Wiedersehen? War er von mir enttäuscht oder vielleicht über das Ergebnis des gestrigen Fußballspiels? Und dann blieb noch die Frage offen: Warum wollte er mich wissen lassen, dass er enttäuscht war? Sollte mich das interessieren?

Seufzend steckte ich das Handy wieder weg. „Wie läuft's bei dir und dem Gärtner?"

„Sehr gut. Gestern habe ich fast mit ihm geredet."

„Was heißt fast?"

„Anstatt ihn vom Fenster aus anzustarren, habe ich ihn von der Terrassentreppe aus angestarrt."

„Hat er das gesehen?"

Entgeistert sah sie mich an. „Bist du verrückt? Ich saß hinter einem Blumenkübel und hab so getan als würde ich Zeitung lesen!"

Ich kicherte und bekam prompt einen Zisch-Laut von der Oma vor mir um die Ohren geworfen.

„Wir sollten heute Sport machen."

Ari war entgeistert. „Bist du noch betrunken?", fragte sie besorgt.

„Nein, aber sagt man nicht, dass man beim Laufen besser nachdenken kann?"

Abwertend sah sie mich an. „Also, ich weiß ja nicht, wie das bei dir ist, aber ich für meinen Teil würde lieber unter der Dusche über meinen Gärtner nachdenken."

Nur der böse Blick der älteren Dame ließ das laute Gekicher in meinem Hals ersticken.

„Ich will meinem Körper keine falschen Hoffnungen machen", verteidigte ich mich. „Du hättest sein Gesicht gestern sehen müssen! Er sah aus, als wäre ich Medusa und hätte ihn mit roher Gewalt dazu gezwungen mich anzusehen. Und dann hat er meinem Kleid die Schuld für seine fehlende Selbstbeherrschung gegeben. Ich dachte, Polizisten wären besser trainiert."

Aris Nase kräuselte sich, als sie mir einen schrägen Blick zuwarf. „Darf er dich denn etwa nicht küssen? Ist das irgendein Kodex? Während des Dienstes wird nicht geknutscht?"

„Keine Ahnung. Vielleicht darf er nur nicht mit Zivilisten knutschen, die einen Ringfinger im Sperrmüll aufgabeln."

Jetzt war es Ari, die losprustete.

„Klingt vernünftig. Stell dir vor, wo die Gesellschaft landen würde, wenn jeder Polizist mit den Finger findenden Zivilisten rummachen würde."

Ich seufzte. „Na ja, wenn jeder Polizist so küsst wie Rispo, dann durchwühle ich ab heute jeden Sperrmüll nach Fingern."

„Pssscht!" Die alte Frau drehte sich um. „Das hier ist eine Hochzeit! Auf Hochzeiten wird nicht geredet!", meckerte sie und warf uns einen bitterbösen Blick zu.

Ich streckte ihr die Zunge heraus und ihr fiel beinahe das Gebiss aus dem Mund.

Ich konnte nichts dafür. Meine Hormone waren durcheinander …

Kapitel 14

In unserem Familienhaushalt gab es wenige Traditionen. Eigentlich nur zwei, die eingehalten werden mussten: Man telefonierte nicht bei Tisch und jeden Sonntagmorgen wurde mit der Familie zusammen gebruncht.

Das war schon länger so gewesen, als ich denken konnte. Selbst als alle Kinder bereits ausgezogen waren, kehrten wir jeden Sonntag wie selbstverständlich an den Tisch zurück.

Ausnahmesituationen mussten zwei Wochen früher schriftlich eingereicht und schließlich von Mama genehmigt werden.

Das einzige Mal, dass sie erlaubt hatte, dass jemand spontan am Familienbrunch fehlen durfte, war, als bei Stefanie, Jannis' Frau, an einem Sonntagmorgen die Wehen eingesetzt hatten. Und selbst da hatte meine Mutter erst noch einmal nachgehakt, ob es nicht möglich wäre, dass sie sich mit der Geburt ein bisschen beeilte.

Gott sei Dank kannten Jannis und seine Frau sich bereits aus der Schulzeit und dementsprechend hatte

Stefanie gelernt, mit meiner Mutter umzugehen. Oder zumindest eingesehen, dass es sich nicht lohnte, mit dieser Frau Streit anzufangen.

Als ich um Punkt elf an der Haustür meiner Eltern klingelte, öffnete mir wie gewohnt mein Vater, ruhig wie eh und je und mit einem kleinen Schmunzeln auf dem Gesicht.

„Wir haben keine Eier mehr", begrüßte er mich und gab mir einen Kuss auf die Wange. „Keine Eier und keine Tomaten."

Ich trat ein und sah ihn verwundert an.

„Und trotzdem kannst du noch lächeln? Deine Ruhe hätte ich gerne."

„Deine Mutter ist nicht so gruselig wie du denkst."

Das hielt ich für ein Gerücht. Aber es war schon immer so gewesen, dass Papa der Einzige zu sein schien, der meine Mutter zur Vernunft und sie in eine Verfassung bringen konnte, die man fast als ausgeglichen hätte beschreiben können.

Gott sei Dank, denn sonst wären sie mit Sicherheit nicht mehr verheiratet gewesen und Kommissar Rispo hätte einen ganz anderen Mord untersuchen müssen.

Früher hatte ich geglaubt, dass mein Papa Superheldenkräfte besaß, die Mamas „böse Energie" absorbieren konnten. Heute wusste ich, dass er schlichtweg einfach nur der geduldigste Mensch auf der Erde war und gelernt hatte, wann er welche Knöpfe drücken musste. Was nicht hieß, dass er für mich nicht trotzdem ein Held war.

Ich zog meine Schuhe aus und legte sie unter die Garderobenhaken, an denen ich meine Jacke befestigte.

„Sind schon alle da?", fragte ich beiläufig, obwohl jeder wusste, dass derjenige, der zuletzt durch die Tür trat, den Zorn des Hauses auf sich zog.

Mein Papa lächelte und öffnete die Tür zum Wohnzimmer. „Kannst dich beruhigen. Emily ist noch nicht hier."

Ich legte eine Hand auf die Brust und atmete erleichtert auf. Die Letzte zu sein, obwohl ich am Freitag einfach so, ohne ein Abschiedswort, von der Gala verschwunden war, hätte ich mir nicht leisten können.

Der Tisch war bereits vollständig gedeckt, sogar die Brötchen standen schon darauf und mein Bruder und seine Frau saßen schon auf ihren Stühlen und hatten sich beide mit geschlossenen Augen nach hinten gelehnt.

Jede ruhige Minuten musste ausgenutzt werden, hatte Jannis mir mal erklärt, als ich ihn danach gefragt hatte, warum er immer, wenn ich zum Brunch kam, die Augen geschlossen hatte, egal ob er saß, stand oder auf dem Sofa lag.

„Na, Monster", begrüßte ich meine Nichten und ließ mich auf die Couch fallen. „Tyrannisiert ihr wieder die Stadt?"

Sie quietschten und fuhren damit fort, auf der Couch auf und ab zu hüpfen. Ihre blonden Zöpfe flogen dabei hin und her.

„Rate mal, was passiert ist, Loubalou! Rate!", kreischte Isabell.

„Du bist noch hübscher geworden seit letzter Woche?", schlug ich vor.

Sie kicherte und warf ihre Arme um meinen Hals. „Nein, was anderes. Rate!"

„Ja, rate!", unterstütze ihre Schwester sie und krabbelte auf meine Beine.

„Ihr habt ein Hundebaby adoptiert?"

Von einer Sekunde auf die andere machte mein Bruder die Augen auf und fixierte mich gequält.

„Louisa! Bring sie nicht auf Ideen!"

Doch Isabell war bereits aufgesprungen und hing am Arm ihres Vaters.

„Ich möchte ein Hundebaby, Papa, ja? Bekomme ich eins zu Weihnachten?"

Entschuldigend hob ich meine Achseln in seine Richtung, während er seine Tochter auf den Schoß zog.

„Ich würde ja gerne", erklärte er und stupste ihr mit seinem Zeigefinger auf die Nase. „Aber deine Mama ist einfach dagegen."

Ich musste lachen und hätte zu gerne Steffis Reaktion mitbekommen, wurde jedoch von dem immer noch hüpfenden Knäuel auf meinen Knien abgelenkt.

„Jetzt rate! Rate!" Laras Augen waren vor Aufregung noch größer als gewöhnlich.

„Ich komm nicht drauf", sagte ich entschuldigend.

Ein so breites Lächeln, wie man es nur von Kindern kannte, zog sich von einer Seite ihres Mundes zur anderen.

„Ich hab den Buchstaben E gelernt!", sagte sie stolz und reckte ihr Kinn in die Höhe. „In Klein ... und in Groß!"

Ich musste ebenfalls grinsen und drückte ihr einen Kuss auf den Kopf. „Mensch, wenn ich nicht aufpasse, bist du aber ganz schnell schlauer als ich."

Sie kicherte wieder und tippte mit ihren Fingern gegen meine Wange. „Ja, und dann werde ich berühmt!"

Ich nickte. „Das E zu lernen ist der erste Schritt", bestätigte ich.

„Wo sind die kleinen Monster?", kam plötzlich eine Stimme aus dem Flur. „Ich muss jemanden durchkitzeln!"

Emily stand in der Tür, Papa hinter ihr und im nächsten Moment rutschte erst Lara von meinem und dann Isabell von Jannis' Schoß, um in ihre Arme zu fliegen.

„Emmi!", kieksten sie dabei und rannten ihre Tante beinahe um.

Wenn es etwas gab, das in unserer Familie groß geschrieben wurde, dann war es Enthusiasmus.

„Genug mit der Turnerei!"

Als hätte sie gerochen, dass das letzte Familienmitglied eingetroffen war, kam meine Mutter aus der Küche. „Jetzt wird gegessen!" Sie schloss die Tür und lächelte in die Runde.

Sie lächelte – obwohl es weder Eier noch Tomaten gab.

Was war da los?

Ich stand von der Couch auf und massierte kurz meine Oberschenkel, bevor ich erst meiner Schwägerin einen Kuss auf die Wange gab, dann meinem Bruder, meine Schwester kurz umarmte und mich dann fröhlich auf meinen Stammplatz neben Jannis niederließ.

Meine Mutter lächelte, meine Nichte hatte das E gelernt, ich wurde von heißen Männern geküsst und es gab tolles Essen. Das Leben war schön.

„Na, schon auf jemanden geschossen?", wollte Jannis grinsend, mit gesenkter Stimme wissen.

Ich streckte ihm die Zunge heraus und rückte mit meinem Stuhl enger zum Tisch.

„Nein, aber ich bin kurz davor, zum Bond-Girl des Jahres gekürt zu werden ...", erklärte ich. „Danke nochmal dafür."

Er nickte nur und ließ das Thema fallen. Sonst würde vielleicht noch jemand unser ungewöhnliches Tischgespräch mitbekommen und unangenehme Fragen stellen.

Es dauerte einige Momente, bis Lara und Isabell ruhig auf ihren Plätzen saßen, eine rechts und eine links von Emmi, doch schließlich saßen alle und die Frau des Hauses konnte endlich den Startschuss geben.

Die Brötchen wurden herumgereicht, die Nutella vorsorglich vor die Kinder gestellt – Emily würde es nicht zugeben, aber sie war diejenige, die die Nuss-Nougat-Creme aß wie die Deutschen Brot – und der Saft eingegossen.

Es war ungeschriebenes Gesetz, dass der, der als Letzter das Haus betrat, die erste unangenehme Frage von Mama gestellt bekam und – machen wir uns nichts vor – es waren immer Emily oder ich, die es traf.

Jannis hatte bereits vor langer Zeit gelernt, dass es sich lohnte, eine halbe Stunde früher zu kommen. Keine persönlichen Fragen, Zeit die Augen zu schließen.

Meiner Schwester und mir war unser Schlaf da heiliger.

Meine Mutter lächelte nun und richtete die erste Frage ausgerechnet an mich und das, bevor ich das erste Brötchen bestreichen konnte.

„Wie lief der Abend mit Joshi, dem Sicherheitsbeamten, noch? Habt ihr die Gala zusammen verlassen?"

Mein Messer hielt in der Luft inne und wie ein Reh, das von einem Scheinwerfer getroffen wurde, starrte ich in ihre Richtung, bekam aber zunächst kein Wort heraus.

„Du bist mit dem Polizisten ausgegangen?" Emmi bekam große Augen und sah mich vorwurfsvoll an. „Ich dachte, du hättest von irgendeinem anderen Typen geredet. Warum sagst du denn nichts? Ich hab da ein paar Strafzettel, die ich loswerden müsste. Typen von der Kripo können da doch bestimmt was deichseln, oder?"

Ich schlug eine Hand gegen meine Stirn.

So viel dazu, dass niemand wissen sollte, was er von Beruf war. Andererseits war der Abend ja vorbei, dementsprechend war es wohl egal, dass meine Schwester ihre Klappe nicht halten konnte.

Meine Mutter fixierte mich und ich konnte sehen, wie sich ihre Mundwinkel freudig nach oben zogen.

„Er war Polizist? Von der Kripo? Aber warum sagst du das denn nicht?"

Schön, wenigstens war meine persönliche Frage von Freitag jetzt beantwortet. Polizisten übertrafen Zahnärzte offenbar bei Weitem.

Ich verdrehte die Augen. „Ja, er ist Polizist und ich war mit ihm aus …" Moment. „Das heißt, nein", korrigierte ich mich, „ich bin nicht wirklich mit ihm ausgegangen. Er war meine rein platonische Begleitung."

Das Gesicht meiner Mutter sackte in sich zusammen. „Aber am Freitag, ihr …“

Ich wedelte mit meiner Hand in ihre Richtung. „Ja ja, ich weiß. Du kannst später von mir enttäuscht sein. Wir sind auf jeden Fall nicht zusammen und waren es auch nicht.“

Meine Mutter öffnete den Mund, doch mein Vater legte eine Hand auf ihren Arm und brachte sie mit nur einem Blick zum Schweigen.

Das musste er mir unbedingt auch sofort beibringen.

„Du bist mit Rispo ausgegangen?“, mischte sich auf einmal mein Bruder ein und kaute verwirrt weiter auf seinem Brötchen herum. „Ich dachte, ihr arbeitet …“

Ich warf ihm einen strengen Blick zu und seine Worte erstickten an seinem Brötchen. Wenn meine Mutter mitbekam, dass ich mich in einen Mordfall einmischte, würde man meine Leiche nie finden!

Berechnend sah Steffi ihren Mann an, der sich jetzt schuldbewusst an der Nase kratzte und seinen Blick weiterhin auf das Brötchen fokussierte, sagte jedoch nichts.

Meine Mutter ignorierte jegliche Geschehnisse und sah mich weiterhin bittend an. „Liebes, er war doch so ein Gentleman …“

Ich musste daran denken, wie er mich gegen die Tür gepresst und mein Bein um seine Hüfte drapiert hatte.

Meine Mundwinkel zogen sich langsam hoch. Nein, er war alles andere als ein Gentleman.

„Liebes?“ Meine Mutter blinzelte verwirrt und legte ihr Besteck auf den Tisch. „Warum klappt das bei dir mit den Männern nicht? Du bist so hübsch, wenn du dich anstrengst. Es war das Kleid, oder? Er fand, dass du dich zu sehr der Öffentlichkeit präsentiert hast. Niemand will eine Frau, die nicht weiß, wie man sich zu präsentieren hat."

Schnell schob ich meine Mundwinkel wieder an ihren angestammten Platz. „Mama, es war nicht das Kleid." Definitiv nicht das Kleid. Das hatte sein Soll erfüllt.

„Das ist kompliziert. Polizisten haben ... Probleme." Jede Ausrede war besser als die Wahrheit.

„Ja, aber ..."

„Gitti! Lass deine Tochter ihren Brunch genießen", blieb mein Vater gelassen. „Sie wird reden, wenn sie reden will."

„Danke", sagte ich erleichtert und nahm wieder mein Messer in die Hand.

Meine Mutter nicht. Sie verschränkte die Arme vor ihrer schmalen Brust. „Frank, ich werde mir ja wohl Sorgen um mein Kind machen dürfen!"

Ich verdrehte die Augen. Und los geht's ...

„Sie ist chronisch Single! Schon seit Jahren! Und dann macht sie völlig grundlos mit dem Zahnarzt Schluss und nimmt ihre Chancen nicht wahr!"

„Er war langweilig!", verteidigte ich mich und sah hilfesuchend zu meiner kleinen Schwester. „Er war langweilig, oder?"

Emmi grinste und schüttelte nur den Kopf. „Ich misch mich da nicht ein."

Stöhnend griff ich an meine Stirn. „Er war Zahnarzt und langweilig!", wiederholte ich an meine Mutter gerichtet. „Das wäre nicht gut gegangen."

„Er war wirklich irgendwie … blöd“, unterstützte mich nun Steffi, während die Kinder anfingen zu quietschen.

„Mama hat blöd gesagt!“

„Danke!“, sagte ich und deutete mit meiner Hand auf ihr Gesicht. „Siehst du, Steffi hat es auch gesehen!“

„Liebes, ich sage ja auch nicht, dass du den erstbesten Mann nehmen sollst“, fuhr meine Mutter fort. „Du musst nur daran denken, dass du auch nicht jünger wirst. In deinem Alter kann man nicht mehr wegen jeder Kleinigkeit mit seinem Freund Schluss machen.“

„Ich bin siebenundzwanzig!“

Neben mir gab mein Bruder seltsame Laute von sich, als wäre er kurz davor, sich lachend über den Tisch zu beugen. Ich boxte ihn auf den Oberarm, sah jedoch weiter meine Mutter an.

„Siebenundzwanzig ist bereits …“

„Warum machst du dir keine Sorgen um Emily?“, unterbrach ich sie und sah meine Schwester an. „Sie ist auch Single.“ Und bis vor ein paar Tagen hatte sie nicht gewusst, was sie eigentlich studierte …

„Aber ich gehe ja auch nicht auf die dreißig zu …“, gab sie zu bedenken und grinste mich breit an.

Böse starrte ich auf sie nieder. „Du hältst mal schön die Klappe! Es ist ein Wunder, dass du dir noch keinen Tripper geholt hast.“

Lara zog an Emmis Ärmel. „Was ist ein Tripper?“, fragte sie neugierig.

„Louisa, du brauchst nicht gleich wütend zu werden“, versuchte meine Mutter mich zu beschwichtigen. „Ich will nur das Beste für dich und ich dachte, der Polizist …“

Stöhnend stützte ich mich auf meine Arme. „Gott, ich möchte doch nur mein Brötchen essen", jammerte ich.

Es gab nur noch einen Ausweg.

Hilfesuchend sah ich meinen Vater an und setzte den über die Jahre perfektionierten Hundeblick auf.

Er räusperte sich. „Louisa ist noch jung und hat noch genug Zeit, ihren Traummann zu finden, Schatz. Wir sollten sie einfach in Ruhe ihr Essen genießen lassen." Er wandte sich zu Lara um. „Ein Tripper ist ein sehr großes Pferd", erklärte er, „und Jannis, hör auf zu lachen und hab ein wenig Respekt vor deiner Schwester!"

Die Meute grummelte vor sich hin, beruhigte sich aber wieder. Seufzend stieß meine Mutter Luft durch die Nase aus.

Lara zupfte erneut an Emilys Ärmel. „Aber wenn ein Tripper ein Pferd ist, warum willst du denn dann keines haben?"

Emmi lief rot an. „Äh ... ich hab Angst vor Pferden."

„Oh." Laras Augen wurden groß und bevor sie noch weitere Fragen stellen konnte, schnitt meine Mutter ihr das Wort ab.

„Gibt es denn sonst niemanden, der irgendetwas zur Tischkonversation beitragen kann?", fragte sie schließlich.

Isabell nickte eifrig und hob die Hand. „Mir wurde gestern erklärt, wo die Babys herkommen!"

Kapitel 15

Es dauerte drei Brötchenhälften und einen Joghurt, bis Stefanie ihrer Tochter erklärt hatte, dass Babys nicht zusammen mit Kuchen in den Bauch einer Frau gelangten. Die Gegenfrage, woher sie denn sonst kamen, beantwortete sie allerdings nicht. Stattdessen tätschelte sie Jannis' Arm und behauptete, dass ihnen das Papa am Abend schon erklären würde.

Es war schön zu wissen, dass es doch noch Beziehungen gab, die funktionierten.

Nach dem Brunch fuhr ich nach Hause, nur um eine halbe Stunde später von meiner Schwester angerufen zu werden, die mich fragte, ob ich Zeit hätte, einer Freundin von ihr beim Umzug zu helfen. Sie hätten eine Menge Kisten und kein einziges Auto.

Wenn ich raten müsste, hätte ich gesagt, dass die Freundin die Planung Emily überlassen hatte.

Ich machte den Fehler, meine Antwort mit „Zeit hätte ich schon, aber ...“ anzufangen.

„Du bist ein Schatz, Lou!“, unterbrach mich meine Schwester prompt und verriet mir die Adresse.

Fünf Stunden später humpelte ich die Treppe zu meiner Wohnung zurück, während Emily fröhlich vor mir her hüpfte.

„War überhaupt nicht anstrengend, findest du nicht?", fragte sie lächelnd und nahm mir den Schlüssel aus der Hand, um aufzusperren.

Düster sah ich sie an und zwängte mich vor ihr durch die Tür. „Du hast zwei Kisten getragen! Zwei Stück! Und da waren Kissen drin. Du hast die zwei Kisten getragen, die ein Chihuahua hätte stemmen können."

Seufzend ließ ich mich auf das Sofa fallen und legte meine Füße hoch. Ich hatte bereits nach der vierten Bücherkiste, die es in den sechsten Stock zu bringen galt, meine Arme nicht mehr gespürt. Meine Beine hatten nach der sechsten aufgehört zu existieren.

Emily grinste unschuldig. „Das nennt man schlaue Logistik."

Ich schloss die Augen. „Ich glaube, du weißt weder was das Wort Logistik noch das Wort schlau bedeutet", murmelte ich und seufzte. „Kannst du mir ein Bier bringen?"

Ich hörte, wie die Kühlschranktür geöffnet und wieder geschlossen wurde, bevor in einer Schublade, wahrscheinlich nach einem Flaschenöffner, gekramt wurde.

Eine kalte Flasche Pils (ich hasste Kölsch, würde das aber nie laut auf einer öffentlichen Straße sagen) wurde mir in die Hand gedrückt und Emily ließ sich neben mich sinken. „Sieh es doch als Work-Out an", schlug sie vor.

Ich öffnete eines meiner Augen und betrachtete ihr grinsendes Gesicht. „Wie viele Kalorien verbrennt man, wenn man seine Schwester schlägt?“

Emmi lachte und nippte an ihrem Bier. „Keine. Aber du verbrennst welche, wenn du vor deiner Schwester wegrennst, die dich zurückschlagen will.“

Ich schloss das Auge wieder und hielt mir die Flasche an die Wange. „Danke könntest du trotzdem sagen.“ Ich fragte mich manchmal, ob Emmi als Jüngste von uns etwas verwöhnt war. Als sie angefangen hatte auf Partys zu gehen, hatten beide ihrer Geschwister bereits einen Führerschein gehabt und für alles die Verantwortung getragen.

„Danke!“

Überrascht öffnete ich meine Augen, als Emmi ihre Arme um mich warf. „Für alles. Auch dafür, dass du mir meinen Shopping-Trip gesponsert hast.“

„Hab ich nicht! Du zahlst es mir zurück!“

Sie seufzte, ließ die Arme aber wo sie waren. „Ja ja, ich weiß.“

Gut. Dieses Wissen war mir nämlich wichtig – und das nicht nur, weil ich das Geld brauchte.

Emily ließ wieder von mir ab und setzte sich im Schneidersitz auf die Couch. Ich richtete mich etwas auf und trank ein paar Schlucke. Jetzt noch ein heißes Bad und ich wäre wieder hergestellt.

„Ist der Polizist eigentlich gut im Bett?“

Ich verschluckte mich und lehnte mich hustend über den Boden. „Ich hab nicht mit ihm geschlafen“, röchelte ich. „Wie kommst du darauf?“

Eine Falte erschien auf ihrer Stirn.

„Echt nicht? Ich dachte nur, weil du so rot geworden bist, als Mama von ihm angefangen hat und du doch jetzt mit ihm arbeiten darfst …“

Man konnte meiner Schwester wirklich nichts erzählen! „Aber dafür musste ich doch nicht mit ihm schlafen!“

Ich sah sie entgeistert an.

Emily hob die Augenbrauen. „Was hast du dann gemacht, um Einsicht in den Fall zu bekommen?“

Ich lehnte mich auf der Couch zurück und sah auf meine Bierflasche. „Bestechung und Erpressung …“, murmelte ich.

Sie fing an zu lachen und legte ihren Kopf in den Nacken. „Du hast Jannis gefragt, oder? Er knickt so schnell ein, dass ich manchmal glaube, er ist mit einer anderen Mutter aufgewachsen. Sonst wäre er doch abgehärtet.“

Ich schmunzelte. Damit hatte sie recht. „Er lebt in einem Frauenhaushalt.“

Emily nickte und stellte ihr bereits leeres Bier auf meinen Sofatisch. Sie war offenbar im Training.

„Weißt du“, sagte sie schließlich seufzend und streckte ihre Arme über den Kopf während sie gähnte, „manchmal glaube ich ja, dass Mama recht hat.“

„Damit, dass ich alt bin und Torschlusspanik bekommen sollte?“

Sie verdrehte die Augen. „Blödsinn, nein. Damit, dass ich vielleicht anfangen sollte, mich nach dem Richtigen umzusehen...“

„Bitte nicht!“, flehte ich. „Wenn du eher als ich jemanden findest, lässt sie mich nie wieder in Ruhe.“

Emily zuckte die Schultern und legte ihren Kopf auf die hintere Lehne. „Ja schon, aber ich hätte gerne mal jemanden, der süß ist und sich um mich kümmert. Es ist schön, wenn sich jemand um einen kümmert und sich freut, wenn man nach Hause kommt …"

„Ich gebe dir den Zahnarzt. Geht aufs Haus."

Sie grinste und warf mir einen Blick zu, ein Kissen gegen ihre Brust gedrückt. „Nein danke, dann nehme ich doch lieber einen richtigen Arzt."

So wie ich meine Schwester kannte, würde sie wahrscheinlich innerhalb von zwei Wochen auch einen finden.

„Mach das."

Ich nippte weiter an dem Bier und dachte über ihre Worte nach. Es war tatsächlich schön, wenn jemand sich über einen freute oder sich Sorgen machte. Selbst beim Zahnarzt war das ein schönes Gefühl gewesen und Malte vermisste ich sonst gar nicht.

Vielleicht sollte ich mir auch mal jemanden suchen. Jemanden Nettes. Mir kam das Bild von Rispo in den Kopf, wie er mich angesehen hatte, bevor er seinen Mund auf meinen presste. Er hatte mich gewollt – und sich dann einfach genommen, was er wollte, nur …

Nein. Ich sollte aufhören. Rispo war niemand Nettes. Er war der Badboy, der für die gute Sache kämpfte und mit größter Wahrscheinlichkeit Bindungsangst und andere Störungen hatte. Ich wollte jemanden Solides.

Ich schloss die Augen wieder. Chris war solide gewesen.

Und verheiratet.

Ich war erbärmlich. Der einzige Mann, in den ich je verliebt gewesen war, war verheiratet gewesen. Warum taten Frauen sich das an?

„Hey, in welcher Farbe soll ich meine Haare färben?", riss mich Emily aus meinen Gedanken und stupste mich am Arm.

Erneut öffnete ich meine Augen. „Du hast dir deine Haare doch erst letztens blond gefärbt."

„Ich weiß, aber es sieht langweilig aus", erklärte sie und stand auf, um sich vor den Spiegel neben den Gang zum Flur zu stellen. Ihre Flasche ließ sie stehen. „Außerdem sieht man schon einen Ansatz."

Sie zeigte auf besagte Stelle.

„Du spinnst und machst dir deine Haare kaputt."

Sie winkte ab. „Nein, nur blondieren macht die Haare kaputt, sie wieder dunkler zu färben regeneriert sie."

Sie musste es ja wissen. Sie wechselte ihre Haarfarbe wie manche Männer ihre Socken.

Sie hob eine Strähne an und ließ sie zurück auf den Kopf fallen. „Braun? Oder vielleicht rot? Was meinst du?"

Ich sah ihr bei der Inspektion ihrer Haare zu und zuckte die Schultern. „Weiß nicht. Rot kann schön aussehen. So ein blutrot. Braun steht dir auch. Dir steht sowieso jede Farbe."

Sie lächelte. „Danke. Aber sie muss auch zu meinen Outfits passen. Obwohl ich orange ja auch schick fände …" Ihren Kopf hin- und herwiegend fuhr sie sich durch ihre Haare. Schließlich seufzte sie und sah mich an. „Keine Ahnung, ich entscheide spontan. Kann ich kurz dein Handy haben?"

Misstrauisch sah ich sie an. „Warum?"

„Ich hab kein Guthaben mehr drauf."

Natürlich nicht. Ich kramte in meiner Handtasche und reichte es ihr. „Hier."

„Danke!", flötete sie und verschwand in den Flur, wo ich sie nicht hören konnte.

Ich fragte mich, ob sie wohl jemanden anrief, um ihre Theorie, dass sie bereit war für eine feste Bindung, zu testen. Oder über den Haufen zu werfen.

Einige Minuten lang konnte ich hören, wie sie im Flur auf und ab lief, dann trat sie wieder ins Wohnzimmer und sah mich mit hochgezogenen Brauen an. „Wer hat dir Schmuck geschenkt?"

Ich runzelte die Stirn. „Wie kommst du darauf, dass mir jemand Schmuck geschenkt hat?"

Sie hielt mir mein Handy hin. „Du hast ein Bild von dieser exklusiven Box vom Juwelier in den Shopping Arkaden auf deinem Handy."

Wütend sah ich sie an. „Du wolltest telefonieren, nicht meine Bilder durchgehen!", bemerkte ich trocken. „Du bist so ... Moment, was hast du gesagt?"

Ich sprang hastig auf die Beine, nahm ihr das Handy aus der Hand und besah mir das Bild. Es war die Fingerbox. Perplex ließ ich meine Hand sinken. „Du kennst die Box?"

„Klar. Darin verkaufen sie ihren Schmuck. Verdammt teurer Laden. Ich gucke mir dort gerne an, was für einen Verlobungsring ich mal haben will."

Ich starrte das Bild an. „Wie heißt der Juwelier?"

„Cantz", erklärte sie kurz angebunden und schlüpfte in ihre Schuhe. „Übrigens, ich werde in zwei Minuten von einem Freund abgeholt und bin dann mal weg.

Danke für alles heute, Sis." Sie gab mir einen Kuss auf die Wange und ließ mich mit dem Handy in der Hand im Wohnzimmer stehen.

Ich registrierte überhaupt nicht, dass sie ging. Ich war zu sehr mit den neuen Informationen beschäftigt.

Die Box kam von einem Juwelier! Ich wusste endlich, woher die Box stammte! Mein Handy vibrierte und beinahe erwartete ich, dass Rispo anrief, weil er auf telepathischem Wege mitbekommen hatte, dass ich gerade so etwas wie einen Durchbruch erzielt hatte, aber es war nur eine SMS.

Ich drückte auf den kleinen Umschlag und sah, dass Malte mir noch einmal geschrieben hatte.

Kann ich das T-Shirt, das du mir geschenkt hast, doch wieder zurück haben? Nur als Erinnerung?

„Nerv nicht, Malte", sagte ich laut, „ich hab Wichtigeres zu tun."

Ich wählte Rispos Nummer und gerade, als ich auf den grünen Hörer drücken wollte, hielt meine Hand noch einmal inne.

Erinnerung.

Er wollte das T-Shirt zurück. Als Erinnerungsstück.

Was wäre denn, wenn es gar nicht um das ging, was in der Kiste war, sondern um die Kiste selbst?

Was, wenn der Mörder einfach eine Erinnerung an Kathrin Pfenning behalten wollte?

Das passte so wunderbar in meine Affären-Theorie, dass meine Hand ganz zittrig wurde.

Vielleicht hatte Kathrin ihm die Box geschenkt oder er hatte ihr Schmuck schenken wollen. Um ehrlich zu sein – ich wusste es nicht. Aber das war ja auch nicht mein Job.

Das war Rispos Job.

Das Telefon klingelte sieben Mal, bevor endlich das ersehnte „Hallo?“ durch die Ohrmuschel drang.

Er hörte sich verschlafen an. Stirnrunzelnd sah ich auf die Uhr. Es war kurz nach zehn.

„Schläfst du?“, fragte ich verwirrt nach.

„Nicht mehr.“

„Sorry. Hier ist übrigens Louisa.“

Einige Sekunden war es still, dann sagte er trocken: „Stell dir vor, das habe ich mir schon gedacht. Ist wieder jemand eingebrochen?“

Ein bisschen besorgter könnte er sich schon anhören, wenn er so etwas sagte. Wahrscheinlich hatte er zu viel Angst, dass ich ihn wegen des Kusses anrief.

„Nein, aber ich habe einen Durchbruch!“

„Blinddarm oder Wasserrohr?“

Blödmann.

„Im Fall!“

Er seufzte. „Tatsächlich? Hat deine Katze zu dir gesprochen und erklärt, welchen Typ Mensch sie mag?“

Ich verschränkte meine Arme. „Also, jetzt weiß ich ehrlich gesagt nicht mehr, ob ich es dir noch erzählen will.“

Er stöhnte. „Sei nicht gleich beleidigt. Du hast eine tolle Katze, was hast du rausgefunden?“

Ich grinste. „Ich weiß, woher die Box ist.“

„Nicht wahr!“

Ich erzählte ihm, was meine Schwester berichtet hatte und mein Fuß wackelte ganz hibbelig in einem mir unbekannten Takt.

„Gute Arbeit.“ Die Worte schienen ihn viel Überwindung gekostet zu haben.

„Gucken wir uns den Juwelier an?“

Er seufzte. „In Ordnung, wir fahren morgen hin.“

Hatte ich das richtig gehört? „Wir?“

Es war still. Zwei Sekunden, drei Sekunden … „Wir“, murmelte er und legte auf.

Kapitel 16

„Kind, jetzt starr nicht immer auf die Uhr, das macht einen ja noch verrückt!" Trudi schlug mir mit etwas Hartem gegen den Kopf. Ich wandte mich um und sah, dass sie einen der Holzfrösche, die an einem langen Stab befestigt waren, um sie ins Blumenbeet zu stecken, in der Hand hielt.

Stöhnend rieb ich meinen schmerzenden Hinterkopf.

„Wir wollen die noch verkaufen", erinnerte ich sie und nahm ihr den Frosch aus der Hand.

„Indem du auf die Uhr starrst, verkaufst du sicherlich nichts."

Die alte Frau lächelte mich unschuldig an. Man könnte meinen, sie hätte mir gerade gesagt, wie hübsch ich doch heute aussah und nicht etwa, dass sie an meiner Verkaufstechnik zweifelte.

„Zwei Monate Kekse backen für den Laden und schon bist du ein Verkaufs-Genie", grummelte ich und steckte den Frosch zurück in einen Blumenkübel mit Erde.

Auf die Uhr zu blicken wagte ich trotzdem nicht.

Ich wusste auch so, dass es fünf nach elf war und Rispo zu spät kam – und den Verlust von weiteren Gehirnzellen konnte ich in den nächsten paar Minuten nicht riskieren. Ich brauchte jede Synapse, um ihn nicht wie ein nervöses Schulmädchen anzusehen und mit den Wimpern zu klimpern, sobald er durch diese Tür kommen würde.

Fakt war, dass ich meine Füße nicht still halten konnte. Es war blödsinnig, weil ich weder wütend auf Rispo war noch eine Beziehung mit ihm haben wollte und ich ... nein – das stimmte mittlerweile nicht mehr so ganz.

Wütend war ich schon. Aber nicht, weil er nicht angerufen hatte, sondern eher, weil er das, was er angefangen hatte, nicht beendet hatte. Ich war verdammt wütend, dass ich mir seit zwei Nächten nur ausmalen konnte, was hätte passieren können, wenn ...

„Wenn" und „hätte" waren zwei Worte, die ich wirklich nicht ausstehen konnte.

Gott, vielleicht hatte Rispo recht und ich hatte zu lange keinen guten Sex mehr gehabt, aber das änderte nichts an der Tatsache, dass es schlichtweg gemein war, eine Frau auf Ideen zu bringen und sich ihr dann einfach so zu entziehen.

Ich fantasierte einfach nicht gerne über Dinge. Das lenkte mich nur davon ab, mich auf die wichtigen Dinge zu konzentrieren. Zum Beispiel darauf, wo zum Teufel schon wieder der silberne Draht hingekommen war!

„Du siehst wütend aus, Lou. Du solltest an deine Falten denken, bevor du dein Gesicht so verziehst."

Falten? Erschrocken sah ich Trudi an, bevor ich mich bückte und meine Stirn betastete, während ich versuchte, in der Plastikfolie, mit der ich Rosen einwickelte, mein Spiegelbild zu erkennen.

Die Türglocke klingelte und eine frische Brise fegte in den Raum. „Gehirn gefunden oder soll ich eine Vermisstenanzeige aufgeben?"

Ich schreckte hoch und sah in Rispos Gesicht, das mich amüsiert und herablassend betrachtete.

Warum hatte ich mir eigentlich Sorgen gemacht?

Ich hätte doch ahnen können, dass Rispo es mir unendlich einfach machen würde, meine Nervosität umgehend zu verlieren. Eine Louisa Manu war nicht nervös, wenn sie vor einem Blödmann stand und eine Louisa Manu wollte sicherlich auch nicht mit einem Mann ins Bett, der fähig dazu war, einen so unverschämten Blick aufzusetzen.

Zumindest der Kopf von Louisa Manu wollte das nicht – mit meinem Körper redete ich lieber nicht.

„Ach, so viel Charme am Morgen macht einen ja ganz fröhlich", bemerkte ich mit süßer Stimme und fixierte den Blödmann herablassend.

„Ich tue mein Bestes", grinste er, während er mit seinem linken Arm die Tür offen hielt. „Können wir?"

Also dafür, dass ich den nötigen Hinweis eingeholt hatte, der uns möglicherweise einen Schritt näher zum Mörder führte, war Herr Grumpig aber äußerst unhöflich!

„Ob du kannst, weiß ich nicht, ich hätte gekonnt", murmelte ich und nahm meine Handtasche vom Tresen.

Trudi kicherte neben mir und Rispo hob eine Augenbraue. „Was hast du gesagt?“

Ich setzte wieder mein Plastik-Lächeln auf. „Nichts, nichts. Fassen wir einen Mörder!“

Er sah nicht überzeugt aus, fragte aber nicht weiter nach, sondern beließ es dabei, mir einen prüfenden Blick zuzuwerfen. Sollte er doch prüfen was er wollte. Mir egal.

„Trudi, ich müsste heute Nachmittag zurück sein, halt die Stellung!“

Die alte Frau lächelte, sah aber nicht mich an, sondern hatte ihren Blick auf Rispos Hose geheftet. Keine Frage: Sie suchte nach seiner Waffe.

„Trudi!“, sagte ich etwas lauter und verwirrt hob sie ihren Blick.

„Du bist ja immer noch hier“, bemerkte sie überrascht.

„Bis nachher“, seufzte ich und fegte aus der Tür.

Die Autofahrt zu den Shopping Arkaden konnte man nur als unangenehm bezeichnen.

Es gab Arten von Schweigen, die einem warm den Rücken hinunterliefen. Und dann gab es das Schweigen, das im engen Raum von Rispos Audi stattfand.

Das Schweigen, das einen dazu verleitete, auf seinem Sitz hin- und her zu rutschen und sich zu wünschen, dass er doch bitte das Radio anstellte. Das einzig Positive war wohl, dass die Fahrt keine fünfzehn Minuten dauerte und sich auf magische Weise ein Parkplatz direkt an der Hauptstraße, an der die Arkaden lagen, auftat. Rispo stellte den Motor ab und erleichtert trat ich an die frische Luft.

„Äh“, räusperte sich Rispo, „bevor wir reingehen ...“

Er hielt mich an meiner Schulter fest und ich drehte mich fragend zu ihm um.

„Was?", wollte ich wissen.

Er räusperte sich erneut. „Also, wegen Freitagabend …"

„Ernsthaft? Jetzt willst du darüber reden?"

Unangenehm berührt ließ er seine Hand von meiner Schulter sinken. „Also, ich dachte …"

Ich verdrehte meine Augen. Er war ein Feigling! Ein Blödmann und ein Feigling. „Bleib locker und mach dir nicht ins Hemd, wir müssen nicht darüber reden."

Ich bezweifelte ohnehin, dass Rispo dazu imstande war, gerade einen bedeutungsvollen Satz zu formulieren. „Du hast mich geküsst, du bist gegangen – keine große Sache."

„Na ja, also du hast ja schon zurück …"

Ich verschränkte meine Arme und lehnte mich mit meinem Oberkörper etwas nach hinten.

Er verstummte und kratzte sich am Nacken. „Tut mir leid. Das war äußerst unprofessionell von mir. Dich zu küssen."

Ich zuckte die Schultern. „Egal, vergessen wir es."

Er sah nicht überzeugt aus. „Wirklich? Frauen neigen meistens dazu …"

Ich sah ihn scharf an. „Pass gut auf, bevor du deine sexistische Bemerkung loswirst!", warnte ich.

Er verstummte. „Okay, gehen wir rein."

Ich warf ihm einen letzten Blick über meine Schulter zu und marschierte dann voran.

Ich konnte vergessen, dass es je passiert war. Ich war nicht wie die anderen Frauen, die sich an einem einzigen Kuss festhielten und von innen heraus schmolzen, sobald seine Hand ihre Schultern berührte.

Rispo schloss zu mir auf und wir schritten gleichzeitig durch die elektrischen Schiebetüren, die ins Innere des Einkaufszentrums führten. Es war halb zwölf an einem Montagmorgen und dementsprechend leer in den Gängen. „Wie bist du eigentlich auf diesen Juwelier gekommen?", wollte er wissen.

Ich habe Beweismittel von der Polizei abfotografiert und meine Schwester ist zufällig über die Bilder gestolpert? „Einfach so", erklärte ich und schob meine Handtasche etwas höher auf meine Schulter, seinen skeptischen Blick ignorierend.

„Einfach so?"

„Ja, einfach so", wiederholte ich und stellte mich auf die Rolltreppe, die in den ersten Stock führte. Rispo stand eine Stufe unter mir und unsere Köpfe befanden sich nun auf Augenhöhe.

„Du willst mir erzählen, dass du ganz plötzlich den Namen von diesem Juwelier im Kopf hattest? Womöglich ist er dir noch im Traum erschienen?", fragte er im Plauderton und legte eine Hand neben meine auf das Geländer. Seine Finger waren nur Zentimeter von meinen entfernt.

Ich zog meine Hand weg und wandte mich zu ihm um. „Ja. Genauso war es. Ich habe das dritte Auge. Ich kann sehen, was passieren wird und wo man nach der Wahrheit suchen muss."

Rispo grinste mich an. „Siehst du auch kommen, dass du gleich umfällst?"

Verwirrt blinzelte ich. Doch bevor ich seine Worte richtig sacken lassen konnte, trafen meine Fersen gegen etwas Hartes, während das Geländer der Rolltreppe weiterlief und mich nach hinten zog. Erschrocken taumelte ich und wäre mit Sicherheit gefallen, hätte mich nicht ein starker, warmer Arm um die Taille gepackt und über die Schwelle gehoben, an der die Rolltreppe endete.

„Ja, ich sehe: eindeutig das dritte Auge." Rispo lachte leise in mein Ohr und ließ seinen Arm sinken.

Mein Gesicht lief rot an und schnell wandte ich mich von ihm ab, bevor er bemerken konnte, dass seine Berührung mir eine Ganzkörper-Gänsehaut verpasst hatte.

„Meine übersinnlichen Fähigkeiten funktionieren nur sonntags", erklärte ich etwas gepresst und blieb vor dem Juweliergeschäft stehen, das sich direkt vor unseren Augen auftat.

„Schätzchen, deine übersinnlichen Fähigkeiten sind ein Haufen Mist und Beweismaterial abzufotografieren ist eine Straftat."

Ich wich seinem Blick aus und besah mir stattdessen die Diamanten im Schaufenster. „Ja, und während der Dienstzeit Zivilisten zu küssen, die einen abgehackten Finger gefunden haben, ist offenbar auch nicht so hoch angesehen. Sagen wir, es ist ein Unentschieden", bemerkte ich und ging in den Laden hinein.

„Ich dachte, das wollten wir vergessen", grummelte er und hielt die Tür offen, bevor sie wieder zufiel.

„Ich hab es mir anders überlegt. Ich werde es dir vorhalten, bis du zugibst, dass ich dir bei der polizeilichen Arbeit eine große Hilfe bin."

Er murmelte etwas, das sich verdammt wie „Wer hat sich hier bitte an wen gepresst?" anhörte, und schritt an mir vorbei zum Verkaufstresen, an dem ein attraktiver Mann um die dreißig stand und in einem Samtkästchen Ringe ordnete.

Lächelnd blickte der Verkäufer von mir zu Rispo und zurück. „Will das hübsche Paar sich zwei Eheringe aussuchen?", fragte er und schob subtil das Samtkästchen etwas weiter nach vorne.

Ich prustete unwillkürlich. „Ja, zusammen mit einem Dolch und einer Dose Gift."

Rispo warf mir einen scharfen Blick zu, ignorierte aber sonst meine Worte.

„Ich bin von der Kripo", sagte er kurz angebunden und zeigte seine Marke. „Haben Sie dieses Kästchen verkauft?" Er zog ein Foto aus seiner Jacke und legte es vor sich auf den Tresen. Ich musste nicht hinsehen, um zu wissen, welches Bild es war. Ich hatte es schließlich auf meinem Handy.

Das Lächeln verschwand schlagartig vom Gesicht des Verkäufers und er zog das Bild näher zu sich heran, um es über den Rand seiner Brille hinweg zu betrachten. Mein Blick wanderte von seinen blonden Haaren zu seinen schlanken Beinen. Kein schlechter Körperbau für jemanden, der den lieben langen Tag hinter einem Tresen stand und Schmuck verkaufte. Das musste ich ihm lassen.

„Ja, das ist tatsächlich eines von unseren Kästchen, in denen wir unseren Schmuck verkaufen", nickte er. „Hat es etwa etwas mit einem Mord zu tun?"

Der Schock in seiner Stimme wurde von seiner blanken Neugier zu stark überdeckt, als dass man ihn hätte ernst nehmen können.

„Das versuchen wir noch herauszufinden", erklärte Rispo und zog das Foto wieder zurück. „Können Sie vielleicht sagen, was Sie darin verkauft haben und an wen?"

Röte kroch am Nacken des Mannes hoch und entschuldigend zuckte er die Schultern. „Tut mir leid, wir verkaufen jeden Tag hunderte von Kästchen und alle sind identisch ... welche Größe hatte es denn?"

Rispo wandte sich zu mir um und hob die Augenbrauen. Typisch, jetzt brauchte er mich wieder. Komisch, dass er sich nicht genau an die Größe erinnern konnte – wo Männer doch sonst so besessen von Größe waren.

Seufzend warf ich ihm einen genervten Blick zu. Den, den ich auch bei meinem großen Bruder verwendete, wenn er eine Gegenleistung für einen Ölwechsel bei meinem Passat verlangte und trat einen Schritt nach vorne, um den Verkäufer breit anzulächeln. „Könnten Sie mir die verschiedenen Auswahlgrößen zeigen?", bat ich ihn und legte meine Hände auf den Glastresen.

Der Verkäufer nickte und holte verschiedene Kästchen unter der Theke hervor, bevor ich auf das Dritte zeigte, das er vor mir positionierte.

„Das ist es", sagte ich und sah zu Rispo hoch. „Ganz sicher." Es war etwas größer als meine Hand und Tatsache war, dass man, wenn man einen Finger in einem Kästchen auf dem Sperrmüll fand, nicht so schnell vergaß, wie groß dieses Kästchen genau gewesen war.

Der Mann nickte und packte sie wieder weg. „Darin verkaufen wir Ketten und Armbänder", erklärte er lächelnd, als hätte er uns damit unglaublich geholfen.

Rispos Grunzen bestätigte mir jedoch meinen Verdacht, dass uns diese Informationen kein bisschen weiterbrachte. Wenn er gesagt hätte: Darin verkaufen wir abgehackte Finger – das wäre etwas anderes gewesen.

„Haben Sie diese Frau schon einmal gesehen?", fragte er schließlich und holte ein zweites Foto hervor.

Wieder wurde die Brille des Verkäufers etwas auf seiner Nase herabgesetzt und wieder zuckte er die Schultern.

„Das weiß ich wirklich nicht. Wie gesagt, wir sind stark besucht."

Mein Blick fuhr über die Ketten, Armbänder und Ringe, die man durch die Glasvitrinen erkennen konnte und ich musste leise seufzen. Kein Wunder, dass so viele hierher kamen und Emmi sich bereits ihren Verlobungsring aussuchte. Die Sachen hier waren wunderschön.

Diamanten funkelten einem von Ringen entgegen; Ketten, zusammengesetzt aus winzigen goldenen Ornamenten, strahlten um die Wette und silberne Armreifen glitzerten im künstlichen Licht. Wieder seufzte ich und ein Finger schnipste plötzlich hart gegen meinen Arm.

„Hör auf, so zu seufzen, das bringt Männer auf falsche Ideen", brachte Rispo zwischen zusammengepressten Zähnen hervor, bevor er sich wieder dem Verkäufer zuwandte, als hätte er nichts gesagt.

Vor den Kopf gestoßen blinzelte ich ihn an. Auf was für Ideen?

„Könnten Sie uns möglicherweise die Liste aller Kunden der letzten zwei Wochen zusammenstellen ...“, Rispo besah sich das Namensschild des Verkäufers, „... Herr Röhr?“

„Oh, das tut mir leid.“ Herr Röhr hob die Hände. „Wir haben nicht die Daten von jedem Kunden, da wir Ware auch bar verkaufen.“

Rispo seufzte. „Natürlich. Geben Sie uns trotzdem die Belege der Rechnungen der letzten zwei Wochen.“ Sein Blick flog in die Ecken des Zimmers, bevor er fortfuhr: „Und das Überwachungsmaterial der letzten zwei Wochen hätten wir auch gerne.“

Der Verkäufer schien überhaupt nicht begeistert. „Also, wir nehmen die Privatsphäre unserer Kunden wirklich sehr ernst und die Videos können wir nicht einfach so jedem rausgeben.“

Rispo verschränkte seine Arme vor der Brust, bevor er mit tiefer Stimme erwiderte: „Und wir nehmen Mord sehr ernst, Herr Röhr, und auf die Privatsphäre Ihrer Kunden pfeife ich, wenn ich dadurch einen Bastard mehr von den Straßen nehmen kann!“

Herr Röhr zuckte etwas zurück und sein Blick verlor sofort an Freundlichkeit. „Brauchen Sie nicht einen Gerichtsbeschluss, bevor Sie einfach so ...“, fing er an, doch ich ließ ihn seinen Satz nicht beenden.

„Was mein Kollege sagen will“, fuhr ich dazwischen und ignorierte das Zucken von Rispos Augen bei dem Wort ‚Kollege‘, „ist, dass Sie uns wirklich unglaublich helfen würden, wenn Sie uns noch ein paar Informationen geben könnten.“ Ich lächelte und lehnte mich etwas über den Tresen, sodass der Kragen meines T-Shirts mit dem Blumenlogo drauf etwas weiter offengelegt wurde.

„Sie könnten ein Held werden, Herr Röhr", murmelte ich etwas leiser. „Sie könnten das Material liefern, das uns den Mörder fassen lässt!"

Herr Röhr starrte wie hypnotisiert in meinen Ausschnitt und nickte langsam. „Aber sicher, wenn es Ihnen wirklich hilft …"

„Das tut es. Sehr", sagte ich und hängte, nur um Rispo noch ein wenig anzustacheln, noch einen kleinen Seufzer hinterher. „Sehr."

„Wolltest du ihn gleich dort besteigen oder hättest du gewartet, bis ich den Raum verlassen hätte?", fragte Rispo als er fünf Minuten später, mit dem Videomaterial in einer Tüte, die Tür hinter uns zuschlug.

Ich zuckte die Schultern und musste mir ein Lächeln verkneifen. „Er war süß."

„Er war geleckt."

Ich grinste. „Vielleicht ist geleckt ja mein Typ."

Rispos Miene verdüsterte sich. „Er sollte dich wegen sexueller Belästigung anzeigen!"

Ich hob meine Augenbrauen in seine Richtung. „Vielleicht sollte ich dich wegen sexueller Belästigung anzeigen!"

Das ließ ihn verstummen und mich noch breiter grinsen. Dennoch ließ ich das Thema fallen.

„Was glaubst du?", fragte ich stattdessen. „Hat jemand ihr das Kästchen geschenkt oder hat sie Schmuck für jemand anderen gekauft?"

„Der Mörder hätte das Kästchen genauso gut auf dem Sperrmüll finden und den Finger einfach hineinwerfen können", bemerkte Rispo.

„Aber das glaubst du nicht, oder?"

Er schüttelte den Kopf. „Das glaube ich nicht."

„Was glaubst du dann?"

„Ich glaube, dass Frau Pfenning für zweitausend Euro irgendetwas gekauft hat und dieses Etwas irgendwie seinen Weg zum Mörder gefunden hat."

Sehr kryptische Aussage. Ich wiegte meinen Kopf hin und her. „Vielleicht hat sie es ihm ja geschenkt. Als Liebesbeweis sozusagen."

Rispo blieb stehen und sah mich an. „Willst du mir jetzt erzählen, dass sie eine Kette für ihren Lover gekauft hat – nur damit deine Theorie immer noch aufgeht?"

Ich wurde rot und trat auf die Rolltreppe. „Na ja, viele Männer tragen Schmuck ..."

„Ich habe noch keinen Mann mit einer Diamantkette um den Hals gesehen."

Er war offenbar noch nie in einem Travestie-Club gewesen. Ich seufzte. „Aber es müssen ja keine Diamanten gewesen sein, es hätte ja auch ein goldenes Armband gewesen sein können oder eine andere Kette ..."

„Männer tragen keine Ketten, es sei denn, sie sind Rapper oder versuchen Frauen vorzugaukeln, dass sie gut surfen können."

Ich hob meinen Fuß, um dieses Mal nicht vom Ende der Rolltreppe überrascht zu werden und sah in Richtung Ausgang. „Na schön, das macht keinen Sinn. Aber es würde erklären, wo die zweiten zweitausend

Euro hingekommen sind und warum bei mir eingebrochen wurde.“

„Wieso erklärt es den Einbruch?“

Meine Wangen liefen pink an. „Na ja, ich hatte mir überlegt, dass der Einbrecher das Kästchen vielleicht als Erinnerung an Kathrin zurückhaben wollte …“

Rispo seufzte und fuhr sich mit der flachen Hand über das Gesicht. „Warum sollte ein Einbrecher riskieren erwischt zu werden, nur um eine Erinnerung an sein Opfer zu haben?“

Ich sah ihn nicht an. „Für die Liebe tun manche eben alles“, murmelte ich leise.

„Du hältst immer noch an der Affären-Theorie fest?“

„Wenn sie das Kästchen doch nicht gekauft hat, sondern geschenkt bekommen hat, dann ist das nicht so unwahrscheinlich“, beschwerte ich mich. „Männer kaufen Frauen Schmuck, um weiter mit ihnen schlafen zu können.“

Rispo versuchte nicht einmal, das Grinsen zu verbergen, als wir in Richtung seines Autos durch die Schiebetüren liefen. „Das heißt, wenn ich dir ein Armband kaufe, würdest du sofort dein Höschen für mich fallen lassen?“

Ich verschränkte die Arme und beschleunigte meinen Schritt. „Wenn ich nicht wüsste, dass du Dinge nicht zu Ende bringen kannst, dann vielleicht schon“, sagte ich schnippisch.

Er hatte keine Schwierigkeiten Schritt zu halten und ich konnte seinen Kiefer neben mir knacken hören. Dieses Geräusch war schon zur Normalität geworden. „Ich kann Dinge zu Ende bringen!“, knurrte er.

„Tja, ich hab da anderes gesehen, aber kein Grund sich zu schämen. Viele Männer haben dieses Problem."

Nicht, dass ich auch nur eine Sekunde daran zweifelte, dass Joshua Rispo ein Mann war, der Dinge sehr wohl zu Ende bringen konnte – wahrscheinlich auch noch mit großem Knall und Feuerwerk – aber es war einfach zu amüsant, sein Gesicht zu betrachten, während sich eine steile Stirnfalte bildete und seine Augen immer dunkler zu werden schienen.

Ich war an seinem Auto angekommen, doch bevor ich von der Fahrertür um die Motorhaube herumlaufen konnte, versperrte mir ein Arm den Weg.

Überrascht sah ich auf und betrachtete fasziniert, wie ich seine Iris immer weniger von seinen schwarzen Pupillen unterscheiden konnte.

„Ich glaube mich daran erinnern zu können, dass du Freitagabend so laut an meinem Mund gestöhnt hast, dass die Nachbarn wegen Ruhestörung die Polizei hätten rufen sollen", sagte er ruhig, während er nun auch den anderen Arm neben meinen Kopf auf den Rahmen der Fahrertür stützte.

Mir fiel es schwer zu atmen, aber ich versuchte meine aufrechte Position beizubehalten.

„Davon weiß ich nichts mehr", behauptete ich und sah ihn herausfordernd an.

„Ach ja?" Er verengte die Augen zu Schlitzen und sein Gesicht beugte sich noch näher zu meinem herab. „Wann genau wird deine Erinnerung nebelig? Bevor oder nachdem du deine Beine um meine Hüften geschlungen hast, als gäbe es kein Morgen mehr?"

Mein Mund wurde trocken und mir kroch Hitze den Rücken hinunter, doch ich sah ihm tapfer weiter in die Augen. „Du hast eine wilde Fantasie", log ich. „So aufregend war das jetzt auch nicht."

Ich sollte morgen mal wieder beichten gehen.

Rispo grinste wissend und seine Lippen streiften mein Ohr, als er flüsterte: „Ich hätte dich im Flur nackt ausziehen können und du hättest nur gebettelt, dass ich mich beeilen solle, statt dass du einen Gedanken an die Nachbarn verschwendet hättest."

Ich lächelte süß und richtete mich noch ein bisschen mehr auf. „Du wärst nicht einmal dazu gekommen, mich auszuziehen, bevor du bereits deine Patronen verschossen hättest", gab ich mit leiser Stimme zurück.

Ich hatte es nicht für möglich gehalten, aber Joshs Blick wurde tatsächlich noch düsterer. „Regt es dich sehr auf, dass ich es nicht zu Ende gebracht habe?", fragte er ruhig und schob seine Arme näher an meinen Kopf, sodass meine Bewegungsfreiheit der einer Sardine in einer Büchse glich.

Langsam hob er eine Hand und fuhr mit zwei Fingern um mein Gesicht herum, bevor er sanft über meinen Hals strich und am Ansatz meines Ausschnittes innehielt. „Dich immer fragend, wie es gewesen wäre?"

Ich wurde rot und hoffte, dass er nicht wusste, wie nah er der Wahrheit gekommen war. Stattdessen wollte ich meine emanzipierte Seite wiedererlangen und hob wütend meine Arme, um die Hände auf seine Brust zu legen und ihn wegzustoßen – aber ich konnte nicht. Meine Hände blieben einfach auf der warmen, harten Fläche liegen, während das Herz mir bis zum Hals schlug und es mir schwerfiel, meinen Atem zu regulieren.

Rispo sah erst auf die Hände an seiner Brust, dann starrte er meine Lippen an und schließlich glitt sein Blick zu meinen Augen.

Ich konnte ihn schlucken sehen und wusste, dass ich nicht die Einzige war, die immer dreckigere Gedanken bekam.

Ich öffnete meinen Mund, aber wusste nicht, was ich sagen sollte. Sein Atem strich sanft über meine Lippen und …

Sein Handy klingelte.

Erschrocken zuckte ich zusammen und stieß mit meiner Stirn gegen seine Wange.

Rispo verzog das Gesicht, ließ aber die Hände fallen und griff fluchend in seine Hosentasche, bevor er Abstand von mir nahm und mir den Rücken zuwandte.

„Rispo", meldete er sich und erleichtert und frustriert zugleich sackte ich gegen die Fahrertür.

Das war knapp gewesen.

Aber knapp weswegen?

Ich sollte mal ein ernstes Wort mit meinem Körper reden! Er konnte nicht einfach machen, was er wollte, sobald Rispo weniger als zwei Meter von mir entfernt war.

Das war einfach nicht richtig! Ich sollte mich zusammenreißen und ihm ins Gesicht sagen können, dass ich ihn nicht im Mindesten attraktiv fand. Er war ein arroganter Blödmann und ich konnte sehr wohl mit ihm reden, ohne dass jeder zweite Gedanke sich darum drehte, wie ich ihn in mein Bett bekommen konnte.

„Was meinst du mit Gewahrsam?", fragte Rispo plötzlich laut und riss mich somit aus meinem Selbstgespräch. Neugierig betrachtete ich seinen Rücken und die Hand, die er in den Nacken gelegt hatte. „Ich weiß, was eine Arrestzelle ist! Ich bin Polizist, verdammt! Hör auf, mir so einen Scheiß zu erzählen und sag mir, was los ist!"

Immer dieses Fluchen. So langsam musste er doch wissen, dass ihn das nicht weiterbrachte. Diese ständige Wut verbreitete nur negative Energie und verwandelte jeden Optimisten in einen Schwarzmaler.

„Ja, ich bin gleich da. Versuch in der Zwischenzeit, deinen Kopf ausnahmsweise mal nicht gegen einen anderen zu schlagen!"

Er steckte sein Handy weg und drehte sich zu mir um. Sein Blick hätte Vögel von Bäumen fallen lassen können. „Wir müssen einen kleinen Zwischenstopp auf dem Weg zum Revier einlegen", sagte er trocken. „Ich muss meinen Bruder aus einer Arrestzelle abholen."

Kapitel 17

Wenn ich geglaubt hatte, das Schweigen auf der Hinfahrt wäre unangenehm gewesen, so war das Schweigen jetzt unerträglich.

Rispo umfasste das Lenkrad so fest, dass seine Knöchel weiß hervortraten.

„Bist du sauer?", fragte ich schließlich, als mir die Stille so sehr auf den Magen schlug, dass ich jetzt lieber meine Mutter neben mir sitzen gehabt hätte.

Rispo starrte weiter auf die Straße und schaltete einen Gang höher – das heißt, er prügelte den Schaltknüppel in den nächsten Gang.

„Was war dein erstes Indiz?", fragte er gepresst und drückte aufs Gas, als eine Ampel vor ihm auf Gelb schaltete.

„Ach, ich weiß nicht. Vielleicht, dass ich jetzt zurücknehmen muss, dass du ein unkreativer Autofahrer bist."

Sein Mundwinkel zuckte. „Ich würde trotzdem immer noch an einem Stoppschild halten."

Ja, das hatte ich mir schon gedacht.

„Willst du drüber reden?"

„Ich bin ein Mann.“

„Ist das ein ‚vielleicht‘?“

„Nein.“

„Nein, es ist kein ‚vielleicht‘ oder nein, du möchtest nicht darüber reden?“

„Ich will nicht drüber reden!“, sagte er etwas lauter und seine Stimme klang gereizt.

„Das solltest du aber! Danach fühlt man sich besser.“

Ich wusste, dass ich ihm auf die Nerven ging, aber das gefiel mir besser als die erdrückende Stille ertragen zu müssen.

Rispo offenbar nicht, denn er verfiel wieder in Schweigen.

Noch gab ich nicht auf. „Welcher Bruder ist das, den wir jetzt abholen?“

„Finn.“

„Der Jüngste?“, riet ich ins Blaue.

„Ich wünschte, es wäre so. Finn ist 24.“

Also das Sandwich-Kind. Na, dann war das ja kein Wunder. Sandwich-Kinder machten immer Probleme.

Natürlich meine Person ausgeschlossen.

„Und warum ist er in Gewahrsam?“, fragte ich nach.

„Hat er nicht gesagt. Aber so wie ich ihn kenne, hat er sich mit irgendwem geprügelt.“

„Oh.“ Naja, wenigstens waren keine Drogen im Spiel. Das war doch schon einmal etwas. Wenn bei Emily die Polizei vorbeikommen würde …

Rispo bog auf einen kleinen Hinterhof ab und parkte vor einer Polizeiwache, die deutlich kleiner aussah als die Hauptwache, auf der ich bereits gewesen war.

Er stellte den Motor ab und stieg aus, bevor ich überhaupt Zeit hatte, meinen Gurt zu lösen.

Ich beeilte mich ihm zu folgen und stolperte beinahe über die Schwelle zum Eingangsbereich, konnte mich aber gerade noch mithilfe der Tür stabilisieren.

Es war traurig genug, dass ich zu unkoordiniert war, um eine Rolltreppe alleine zu benutzen.

Als ich endlich hinter Rispo zum Stehen kam, unterhielt er sich bereits mit der Rezeptionistin.

„… Finn Rispo. Er müsste innerhalb der letzten Stunde reingekommen sein.“

Die Frau nickte und wühlte in ihren Akten herum. „Folgen Sie mir, Herr Kommissar“, sagte sie schließlich und stand auf. Da mich keiner zu irgendetwas aufforderte, hielt ich es für angebrachter vor der Rezeption stehen zu bleiben als den beiden zu folgen. Sie gingen einen Gang hinunter, der schnell eine Biegung machte, sodass ich sie aus den Augen verlor.

Ich ließ mich auf einem der Plastikstühle nieder, die lieblos an der Wand standen und überkreuzte meine Beine.

Ich hatte in der letzten Woche zu viel Zeit auf dem Polizeirevier verbracht. Mehr Zeit als in meinem ganzen Leben, wenn ich darüber nachdachte.

Es dauerte nicht lange bis ich Schritte hörte und Rispo mit der Rezeptionistin und einem Dritten zurückkam.

Es wäre eine Untertreibung zu sagen, dass Finn seinem Bruder ähnlich sah.

Er hatte die gleichen hellbraunen Augen, das gleiche markante Kinn und die gleiche Haarfarbe. Allerdings trug er seine Haare in einem 6 Millimeter-Schnitt, war ein paar Zentimeter kleiner und hatte deutlich schmalere Schultern als Joshua. Und seine Lippen waren voller als die seines Bruders, eine Spur femininer.

Rispo unterzeichnete ein Formular und wartete auf einen Beamten, der der Gruppe langsam hinterhergetrottet kam, dann öffnete er den Mund.

„Lass stecken Josh", fuhr ihm Finn dazwischen, „ich brauche keine Predigt." Er nahm seine Sachen von dem Uniformierten entgegen und sah seinem Bruder nicht einmal in die Augen.

„Predigten scheinen ja auch nicht zu helfen, da ich dich bereits das dritte Mal hier rausholen muss!", knurrte Josh und nickte dem Polizisten zu, der hinter einer Tür verschwand.

„Hättest mich ja auch drin lassen können", schlug sein Bruder vor und zog eine braune Lederjacke über.

„Damit du dich mit den Insassen prügelst, du vom ‚öffentlichen Ärgernis' zur ‚massiven Körperverletzung' hochgestuft wirst und dein Bußgeld, das ich wahrscheinlich bezahlen muss, um zweitausend Euro höher wird? Nein danke."

Da lag echte Geschwisterliebe in der Luft!

Finn sah aus, als würde er Josh gerne mit dem Kopf voran durch die Wand rammen und etwas zögerlich stand ich von meinem Sitz auf.

Joshs Blick fiel auf mich und er runzelte die Stirn, als hätte er vollkommen vergessen, dass ich ja auch noch hier war. Dann deutete er mit seiner Hand auf mich und dann auf seinen Bruder.

„Louisa Manu, eine ... was auch immer. Finn, mein Bruder", stellte er mich kurz angebunden vor und lief bereits weiter zur Tür.

Finn betrachtete mich kurz, einmal von oben bis unten, dann runzelte er die Stirn, als wüsste er nicht ganz, wo er mich einordnen solle und folgte seinem Bruder ohne ein weiteres Wort.

Dieser abschätzige Blick lag wohl in der Familie. So, wie wohl auch das Wort ‚Höflichkeit‘ bei den Rispos groß geschrieben wurde.

Ich folgte den beiden Männern auf den Parkplatz. Josh wartete bereits an seinem Audi, seine Arme verschränkt. Sein Gesicht verhieß nichts Gutes.

Die meiste Zeit, in der ich Josh innerhalb der letzten Woche gesehen hatte, war er äußerst gereizt gewesen.

Aber nichts kam auch nur ansatzweise an den Ausdruck heran, den er jetzt im Gesicht trug.

„Schau mich nicht so an!“, fauchte Finn und verschränkte ebenfalls seine Arme.

„Wie schau ich denn?“ Josh hob eine Augenbraue hoch und ich wusste, was sein Bruder meinte. Dieser arrogante, besserwisserische Blick, den ich ihm jedes Mal um die Ohren hauen wollte, hatte sich um ein paar Züge verschärft und würde jeden Pazifisten zum Messer greifen lassen.

„So, als wärst du ein verdammter Heiliger!“, knurrte Finn. „Als würdest du dich fragen, was du bei meiner Erziehung nur falsch gemacht hast!“

Josh stieß sich von der Motorhaube ab und machte einen Schritt auf seinen Bruder zu. Die Spannung, die in der Luft lag, gab meinen Haaren Anlass dazu, ihr dreifaches Volumen anzunehmen.

„Ich bin dein Bruder, ich will dich nicht bevormunden, Finn.“

„Ach, tu doch nicht so! Seit Mamas Tod hast du doch alle bevormundet! Seit ich zehn bin, versuchst du mir zu sagen, was ich tun soll!" Finns Blick war nun nicht minder angsteinflößend und ich machte instinktiv einen Schritt zurück.

Mamas Tod?

Meine Brust wurde ganz schwer und ich sah in Joshs versteinertes Gesicht.

Er hatte nie erzählt, dass seine Mutter gestorben war.

Andererseits erzählte Rispo ohnehin nie etwas aus seinem Privatleben. Er könnte genauso gut verheiratet sein, mit einem Kind und mit mir fremdgeknutscht haben – ich wüsste es nicht. Vielleicht hatte er ja deswegen einen Rückzieher gemacht! Weil er seine Frau nicht betrügen konnte.

Gott, ich hoffte wirklich nicht, dass das der Fall war. Verheirateten Männern hatte ich abgeschworen. Einmal in einen verliebt gewesen zu sein war genug.

„Wenn du nicht willst, dass ich dir sage, was du tun sollst, dann hör auf, dich in Schwierigkeiten zu bringen, aus denen ich dich dann wieder rausziehen muss", sagte Josh jetzt in bedrohlich leisem Ton. „Wenn du nicht bei jeder Möglichkeit irgendjemandem eine verpassen müsstest, dann würde niemand von uns jetzt hier stehen und diese verdammte Unterhaltung führen!"

„Er hat mich provoziert!", schrie Finn, der nicht ganz so Herr seiner Stimme war wie Joshua.

„Na und? Wenn ich immer zuschlagen würde, wenn mich jemand provoziert, dann lägst du schon längst im Krankenhaus!"

Und ich wahrscheinlich auch.

„Du verstehst das nicht!“, brüllte sein jüngerer Bruder zurück und hob beide Arme. Die beiden Geschwister standen sich jetzt so nahe, dass Finn beim Gestikulieren Joshs Arm streifte. „Ich habe nicht angefangen! Du warst nicht da! Ich hab mich nur verteidigt.“

Joshs Blick blieb kühl und seine Stimme ruhig. „So wie du dich auch gegen die zwei Polizisten verteidigt hast, die dann eingegriffen haben?“

Der Mund von Finn wurde zu einer dünnen Linie. „Ich hab nicht gewusst, dass das Bullen sind!“

Ich hatte geglaubt, dass Josh der größte Hitzkopf war, der seine Hörner mal ernsthaft abstoßen musste – aber offenbar lag ich da falsch. Finn war genauso wie sein Bruder, nur mit noch weniger Selbstbeherrschung.

„Es ist egal ob es Bullen, Nazis oder Frauen sind. Du musst dich endlich mal zusammenreißen! Du willst nicht erzogen werden? Dann hör auf, dich wie ein Kind zu benehmen! Das nächste Mal landest du hinter Gittern und niemand wird dir da raushelfen, nur weil dein großer Bruder Polizist ist!“

„Ich hatte keine Wahl!“

„Blödsinn! Du hast immer eine Wahl! Wir sind doch nicht im Kindergarten, wo der eine mit Sand wirft und der andere sich dazu genötigt fühlt mit Schlamm zurückzuwerfen. Du kannst dich nicht kontrollieren Finn! Sobald jemand persönlich wird, gehst du auf ihn los. Wenn das so weitergeht, landest du entweder im Krankenhaus oder im Knast!“

Die Augen von Rispos Bruder verengten sich und verächtlich sah er ihn an. „Ja Josh, tu nur unschuldig.

Du bist doch keinen Deut besser. Als ob du nicht deinen alten Partner ins Krankenhaus geprügelt hättest und für einen Monat deswegen suspendiert wurdest!"

In Joshs Augen schien eine Sonnenfinsternis stattzufinden, denn sein Blick wurde innerhalb von Sekunden so düster, dass ich seine Pupillen nicht mehr erkennen konnte. Er hob seine Hand und schloss den letzten Schritt zu seinem Bruder auf. „Komm mir nicht mit dem Mist", knurrte er leise. „Das kannst du nicht vergleichen."

„Ich vergleiche gar nichts", knurrte Finn. „Ich sag nur wie es ist. Ins Krankenhaus habe ich nämlich noch niemanden geschickt."

Die beiden Männer standen nun Nase an Nase, während Dampf aus ihren Ohren zu stieben schien.

„Ich warne dich Finn, wenn du nur ..."

„Josh", sagte ich leise und räusperte mich, bevor ich etwas näher an die beiden herantrat und leicht seinen Oberarm berührte, „erinnerst du dich noch daran, was du übers Prügeln und Provozieren gesagt hast?"

Er sah mich nicht an. „Lou ...", sagte er bedrohlich.

Ich räusperte mich erneut. „Ich meine ja nur, weil deine Faust sich offenbar nicht mehr daran erinnert." Ich legte meine Hand auf seine geballte Faust und zog sie etwas weiter von Finns Magenbereich weg.

Irritiert von dem was ich tat, wandte er seinen Kopf. „Was zum Teufel machst du da?"

Ich hob meine Augenbrauen. „Was zum Teufel macht ihr da?", stellte ich meine Gegenfrage. „Ihr steht vor einem Polizeipräsidium und werdet von mindestens drei Polizisten dabei angestarrt, wie ihr euch beinahe an die Gurgel geht! Entschuldige. Ihr werdet von drei deiner Kollegen angestarrt."

Josh blinzelte, dann sah er zuerst in mein Gesicht und dann auf die Tür, in der die genannten Beamten durch das Glas schielten.

Er zuckte von seinem Bruder zurück und wandte sich zum Auto. „Fahren wir."

Erleichterung durchströmte meinen Körper und mein Herzschlag beruhigte sich langsam wieder. Gleichwohl ich mir sicher war, dass ich es mit jedem Mann mental aufnehmen könnte, war ich doch etwas unsicher, ob ich physisch dazu imstande gewesen wäre, die sich prügelnden Geschwister zu trennen.

Wenn Rispo seinen ehemaligen Partner ins Krankenhaus hatte prügeln können, dann wollte ich nicht wissen, was mit mir passiert wäre, hätten die beiden Brüder angefangen, sich zu schlagen.

„Ich sitze vorne", sagte ich schnell, bevor Finn die Autotür auch nur berührte.

Missmutig sah er mich an. „Ich habe längere Beine."

Ich zuckte die Schultern. „Aber bei mir ist die Wahrscheinlichkeit kleiner, dass ich deinem Bruder während der Fahrt einen Kinnhaken verpasse."

Finn sah mich einige Momente mit angespanntem Kiefer an und es war, als würde Josh selbst mich wütend niederstarren, doch dann wurde sein Ausdruck wieder etwas weicher. „Da hast du dir ja wen angelacht, Josh", bemerkte er stattdessen und orientierte sich zur Rückbank.

Rispo sah mich nicht an, sondern murmelte nur: „Ja, und man wird sie nicht wieder los."

Zum dritten Mal an diesem Tag stieg ich in ein Auto, in dem komplette Stille herrschte. Doch anders als sein Bruder beherrschte Finn offenbar Smalltalk.

„Und du bist jetzt nochmal wer?", fragte er nach einer Weile, in der man nur mein regelmäßiges Seufzen hatte hören können.

Ich drehte mich zur Rückbank um. „Ich bin die, die den Finger gefunden hat", erklärte ich.

„Oh." Finn runzelte die Stirn, bevor er fragte: „Was?"

Es dauerte zehn Minuten, bis wir Finn an einer Kreuzung aus dem Auto ließen und Schweigen Nummer Vier in Kraft trat.

Finn hatte sich mit einem „Nett, dich kennenzulernen" und „Wir sehen uns, Bro" verabschiedet und ich fragte mich, was Männer dazu befähigte, einen Streit so schnell hinter sich zu lassen, während Frauen noch Jahre später darüber nachdachten, wie sie eine Feindin mit Nagellackentferner in ihrem Tee vergiften konnten.

Mich würde wirklich mal interessieren, was für Strickmuster sich ein potentieller Gott für die beiden Geschlechter überlegt hatte.

„Ich bin froh, dass ihr nicht aufeinander losgegangen seid", murmelte ich, als das Schweigen bereits ein Piepen in meinem Ohr auslöste und sah aus dem Fenster.

„Warum? Würde es dir nicht gefallen, zwei große, starke Männer miteinander kämpfen zu sehen?"

„Der Kampf wäre nicht fair gewesen."

„Weil ich stärker bin?"

„Weil du 'ne geladene Waffe hast, du Vollidiot!" Das war mal wieder typisch Mann! Keine Chance ungenutzt lassen, um sein Ego streicheln zu lassen.

„Ach das." Er grinste und die Atmosphäre im Auto war nicht mehr halb so schlimm.

„Ganz schön mutig von dir, dich einzumischen", murmelte er, als wir an einer Ampel standen. „Mutig und komplett bescheuert."

„Äh … danke", antwortete ich, etwas unsicher darüber, ob er mich gerade als mutig oder blöd bezeichnet hatte.

Er grinste. „Versteh es, wie du willst."

Ich würde es als Kompliment betrachten. Ich war Optimistin.

Das Schweigen füllte wieder den Raum und ich hörte mehrere Minuten seinen Fingern dabei zu, wie sie einen mir unbekannten Rhythmus auf das Lenkrad schlugen, bis er sagte: „Er hat mit meiner Verlobten geschlafen."

Überrascht blickte ich auf. „Was? Dein Bruder?"

„Mein Partner." Josh sah verkniffen aus dem Fenster. „Er hat mit meiner Verlobten geschlafen."

„Oh." Besser als der Bruder.

„Er war außerdem mein bester Freund."

Vielleicht doch nicht besser als der Bruder.

Er räusperte sich. „Nur damit du nicht auf falsche Gedanken kommst und weißt, dass ich nicht grundlos Leute verprügle."

Meine Mundwinkel zuckten.

Süß. Er wollte nicht, dass ich ihn für einen Schläger – oder noch schlimmer – für seinen Bruder – hielt.

„Oh, das ist schon in Ordnung", sagte ich leise. „Ein Mann, der grundlos Leute verprügelt, ist irgendwie heiß."

Er lächelte breit. „Na, vielleicht hab ich ihn dann doch ohne Grund verprügelt – aber sag das nicht meinem Bruder."

Ich lächelte. „Du weißt, dass das ein Witz mit den Männern war, oder? Gewalttätige Männer sind nicht heiß."

„Das ist wirklich sehr beruhigend."

„Tut mir übrigens leid."

„Was?"

„Das mit deiner Verlobten." Und mit deiner Mutter.

„Muss es nicht." Er zuckte die Achseln. „Ich bin besser ohne sie dran."

Das änderte nichts daran, dass ich zum ersten Mal in meinem Leben jemandem eine Ohrfeige verpassen wollte.

Na gut, Rispo hatte ich schon mehrere geben wollen – aber zum ersten Mal wollte ich einer Frau eine geben.

Wie blöd musste man sein, Rispo zu betrügen? Er war intelligent, verdiente ordentlich und er war eben wirklich heiß. Man betrog solche Männer nicht, das wusste doch jeder. Schon gar keine solchen Männer, die einen so küssen konnten, dass man die Welt vergaß und sich einfach nur noch zurücklehnen und genießen ...

„Wir sind da."

Ich richtete mich in meinem Sitz auf und hätte nun schon zum zweiten Mal eine Frau ohrfeigen können. Mich selbst. Ich muss nicht die Gedanken von anderen

beherrschen können, aber meine eigenen – das wäre
zur Abwechslung mal ganz nett.

Ich sah aus dem Fenster und runzelte überrascht die
Stirn. Wir standen vor meinem Laden. „Oh, ich dachte,
wir fahren zum Präsidium und gucken uns die Videos
an." Ich gab mir Mühe, nicht zu enttäuscht zu klingen,
schnallte mich aber noch nicht ab.

Rispo schüttelte den Kopf. „Das machen wir nicht.
Da lassen wir mal die Analytiker ran. Das sind zwei
Wochen Material. Da brauchen wir ein paar mehr
Leute für, falls es tatsächlich der Mörder ist, der dort
einkaufen war. Ich schicke dir morgen was, wenn was
bei rumgekommen ist."

Ich tat das Unvermeidliche, schnallte mich ab und
öffnete die Tür. „Dann bis morgen?", fragte ich und
sah ihm in die Augen. Sie hatten wieder einen warmen, hellen Braunton.

Er zog einen Mundwinkel in die Höhe. „Bis morgen."

„Ihh, das ist ja abartig!" Meine beste Freundin schlug
sich die Hand über die Augen und verzog den Mund
zu einem umgekehrten Smiley. „Warum sagst du mir
nicht, dass es so abartig ist?"

Ich schaltete das Display meines Handys aus und
legte es neben den Taschenrechner vor mir. „Es ist
eine Leiche, was hast du erwartet? Blumen und Regenbogen? Stell dich nicht so an." Ich würde ihr sicherlich nicht verraten, dass ich meinen Mageninhalt
hatte ausleeren wollen, als ich das Bild zum ersten
Mal gesehen hatte.

„Ja, aber das ist eine reale Leiche! Im Fernsehen ist es
auch ekelig, aber da weiß man, dass die Leiche, sobald
Cut gerufen wird, wieder von den Toten aufersteht.

Bei dem hier ..." Sie nickte zu meinem Telefon und tat so, als würde ihr ein Schauer über den Rücken laufen. „Abartig. Einfach nur abartig!"

Die Leiche war ekelig, das wusste ich auch, ich wollte aber nicht ihre Meinung zu der Leiche hören, sondern zu dem Fall.

Meine Arme über den Kopf streckend, lehnte ich mich in ihrem Küchenstuhl zurück und gähnte. „Was sagst du denn jetzt? Wer wollte sie tot sehen?"

„Hatte sie eine Affäre?"

Ach, ich liebte Ariane. „Das sage ich auch die ganze Zeit! Aber Josh meint, ich spinne und lege mich zu sehr darauf fest ... Beweise dafür gibt es nämlich nicht wirklich." Ariane überlegte und tippte mit ihrem Bleistift auf die Abrechnungen, die wir eigentlich heute Abend fertig machen wollten, da wir Mittwoch nicht weit gekommen waren. „Was hat noch mal der Security-Typ vom Finanzamt gesagt?"

„Nichts Großes. Er hat sie nur mit einer blonden Freundin von ihr gesehen und mit dem Bruder vom Ehemann."

„Und der Bruder war es mit Sicherheit nicht?"

Ich dachte an den zittrigen Typen von der Gala, der sich von seiner Frau hatte herumkommandieren lassen. „Nein, mit Sicherheit nicht."

„Was ist mit dem Ehemann?"

„Der hat ein wasserdichtes Alibi und weiß auch von nichts."

„Mordwaffe?"

„Stumpfer Gegenstand mit sockelartigem Boden. Nicht gefunden und eine nicht sehr präzise Beschreibung, wenn du mich fragst."

Ariane stieß Luft aus und zuckte die Schultern. „Nicht, dass ich Ahnung hätte, aber für mich macht das alles keinen Sinn. Schon alleine, dass der Finger ab ist und ganz woanders gefunden wurde als die Leiche … warum sich die Arbeit machen? Ich hätte alles einfach zum gleichen Ort verfrachtet, anstatt den Finger auch noch hübsch einzupacken!"

Ich grinste. Da konnte ich Ariane nur zustimmen. Das störte mich auch immer noch. Warum sich die Mühe machen? Und warum bei mir einbrechen, um die Kiste zurückzubekommen?

„Gibt es sonst noch Hinweise?", fragte Ari, die genauso begeistert vom Detektiv-Spielen war wie ich.

Ich grinste breit. „Rispo will das nicht anerkennen, aber die Kiste hat seltsam gerochen – irgendwas, was mich an meine Schwester erinnert – und mein Kater konnte den Einbrecher leiden."

Ari kicherte. „Ich wette, der Herr Kommissar war begeistert von deinen Beobachtungen."

Ich nickte und nahm einen Schluck von dem Rotwein, den wir vor einer Stunde aufgemacht hatten. „Völlig fasziniert, auf jeden Fall. Er hat mich nur viermal als ‚vollkommen wahnsinnig' bezeichnet."

„Da hattest du Schlimmere."

„Eben."

Ariane spielte auf den Tasten ihres Taschenrechners herum und schob sich ihre blonden Haare über die Schulter.

„Und heute wart ihr beim Juwelier, der auch keine Ahnung hatte?"

Eines musste man Ariane lassen. Sie hatte wirklich eine unglaublich große Speicherkapazität in ihrem

Gehirn. Sie hatte einmal alle Unterlagen gesehen und bis zu dem Eintrag, bei dem ich als „unberechenbar" eingestuft wurde, nichts vergessen. „Ja, der war auch ganz unschuldig", beantwortete ich ihre Frage. „Nichts gesehen, nichts gehört, nichts."

„Und ihr wisst nicht, was oder ob sie was gekauft hat?"

Ich zuckte die Schultern. „Josh meinte, er schickt mir das Videomaterial morgen."

Ari hob ihre Augenbrauen. „Josh? Sind wir jetzt beim Vornamen?"

Verärgert sah ich sie an. „Nur weil man den Vornamen benutzt, heißt das noch lange nicht, dass ich Josh für andere Dinge als die Lösung des Mordfalls benutzen will!"

„Schon klar." Sie sah nicht überzeugt aus und das konnte ich noch nicht einmal ihrem Alkoholkonsum zuschreiben. Die halbe Flasche hatte ich nämlich alleine ausgetrunken. Ich würde mir heute Abend ein Taxi kommen lassen müssen.

Ich nahm das Glas wieder in die Hand und schwenkte die rote Flüssigkeit hin und her. „Seine Mutter ist gestorben", sagte ich schließlich zögerlich und sah auf die Kreise, die sich in dem Glas formten.

Ari blickte auf. „Oh, wann?"

Ich zuckte die Schultern. „Länger her. Sein Bruder war zehn, also muss er …", ich rechnete kurz nach, „… sechzehn gewesen sein."

„Woran ist sie gestorben?"

Wieder zuckte ich die Schultern. „Keine Ahnung. Er ist nicht der gesprächigste Typ."

Ari nickte wieder und nahm noch einmal mein Handy vom Tisch, um sich die Bilder anzusehen.

„Und letztes Jahr hat ihn seine Verlobte mit seinem Partner und bestem Freund betrogen …“, fügte ich nach ein paar Minuten mit leiser Stimme hinzu.

„Mit zwei Männern gleichzeitig?“ Schockiert fiel Ari mein Telefon aus der Hand.

Ich verdrehte die Augen. „Nein. Sein Partner war sein bester Freund. Stell dir vor! Betrogen von der Verlobten und dem besten Freund …“

„Oh …“, machte sie und hob den Blick, nur um mich eine Sekunde später vorwurfsvoll anzustarren. „Oh nein!“

Sie zeigte plötzlich mit ihrem Finger auf mich. „Fang nicht damit an!“

Überrascht blickte ich auf. „Womit?“

„Mit diesem Blick! Du hast Mitleid mit ihm!“

Ich legte meinen Kopf schief. „Also, Mitleid würde ich nicht sagen, eher Mitgefühl …“

„Nein! Hör sofort auf damit!“

„Was ist denn los? Ich darf doch wohl für jemanden Mitgefühl empfinden.“

Ari schüttelte vehement den Kopf. „Nicht so, wie du das tust. Du hast Mitgefühl mit Menschen, indem du mit ihnen schläfst. Du willst die Menschen damit retten und plötzlich siehst du sie in einem ganz anderen Licht als sie es verdienen.“

Ich verdrehte die Augen. „Ari, also wirklich …“

„Nein! Das hast du schon immer so gemacht. Das größte Schwein kann bei dir landen, solange der Kerl dir von seiner tragischen Kindheit erzählt. Du gehst automatisch davon aus, dass Männer mit Problemen

Tiefgang haben, aber ich sag dir mal was: Männer mit Problemen sind einfach nur Männer mit Problemen. Nichts anderes! Du solltest gar nicht erst anfangen Rispo anzusehen als wäre er ein Vogelbaby, das bei der Mutter aus dem Nest gefallen ist."

Jetzt war ich mir sicher, dass sie übertrieb.

Ich war nicht der übermäßig mütterliche Typ. Klar, ich wollte irgendwann mal Kinder bekommen, aber ich las nicht jedes verletzte Tier von der Straße auf.

Nicht, dass ich schon irgendwann mal ein verletztes Tier gefunden hätte. Eine Spinne, der ich selbst das Bein abgehackt hatte, zählte natürlich nicht.

„Du bist albern! Ich sehe Rispo nicht in einem anderen Licht. Er ist immer noch ein arroganter Blödmann!" Ein heißer, arroganter Blödmann, der vielleicht mit ein bisschen Liebe und Aufmerksamkeit ...

„Nein! Da ist dieser Blick schon wieder! Hör auf so zu gucken oder ich schlag dir mit dem Taschenrechner ins Gesicht!" Drohend hob sie das Gerät über den Kopf.

„Das war schon bei Christoph so. Du hast dich nur in ihn verliebt, weil er dir erzählt hat, dass seine Schwester die Glasknochenkrankheit hat und er mit zehn dabei zusehen musste, wie sein Hund eingeschläfert wurde."

Beleidigt verschränkte ich die Arme. „Bei Chris war das was völlig anderes."

„Ja, er war nämlich verheiratet."

Jetzt wurde sie gemein. „Da brauchst du mich nicht dran zu erinnern", sagte ich mit vorgeschobener Unterlippe. „Dass ich diese drei Jahre meines Lebens verschwendet habe, weiß ich auch so."

Aris Blick wurde weicher und sie tätschelte meine Schulter. „Tut mir leid. Ich will nur nicht, dass du dich selbst wieder mit einem emotional unerreichbaren Mann unglücklich machst."

Ich dachte an Rispo und seufzte. Emotional unerreichbar war wohl eine gute Umschreibung.

„Schön", sagte ich und stellte mein Glas fester als beabsichtigt zurück auf den Tisch, „ich finde sicherlich auch andere Wege, um mich unglücklich zu machen."

Ariane tätschelte meine Hand. „Das ist die richtige Einstellung. Wir brauchen keinen Mann, um uns unglücklich zu machen", sagte sie entschlossen und erhob ihr eigenes, noch unberührtes Glas. Ich stieß mit ihr an und trank meines leer.

Ich brauchte Joshua Rispo nicht, um mein Leben noch bescheidener zu gestalten.

Kapitel 18

Ich mochte Dienstage.

An Dienstagen fiel es mir nicht mehr so schwer früh aufzustehen. An Dienstagen bekam ich keine neue Lieferung und musste keinen Papierkram machen. An Dienstagen hatte meine Mutter ihre Wohltätigkeitsschwesterntreffen und würde somit nicht an meinem Leben herumbasteln. An Dienstagen hatte meine Schwester in der Uni Vorlesungen – zu denen sie, bis auf letzte Woche, auch wirklich ging – und an Dienstagen backte Trudi immer Brownies, zusätzlich zu ihrer normalen Keksfuhre.

Ich mochte Dienstage.

Dieser Dienstag stellte jedoch eine Ausnahme dar.

Und das fing schon am Morgen an.

„Wir sollten unseren Kundenstamm mehr auf Altersheime verlegen." Trudi schnitt die Dornen von einer Rose ab und tat dies so energisch, dass die Dornen in unregelmäßigen Abständen über den Boden verteilt wurden.

„Warum?", fragte ich stirnrunzelnd und hatte Mühe dabei, ihr hinterherzufegen.

Mir war durchaus bewusst, dass es hirnrissig war, Trudi hinterherzufegen, statt die Dornen einfach selbst abzuschneiden und dann nicht putzen zu müssen. Jedoch hatte meine Angestellte angemerkt, dass sie ja nicht nur hier war, um Geld zu verdienen, sondern auch um etwas zu lernen. Dieser Sollpflicht einer Arbeitgeberin wäre ich schon seit Längerem nicht mehr nachgegangen.

Mir war nicht bewusst, dass ich als Arbeitgeberin auch so etwas wie eine Ausbilderin sein sollte. Zumindest nicht bei einem Teilzeitjob als Blumenverkäuferin. Aber Trudi war eigentlich schon länger nicht nur in Teilzeit hier und hatte mich so bestimmt angesehen, dass ich keine andere Wahl gehabt hatte als einzuwilligen und ihr zu versprechen, ihr jede Woche etwas Neues beizubringen.

Dem Geschäft konnte es ja auch nicht schaden, wenn sie tatsächlich dazu fähig wäre, ihren Job gut zu machen. Was Trudi mir allerdings nicht anvertraut hatte, war die Tatsache, dass sie absolut lernunfähig war.

Sie wollte weder etwas lernen, noch hörte sie einem dabei zu, wie man etwas erklärte. Eigentlich wollte sie nur etwas tun und dann hören, dass sie das ganz toll machte.

Die Tatsache, dass das Lob ihrer Arbeit eine glatte Lüge war, interessierte sie da eher weniger.

Also schnitt sie die Dornen der Rosen ab, verteilte sie auf dem Boden und hatte so eine neue Beschäftigungstherapie für mich geschaffen. Vielleicht hätte sie beim

Arbeitsamt anheuern sollen. Arbeitsplätze schaffen konnte sie ganz gut.

„Warum Trudi?", wiederholte ich meine Frage und hielt mir meinen langsam schmerzenden Rücken. „Warum sollten wir Altersheime mehr in den Kundenstamm einbeziehen? Kaufen alte Leute mehr Blumen?"

Sie blinzelte und ein weiterer Dorn flog über den Tresen auf den Boden. „Nein, aber sie sterben öfter."

Ich hob die Augenbrauen. Ein bisschen makaber für jemanden, der in zwei Jahren wahrscheinlich selbst in einem betreuten Wohnheim leben würde.

„Trudi, das ist pietätlos", bemerkte ich.

„Nein", sagte die alte Frau eifrig, „das ist Geschäftssinn! Überleg doch mal: Hat ein Altersheim einmal einen Blumenlieferanten, der dem Management dort gefällt, nehmen sie ihn für jede Beerdigung. Das könnte unser neues Standbein werden."

Nett, dass sie schon von uns redete, als wäre sie eine Teilhaberin. Wenn sie mich mit Keksen für ihren Geschäftsanteil bezahlte, dann war das hier wahrscheinlich schon ihr eigener Laden.

„Das ist schon richtig, aber auch ... ein bisschen zu unsensibel", erklärte ich langsam.

Trudi sah das offenbar nicht so. Sie war fröhlich wie eh und je.

„Ich kann gerne die Verhandlungen führen. Wenn ich denen vom Altersheim erzähle, dass ich mit nichts anderem lieber als mit den Blumen dieses Ladens beerdigt werden würde, dann sind die bestimmt beeindruckt und überlegen es sich mal. Ist ja quasi dann schon so was wie 'ne Kundenreferenz."

Sie zwinkerte und steckte die Rose, mit der sie soeben fertig geworden war, zu den anderen in den halb mit Wasser gefüllten Eimer.

Ich bezweifelte stark, dass Trudi den gewünschten Effekt erzielen würde, wollte ihr aber auch nicht den Wind aus den Segeln nehmen. „Das ist eine tolle Idee. Das kannst du gerne demnächst anpacken", sagte ich lächelnd und hoffte darauf, dass Trudi es in zwei Stunden bereits wieder vergessen haben würde.

So wie sie auch immer wieder den silbernen Draht vergaß.

„Danke für dein Vertrauen", freute sie sich und stellte den Eimer neben die anderen, nahe der Eingangstür.

„So. Jetzt habe ich genug gelernt für heute. Ich glaube, ich werde mich jetzt wieder auf das Verkaufen konzentrieren", erklärte sie lächelnd.

Ich sah mich im Laden um. Es gab keinen einzigen Kunden – aber vielleicht sprach sie ja auch von der mentalen Vorbereitung auf einen Kunden, auf die sie sich konzentrieren wollte.

Ich konnte es wirklich nicht sagen. Diese Frau war mir ein Rätsel und ich hätte zu gerne ihren toten Ehemann kennengelernt, der sie ja anscheinend verstanden hatte. Obwohl – lieben hieß ja nicht gleich verstehen. Vielleicht hatte ihn seine Frau ja genauso verwirrt wie mich.

Die Türglocke ertönte und meine Angestellte sprang eifrig vom Stuhl auf, auf den sie sich gesetzt hatte, um sich auf den Verkauf zu konzentrieren. Ihr Gesicht fiel jedoch wieder in sich zusammen, als sie denjenigen erkannte, der gerade zur Tür hereingekommen war.

„Ach, Sie sind es nur.“

Rispo, in Jeans und T-Shirt, hob eine Augenbraue. „Ihnen auch einen guten Morgen. So herzlich werde ich normalerweise nur von meinen Ex-Freundinnen begrüßt.“

Trudi fühlte sich kein bisschen schuldig, sondern ließ sich nur mit einem schwer seufzenden Geräusch auf den Stuhl zurück sinken.

„Nichts Persönliches. Sie sind nur äußerst destruktiv, was den Verkauf angeht, wissen Sie das?“

Josh warf mir einen fragenden Blick zu, ich zuckte jedoch nur meine Schultern und gab mir nicht einmal die Mühe, das Grinsen zu verbergen.

Es gab einfach Menschen, denen konnte man nicht entgegenwirken.

So einer war Trudi.

Und dann gab es Menschen, die sollten öfter mal in Situationen stecken, denen sie völlig hilflos ausgeliefert waren.

So einer war Rispo definitiv!

„Ähm, tut mir leid. Ich möchte wirklich nicht ... destruktiv für den Verkauf sein.“ Unbehaglich stapfte er von einem Bein auf das andere.

Trudis Blick blieb vorwurfsvoll. „Dann kaufen Sie endlich was! Sie laufen hier immer rein oder fahren vorbei, ohne je etwas zu kaufen.“

Eine Woche, in der er jetzt zum zweiten Mal hier gewesen war, gleich mit „immer“ zu bezeichnen, ging vielleicht doch etwas zu weit, aber wenn Trudi erst einmal in Fahrt war, gab es keine Rettung mehr.

Ich mochte diese Frau!

„Aber ich brauche keine Blumen“, meinte Rispo etwas hilflos.

„Papperlapapp. Blumen machen das Leben schöner! Sie sollten eine kaufen, dann können Sie sie auf Ihren Esstisch stellen.“

„Aber warum sollte ich mir eine Blume auf den Esstisch stellen?“

Trudi sah aus, als würde sie mit einem zurückgebliebenen Erstklässler reden. „Na, um draufzuschauen, während Sie essen!“

„Ich esse aber kaum zu …“

Ich verdrehte meine Augen und drückte ihm zwischen seinen Worten eine gelbe Rose in die Hand. „Jetzt kauf schon die eine Blume, damit sie endlich aufhört zu reden!“

Mit düsterer Miene sah er mich an, zog dann aber kapitulierend sein Portemonnaie aus seiner hinteren Jeanstasche. „Wie viel macht das?“

„Fünf Euro“, sagte Trudi lächelnd, bevor ich auch nur den Mund hatte aufmachen können.

„Fünf Euro?“ Rispo sah die alte Dame ungläubig an. „Hilft der Geruch der Blume gegen Krebs oder was?“

„Servicezuschlag.“

Ich musste leise kichern, doch Trudis Miene blieb so ernst, dass Josh widerwillig einen Fünfer aus der Geldbörse zog und an sie weiterreichte. „Halsabschneiderei“, grummelte er leise und Trudi zog ihm hastig das Geld aus den Fingern, bevor er es sich noch anders überlegte.

Dann setzte sie ihr hübschestes Lächeln auf und sagte: „Vielen Dank für Ihren Besuch, bitte beehren Sie uns bald wieder.“ An mich gewandt bemerkte sie dann, ihre Stimme um ein paar, völlig irrelevante, Spuren leiser: „Wir sind ein ausgezeichnetes Team!"

Ich grinste breit und fragte mich, warum ich je an Trudis Fähigkeiten als Blumenverkäuferin gezweifelt hatte.

Mein Blick fiel auf den Rest der Dornen auf dem Boden, die ich noch nicht weggekehrt hatte.

Deswegen.

„Fertig mit Lachen?", fragte Rispo leicht genervt und ich riss meinen Blick von den Pflanzenresten los.

„Ach, hattest du noch einen anderen Grund, warum du hergekommen bist?"

Er sah mich ironisch an. „Einen anderen, als zum Kauf einer Blume genötigt zu werden?"

Ich grinste. „Ihr Polizisten seid doch immer auf das Unerwartete vorbereitet."

Er nickte zu Trudi. „Nicht auf das da!"

Ja, keiner war auf Trudi vorbereitet.

„Jetzt sag schon, warum du hier bist."

„Ich …" Er hielt inne und sah Trudi an, die neugierig ein paar Zentimeter mit ihrem Stuhl nach vorne gerückt war und ihre stahlgrauen Locken von ihren Ohren gewischt hatte. Sein Mund wurde zu einer dünnen Linie. „Können wir das draußen erledigen?"

Mein Grinsen vertiefte sich noch. „Klar. Wenn dir das lieber ist."

Ich zog meine Jacke über, folgte ihm aus der Tür und war mir, als wir auf dem Bürgersteig stehenblieben, vollkommen bewusst, dass wir nun nicht mehr aus nächster Nähe, sondern durch eine Fensterfront angestarrt wurden.

Ich sollte Trudi eine Gehaltserhöhung geben, damit sie sich einen Fernseher kaufen konnte.

Meine Angestellte ignorierend sah ich zu Rispo auf und steckte meine Hände in meine Jeanstaschen. „Was gibt's?"

Josh hielt eine CD hoch. „Wir haben das Videomaterial ausgewertet. Es war Kathrin Pfenning, die dort eingekauft hat. Eine Kette, im Wert von etwa 1900 Euro."

„Oh." Meine Stirn legte sich in Falten. „Was heißt das jetzt?"

„Wir haben die Kette nicht in ihrem persönlichen Besitz wiedergefunden."

Meine Augen wurden groß. „Heißt das ..."

„... dass sie womöglich noch im Besitz des Mörders ist? Wahrscheinlich."

„Aber warum kauft Kathrin Pfenning eine so teure Kette? Und verschenkt sie? Oder meinst du, sie wurde ihr gestohlen?"

Vielleicht war es ja doch nur ein Überfall gewesen, vielleicht ... aber nein. Kathrins Portemonnaie war nicht angerührt worden.

Ich verschränkte die Arme unter meinen Brüsten und sah auf den Boden.

Warum kaufte eine Frau so eine teure Kette, wenn sie sie nicht behalten wollte? Vielleicht, um sie einer Freundin zu schenken? Aber warum sollte diese Freundin die Kette nehmen, Kathrin umbringen, den Finger abschneiden, ihr Portemonnaie aber unberührt lassen?

Ich schüttelte den Kopf. „Das ergibt überhaupt keinen Sinn."

Rispo grinste breit. „Soweit waren unsere Analysten auch schon."

Er reichte mir die CD und ich schob sie in meine Jackentasche. „Aber in diesem Fall ist die Frage nach dem Warum nicht so wichtig. Die Frage ist ‚Wo?'. Wenn wir das ‚Wo' herausfinden, bekommen wir auch das ‚Warum'."

Als ob das Wo so viel einfacher zu beantworten war, als das Warum.

Ich seufzte leise und kaute auf meiner Unterlippe herum.

Vielleicht war es doch komplizierter als gedacht, Mordfälle zu lösen. Im Fernsehen sah das immer so einfach aus. Die hatten coole Gerätschaften und mit nur einem Fingerwisch hundert Informationen auf einmal.

Ich hörte, wie Rispo mit den Zähnen knirschte und sah verwundert zu ihm auf. „Was ist los?"

Seine Miene verdüsterte sich. „Ich sagte doch, du sollst aufhören zu seufzen", meinte er gepresst.

Ich verdrehte die Augen. „Ich bitte dich. Das ist doch albern! Du kannst mir nicht verbieten zu seufzen."

„Doch, kann ich. Ich bin das Gesetz."

Ich hob die Augenbrauen und sog provozierend Luft ein, bevor ich erneut seufzte – diesmal jedoch etwas kehliger.

„Louisa, ich warne dich …", knurrte er und starrte auf meine Lippen.

Meine Haut prickelte angenehm an den Stellen, an denen sein Blick mich berührte und ich musste beinahe grinsen.

Machte ihn das etwa an, wenn ich seufzte? So primitiv konnte doch kein Kerl sein ...

„Vor was?", fragte ich herausfordernd und lächelte. „Davor, dass du die Ordnungshüter auf mich hetzt, wenn ich noch einmal ein Geräusch von mir gebe? Vielleicht solltest du lieber Verstärkung rufen, anscheinend kommst du ja nicht alleine ..."

Er packte mich bei den Oberarmen und presste seinen Mund auf meinen. Selbst wenn ich hätte reden können, hätte ich nicht mehr gewusst, was ich sagen wollte.

Wohlig seufzte ich an seinen Lippen und legte eine Hand auf seine raue Wange, während ich mich langsam an seine Brust sinken ...

„Verdammt."

Ich verlor mein Gleichgewicht und musste einen Schritt nach vorne machen, um nicht kopfüber auf das Pflaster zu fallen.

Da hatte ich wohl der falschen Brust zum Anlehnen vertraut.

Rispo machte einen Schritt zurück und legte seinen Kopf in den Nacken, eine Hand über seine Augen gelegt. „Mist, Mist, Mist."

Zuerst betrachtete ich ihn ungläubig, während er sich selbst verfluchte, doch mit jedem „Mist" wurde ich eine Spur wütender. Keine Frau mochte es, wenn der Mann, der sie gerade geküsst hatte, sich verhielt, als hätte er gerade eine Lepra-Aussätzige geküsst. Ich war da keine Ausnahme.

Meine Lippen pressten sich zusammen. „Das kann nicht dein Ernst sein!", sagte ich laut und unterbrach somit seine Tirade. „Du kannst nicht jedes Mal flu-

chen, wenn du mich geküsst hast! Das nagt irgendwann an meinem Selbstvertrauen!" Ich warf meine
Arme in die Luft und jetzt war es Rispo, der überrascht
wirkte.

Meine Miene verdüsterte sich noch eine Spur weiter.
Er hatte verdammt noch mal nicht das Recht, überrascht zu sein! Was hatte er denn erwartet? Dass ich
Freudensprünge machte, weil er sich wie ein Vollidiot
benahm?

Gott, Ari hatte so recht gehabt!

Er räusperte sich und ein Mundwinkel von ihm
zuckte. „Es tut mir leid, es ist nur ..."

Ich gab ihm einen Schubs gegen die Brust. „Nein! Es
tut dir nicht leid! Du kannst nicht so grinsen und
gleichzeitig um Verzeihung bitten." Ich stach ihm
meinen Finger in die Brust und sah wütend zu ihm
hoch. „Du hast mich geküsst. Nicht andersherum. Jetzt
sei endlich mal ein Mann und nimm es, wie es ist: Du
kannst dich nicht beherrschen, Mister!"

Rispos Blick nach zu urteilen, hatte ihm noch nie
jemand gesagt, er sei kein richtiger Mann. Gut so. Irgendwer musste ihm ja mal die Wahrheit sagen!

Er hob eine Augenbraue. „Du hast es herausgefordert."

Mir fielen beinahe die Augen aus dem Kopf. Das
konnte unmöglich sein Ernst sein.

„Du gibst mir die Schuld?" Ich deutete mit meiner
Hand auf meine Brust. „Du gibst mir die Schuld dafür,
dass deine Zunge plötzlich in meinem Hals war?"

Da war er wieder. Der unbehagliche Rückenkratzer.
„Also, nicht direkt, aber ..."

„OH MEIN GOTT!" Ich hielt meine Hände zum Zeichen der Kapitulation in die Höhe. „Du bist der größte Idiot dieser Welt! Und ich bin mit einem Bruder aufgewachsen, der nicht einmal, sondern viermal Erde gegessen hat, bevor er merkte, dass sie furchtbar schmeckt!"

Kopfschüttelnd machte ich rückwärts einen Schritt auf die Ladentür zu. „Kauf dir lieber erst einmal eine große Tüte Reife, bevor du das nächste Mal auf die Idee kommst, deinen Mund auch nur in die Nähe meines Gesichtes zu strecken! Gott! Als würde jede Frau von dir verlangen, dass du deinen Job aufgibst und ihr einen Verlobungsring überstreifst, solange dein Mund ihr auch nur zwei Minuten zu nahe kommt!"

Energisch öffnete ich die Tür und stapfte zwischen den Rosen her.

Trudis Mund stand sperrangelweit offen. „Bekomme ich grauen Star oder hast du mit dem heißen Polizisten rumgeknutscht?"

Wütend sah ich sie an. „Er ist nicht heiß, das Einzige, was er ist, ist ein großer Blödmann!", fauchte ich und stapfte zu meinem Büro.

Es dauerte keine zwei Minuten, da wurde an meine Tür geklopft und Trudi steckte ihren Kopf herein.

Sie lächelte mütterlich und hielt mir einen Teller über den Tisch. „Möchtest du einen Keks haben?"

Schwer seufzend ließ ich meinen Kopf auf meine Arme sinken – bevor ich meinen Arm ausstreckte und nach einem Chocolate Chip Cookie tastete. Ich wünschte nur, ein Keks wäre die Lösung für alle meine Probleme.

Um Punkt fünf Uhr verließ ich den Laden, um dann dreimal meine Stirn gegen das Lenkrad zu schlagen, bevor ich die paar Straßen weiter zu meiner Wohnung fuhr.

Nach Rispo war es nur noch bergab gegangen. Eine Braut hatte angerufen und gefragt, ob sie die Kirche nicht doch lieber mit Maiglöckchen statt mit Sonnenblumen schmücken könnte. Trudi hatte natürlich sofort am Telefon zugestimmt, ohne darüber nachzudenken, was wir jetzt mit den Unmengen an Sonnenblumen machen würden, die am nächsten Tag geliefert werden sollten. Danach war ein Kunde in den Laden gekommen, der mich mehrfach äußerst subtil gefragt hatte, ob wir nicht auch Marihuana verkauften. Schließlich war ich über meinen offenen Schnürsenkel gestolpert und mit der Hand auf eine der übrig gebliebenen, auf dem Boden liegenden Dornen gefallen.

Dienstage hatten den Rang als bester Tag der Woche eindeutig verloren!

Dienstage waren anstrengend – und die Brownies hatte Trudi heute auch vergessen.

Mit einem lauten Miau wurde ich an meiner Wohnungstür begrüßt. Sofort entspannte ich mich etwas und hockte mich auf den Boden, um mich bei Twinky dafür zu entschuldigen, dass ich ihn wieder den ganzen Tag allein gelassen hatte.

„Du würdest mich nie küssen und dann wie ein verschreckter Junge fluchen, oder? Nein, das würdest du nicht", sagte ich in meiner besten Katzenstimme und kraulte Twinky hinter den Ohren.

Mein Kater schnurrte bestätigend und ich belohnte ihn mit einem Hundeleckerli. Er war der einzige Mann, auf den ich mich verlassen konnte. Wenn er mir jetzt auch noch zu einem Orgasmus verhelfen könnte – er wäre der perfekte Mitbewohner.

Erschöpft schälte ich mich aus meiner Jacke, stieß meine Schuhe von den Füßen und kuschelte mich auf die Couch.

Ruhe wurde unterschätzt. Jeden Tag sollte ich mir eine Stunde freihalten, um ein wenig die Ruhe zu …

Mein Handy fing an zu klingeln. Die Augen fest zusammenpressend schlug ich meine Hand gegen die Stirn.

Ich hatte es herausgefordert. Ich hatte es mit meinen bloßen Gedanken herausgefordert!

Ich sollte einfach nicht drangehen, ich sollte … aber vielleicht war es Rispo. Wegen des Falls natürlich. Vielleicht hatte es einen Durchbruch gegeben.

Ich linste auf das Display, das hell mit Unterdrückte Nummer aufleuchtete.

„Hallo?"

„Lou! Ich hab die perfekte Farbe! Ich bin einfach so durch den Drogeriemarkt geschlendert und da stand sie: die perfekte Farbe! Ich bin in zehn Minuten da! Ich kann das mit meinen Haaren nicht selbst."

Mein Kopf fuhr aus den Sofakissen. „Was? Nein Emily, ich …"

Doch sie hatte bereits aufgelegt.

Stöhnend schlug ich meinen Kopf in die Kissen und klopfte mit der flachen Hand fest auf die Lehne.

Ich wollte einfach nur einen ruhigen Abend haben. Vielleicht ein bisschen Fernsehen oder Ariane anrufen, um noch ein wenig über Rispo zu lästern – oder mich mit einer Flasche Wein abschießen. Kopfschmerzen hatte ich ja ohnehin schon.

Ich wollte keine Haarfärbemitteldämpfe einatmen und ich wollte nicht hören, dass Emily wahrscheinlich schon jemanden gefunden hatte, mit dem sie die ‚feste Beziehungs-Sache‘ angehen konnte.

Ich wollte einfach nur …

Es klingelte an der Haustür.

„In Ruhe gelassen werden!“, sagte ich laut. „Ich will einfach nur in Ruhe gelassen werden!“

Heute konnte ich nicht einmal meine Gedanken zu Ende führen. Ich wurde ständig unterbrochen. Noch nicht einmal die zehn Minuten, die Emmi mir versprochen hatte, gönnte sie mir.

Genervt hievte ich mich hoch und stampfte zur Tür hin.

„Ich will deine blöden Haare nicht färben!“, rief ich und zog energisch die Tür auf.

„Äh, ich mag meine Haare so wie sie sind, aber danke.“

„Malte? Was machst du denn hier?“

Vor mir stand der Zahnarzt: groß, schlaksig und so unsicher wie ein kleiner Welpe, der schon mal getreten worden war.

Du meine Güte, war ich dafür verantwortlich?

„Du hast meine SMS nie beantwortet“, sagte er vorwurfsvoll.

Das schlechte Gefühl in meiner Magengegend verflüchtigte sich sofort. Das konnte er nicht ernst meinen.

„Malte, es tut mir leid, dass du enttäuscht bist, aber wir sind nicht mehr zusammen. Es muss mich nicht mehr interessieren, ob dir mein Verhalten nicht gefällt." Nicht, dass es mich je interessiert hätte.

Malte schob beleidigt die Unterlippe vor. „Die meinte ich nicht. Ich wollte wissen, ob ich das T-Shirt zurückhaben kann."

Meine Wangen liefen pink an. „Ähm, richtig. Tut mir leid, ich hatte eine Menge um die Ohren, ich muss es wohl vergessen haben ..."

Wenigstens musste ich jetzt nicht über seine Gefühle reden. Das hätte ich heute nicht mehr ertragen.

Seine Lippe schob sich noch ein paar Zentimeter weiter vor. Ich hätte eine Zehn-Cent-Münze hineinstecken können, vielleicht würde er dann ja anfangen zu tanzen oder zu singen.

„Warte kurz, ich hole es", murmelte ich, während sich jetzt doch ein schlechtes Gewissen in meinem Innern anbahnte. „Komm doch kurz rein."

Ich trat von der Tür zurück und lief hastig in mein Schlafzimmer. Gott sei Dank war ich zu faul gewesen, Maltes Kiste schon komplett auszuräumen, sonst hätte ich es jetzt womöglich nicht wiedergefunden. Doch so brauchte ich keine Minute, bis ich es zusammengelegt und in eine Plastiktüte gestopft hatte.

„Hier, bitte", sagte ich lächelnd, als ich wieder an der Tür stand und Malte die Tüte reichte.

Zögerlich nahm er sie entgegen, bevor er sie noch einmal öffnete und hineinlugte.

Nur mit Mühe und Not konnte ich mich davon abhalten, die Augen zu verdrehen. Was glaubte er denn, was ich ihm hatte unterschummeln wollen?

Malte räusperte sich. „Also, wegen der anderen SMS ...“

Automatisch schüttelte ich meinen Kopf. „Nein, wirklich. Darüber brauchen wir nicht zu reden. Das ist nur unangenehm für dich ...“ Und äußerst unangenehm für mich, dachte ich im Stillen. „Und dann wünschst du dir am Ende, es nicht angesprochen zu haben.“

Zumindest ging das mir so. Ich wünschte mir bereits jetzt, dass er es nicht angesprochen hätte.

Maltes Hand schloss sich fester um die Plastiktüte. „Ist es wegen ... wegen des Sicherheitstypen?“

Ich blinzelte. „Bitte was?“

Er legte seine andere Hand nun auch um den Plastikgriff. „Willst du deswegen nicht darüber reden? Weil du jetzt mit dem ... Sicherheitstypen zusammen bist?“

Sein Gesicht verzog sich schmerzhaft, als hätte es ihn viel Mühe gekostet, die letzten Worte auszusprechen.

Wieder musste ich nicht zögern, bevor ich den Kopf schüttelte. Ich wollte nicht darüber reden, weil es mir egal war, warum Malte enttäuscht war. Vielleicht klang das zu hart, aber so war es nun einmal. Ich wollte, dass er ging, damit ich für fünf Minuten meine Augen schließen konnte, bevor der Hurricane namens Emily in meine Wohnung stürmte.

„Nein Malte“, seufzte ich. „Ich bin nicht mit dem Sicherheitstypen zusammen. Ganz sicher nicht!“ Dieser Mistkerl, der Angst vor jeder Berührung hatte, konnte mir gestohlen bleiben!

Malte wirkte erleichtert und ich fragte mich, ob seine Ohren einen automatischen Filter hatten, der alles, was nur eine Spur genervt klang, einfach ausblendete. Er musste so einen Filter haben, sonst stünde er jetzt mit Sicherheit nicht mehr hier in meinem Türrahmen.

„Oh, gut."

„Malte", sagte ich streng, „ich will dich ja nicht rauswerfen, aber ..."

Alles in mir schrie: hau ab!

Endlich schien er verstanden zu haben, denn er blinzelte etwas vor den Kopf gestoßen und machte einen Schritt aus der Tür – nur um von Emmi beinahe umgerannt zu werden, die enthusiastisch die Treppe heraufgesprintet kam.

„Ich bin so aufgeregt!", quietschte sie unnötigerweise und wedelte mit einer DM-Tüte vor meiner Nase herum, bevor sie bemerkte, dass sie nicht alleine in meiner Tür stand.

„Oh, hey Malte!", sagte sie verständlicherweise überrascht. „Hat Lou ein Loch im Zahn?"

Meine Kehle hatte keine Seufzer mehr für diesen Tag übrig.

„Mit meinen Zähnen ist alles okay Emmi, vielen Dank!", knurrte ich und zog sie in die Wohnung.

„Bist du sicher?" Sie hob ihre Augenbrauen. „Mit der Masse an Keksen, die du in letzter Zeit verdrückst, würde es mich nicht wundern, wenn du Besuch von Karius und Baktus hättest.

„Du putzt dir doch die Zähne und benutzt Zahnseide danach Loubär, oder?" Besorgt lehnte sich Malte nach vorne über meinen Mund.

Ich hätte jetzt auch gerne den Finger abgehackt bekommen. Das hätte zumindest abgelenkt.

„Malte, ich halte alles in Schuss, vielen Dank auch", sagte ich zwischen zusammengepressten Zähnen hindurch. „Du kannst jetzt nach Hause gehen."

„Aber ich …"

Ich winkte bedeutungsschwer und schloss die Tür vor seiner Nase, bevor ich die Hände in die Hüften stemmte und Emmi böse ansah. „Du weißt, wie er bei dem Wort Zahn reagiert! Das hast du absichtlich gemacht!"

Emily verdrehte kunstvoll die Augen. „Meine Güte, du bist heute aber … temperamentvoll."

Sie zog ihre Jacke aus und warf sie auf den Tresen. „Männerprobleme, Schwesterherz?"

Menschenprobleme traf es wohl eher. „Ich habe überhaupt keine Probleme, bis auf das eine, das in meinem Wohnzimmer steht!", sagte ich aufgebracht.

Emily starrte mich einige Sekunden an, dann nickte sie. „Also Männerprobleme", bestätigte sie sich selbst und lief in die Küche, um sich ein Glas Wasser einzuschenken. „Was ist es denn diesmal?"

Für ein paar Momente blieb ich einfach nur steif stehen – bis ich mir dachte, dass ich es auch einfach ausnutzen konnte, wenn meine Schwester schon einmal hier war, um mich einmal so richtig auszukotzen.

Stöhnend lehnte ich mich mit dem Rücken an den Tresen und sah meine Schwester an. „Ich weiß auch nicht. Der Tag heute ist voll daneben und Rispo … ist es erst recht", jammerte ich. „Sollten Polizisten nicht eigentlich dazu fähig sein, Verantwortung zu tragen?"

Emmi verzog das Gesicht und wiegte ihren Kopf hin und her. „Das ist eine Fangfrage. Im Job – ja. Im Leben … da sind sie auch nur Männer.“

Toll. Scheinbar war das allen klar, nur mir nicht.

Ari hatte verdammt recht. Männer mit Problemen blieben Männer mit Problemen – und Joshua Rispo war ein Problem auf zwei Beinen.

„Das ist so unfair! Warum sind Männer immer solche Überraschungseier?“, beschwerte ich mich. „Außen Schokolade und Innen findet man immer irgendwas, was man erst einmal mühsam zusammenbasteln müsste, um es zu benutzen. Und ich hasse basteln! Zumindest das, was nichts mit Blumen zu tun hat. Schlimm genug, dass ich im Kindergarten dazu genötigt wurde.“ Meine Ellenbogen auf die Anrichte legend starrte ich die weiße Wand über meinem Sofa an. „Ich will mir meinen Mann nicht erst noch zusammenbasteln müssen. Ist das zu viel verlangt?“

Emily sah mich mitleidig an. „Loubalou, Frauen basteln immer an ihren Männern herum.“ Sie nahm einen Schluck Wasser. „Sie versuchen ihn schon zu ändern, bevor sie ihn überhaupt kennen. Ich glaube, die meisten Männer sind keine Überraschungen. Männer sind wie sie sind – Frauen sind nur extrem gut darin, nur das zu sehen, was sie sehen wollen. Deswegen findet auch jede Mutter ihr Kind süß, egal wie hässlich es ist.“

Ich runzelte die Stirn. Vielleicht hatte sie recht. Ich wäre erst gar nicht mit dem Zahnarzt zusammengekommen, hätte ich mir nicht vorher überlegt, was ich alles an ihm ändern könnte, damit er mir vielleicht doch gefiel.

„Du und der Polizist also?", fragte Emily jetzt langsam und leerte ihr Wasserglas.

„Nein!", widersprach ich sofort. „Ich treffe mich nicht mit Polizisten!" Und Rispo traf offenbar nie jemanden. Wie sollte er auch, wenn er vor jeder Frau weglief, die er küsste?

Emmi nickte. „Besser so. Erst führen sie die Verbrecher an der Nase rum ... und als nächstes dich."

Wer hätte das gedacht? Vielleicht waren wir beide ja doch tatsächlich miteinander verwandt.

„Eben", bestätigte ich ihre Worte. „Außerdem brauche ich keinen Mann. Ich muss mich auf meinen Laden konzentrieren."

„Und wenn du ihn einfach für Sex benutzt?"

Das war typisch für meine kleine Schwester. Immer ganz pragmatisch.

„Das ist eher dein Stil", erinnerte ich sie und zog eine Grimasse.

Sie grinste. „Als ob du nicht darüber nachgedacht hättest ..."

Hatte ich. Tat ich jetzt noch. Fortwährend.

„Also, als ich in Indien war, hat das meinen Horizont erweitert", erklärte Emily jetzt und setzte ihr Glas in die Spüle. „Jedes Mal, wenn ich ..."

Ich stieß mich vom Tresen ab und hob meine Hand, um sie zum Schweigen zu bringen. Es gab Dinge im Leben meiner Schwester, die musste ich nicht wissen – und wenn sie das komplette Kamasutra ausprobiert hatte, dann war das eines davon.

„Wollen wir jetzt deine Haare machen oder was?", fragte ich, um vom Thema abzulenken und öffnete die

DM-Tüte. „Welche Farbe hast du dir denn ausgesucht?"

Emily trippelte aufgeregt in meine Richtung und klatschte in die Hände. Unser Gespräch war wieder vergessen.

„Eine Mischung aus Kamin und Kastanie", sagte sie glücklich und ich wartete beinahe darauf, dass sie anfing auf und ab zu hüpfen.

Ich kratzte mich an der Nase, nahm den quadratischen Karton aus der Tüte und betrachtete die Verpackung. Eine Frau mit rotbraunen Haaren und einem falschen Lächeln strahlte mir entgegen. „Hübsch", lächelte ich, „also die Frau. Nicht die Haarfarbe."

Meine kleine Schwester schnaubte. „Ich werde gebildet und selbstbewusst aussehen! Denn ich bin so hübsch wie ich mich fühle – und diese Haarfarbe ist der erste Schritt zu einem neuen, kreativerem und fleißigerem Leben!" Sie wedelte mit der Packung vor meiner Nase herum.

„Hast du schon einmal über eine Karriere als Life-Coach nachgedacht?", witzelte ich und schüttelte grinsend den Kopf.

„Hab ich. Aber ich kann es nicht leiden, wenn Menschen sich selbst bemitleiden. Das steht dir übrigens auch nicht gut – Selbstmitleid." Sie drehte sich in Richtung Flur und zwinkerte mir über ihre Schulter zu.

„Ja, mach diejenige, die für die nächste halbe Stunde deine Haare in den Händen hält und Zugang zu Scheren hat, ruhig wütend."

Emily blieb unbeeindruckt. „Du hast es nicht einmal über dein Herz gebracht, meinen Barbiepuppen die

Haare zu schneiden. Ich glaube, ich habe nichts zu befürchten – ich rühre schon mal die Farbe an, suchst du ein Handtuch, das du nie wieder in deinem Leben benutzen willst?" Sie öffnete die Tür zum Flur und verschwand danach im Badezimmer.

„Ich glaub, ich hab noch ein altes Laken", rief ich und nahm die gegenüberliegende Tür zu meinem Schlafzimmer.

Ich brauchte nur ein paar Minuten, bis ich meinen Schrank durchforstet hatte und das gesuchte Laken ganz unten fand, noch unter den Anziehsachen, die ich vor zwei Jahren mal für die Altkleidersammlung aussortiert, aber immer noch nicht weggebracht hatte. Ich raffte mit beiden Armen den Stoff zusammen und trat meinen Rückweg ins Bad an.

Ich trat in den Flur und verzog mein Gesicht.

Der Flur stank.

Ich öffnete die Badezimmertür und musste erst einmal wieder einen Schritt nach hinten machen.

Das Badezimmer stank noch schlimmer!

Nach Chemie und nach ...

Abrupt blieb ich stehen, während mein Herz laut in meiner Brust hämmerte.

Ich kannte diesen Geruch.

„Was riecht hier so merkwürdig?", fragte ich langsam und trat mit einem dumpfen Gefühl in das stickige Zimmer.

Emily hielt ein durchsichtiges Plastikschälchen über ihren Kopf, in dem dickflüssige rotbraune Farbe klebte. „Das ist diese neue Farbe – ohne Ammoniak. Riecht doch ganz okay, oder? Ich meine, immer noch nach Färbemittel, aber auch ..."

Mein Kopf fing an, sich zu drehen und blendete Emilys Stimme komplett aus. Mit der flachen Hand schlug ich gegen meine Stirn.

Haarfärbemittel.

Das Kästchen hatte nach Haarfärbemittel gerochen.

Wie konnte mir das nicht früher eingefallen sein?

Der Geruch hatte mich an Emily erinnert und jetzt wusste ich auch warum. Die traumatisierenden Stunden mit ihr und den Haarfärbemitteldünsten hatten Erinnerungen hinterlassen.

Nur, wie kam der Geruch von Haarfärbemittel an die Kiste?

Mir wurde schwindelig und ich musste mich am Türrahmen festhalten.

Der Fleck. Da war ein Fleck gewesen. Ein roter Fleck.

Ich hatte geglaubt, dass es Blut war, aber ... was, wenn es keines gewesen war?

Wenn der Finger geblutet hätte, hätte es nicht viel mehr Flecken geben müssen? War es nicht sogar viel logischer, wenn es eben kein Blut gewesen war, das den Boden des Kästchens beschmutzt hatte?

„Verdammt ...", hauchte ich und ließ das Laken auf den Boden fallen.

Emily sah mich besorgt an. „Alles in Ordnung mit dir? Ich weiß ja, du magst den Geruch nicht, aber ..."

Ich drehte mich auf dem Absatz um und lief ins Wohnzimmer, wo immer noch meine Jacke lag. Hastig zog ich die DVD, die Rispo mir heute Morgen gegeben hatte, heraus und lief zurück in mein Schlafzimmer, um meinen Laptop anzuschalten.

Eine verärgerte Emily lief mir hinterher. „Kannst du auch noch reden? Wenn du meine Haare nicht machen willst, hättest du auch was sagen können! Du musst mich jetzt nicht mit deinem Schweigen bestrafen!"

Verwirrt sah ich sie an. „Was? Was redest du denn da?"

„Jetzt bin ich die Verrückte? Du bist diejenige, die hier gerade am Rad dreht!"

Ich schüttelte meinen Kopf und gab mein Passwort ein. „Tut mir leid, es ist nur wegen der Finanzbeamtin. Mir ist gerade etwas klar geworden und ..."

Emily runzelte die Stirn. „Was denn für eine Finanzbeamtin?"

Ungeduldig schlug ich meinen Fuß auf den Boden. „Na, die Leiche!"

„Ach, die Frau des Medienmoguls, sag das doch gleich! Kann doch kein Mensch wissen, was die von Beruf ist ..."

Erneut schlug ich mit der Hand gegen meine Stirn.

Emily hatte Recht. Es hatte keiner wissen können. Aber es hatte jemanden gegeben, der es dennoch gewusst hatte.

Wieso war ich da nicht früher drauf gekommen?

Hastig schob ich die DVD ins Laufwerk und wartete ungeduldig darauf, dass sie lud.

Nach sich ewig hinziehenden Sekunden fragte mein PC mich endlich, ob ich die DVD automatisch wiedergeben wollte. Ich bejahte und hielt mir meine zu Fäusten geballten Hände vor den Mund, als das Video endlich startete.

Emily lehnte sich über meine Schulter nach vorne. „Weißt du etwa, wer der Mörder ist?", fragte sie neugierig.

Ich blinzelte sie an. „Ja, ich ... also nein. Keine Ahnung, ich ... psscht!“ Kopfschüttelnd wandte ich meinen Blick wieder dem Bildschirm zu, auf dem man jetzt in Schwarzweiß den Innenraum des Juweliergeschäfts betrachten konnte.

„Oh, das ist ja Cantz!“, sagte Emily begeistert.

„Pscht!“

Sie seufzte tief. „Was heißt denn immer ‚pscht‘? Das Video hat ohnehin keinen Ton.“

Ich warf ihr über meine Schulter einen warnenden Blick zu. Die Tür des Ladens öffnete sich und obwohl man nur den Hinterkopf sehen konnte war klar, dass Kathrin Pfenning im Laden stand. Ich hatte ihr Bild so oft innerhalb der letzten Tage angestarrt, dass sie mir merkwürdig vertraut vorkam.

Sie sprach mit dem Verkäufer, den wir gestern getroffen hatten. Er lächelte sie genauso charmant an, wie er uns angelächelt hatte.

Sie tauschten weitere Worte aus, bis der Verkäufer endlich nach ein paar Minuten eine Glastür zu einer Vitrine hinter sich öffnete und etwas hervorholte.

Eine Kette.

Mit zusammengekniffenen Augen lehnte ich mich näher an den Bildschirm, meine Ellenbogen auf die Fläche gestützt.

Kathrin Pfenning nickte und hielt die Kette vor ihr Gesicht. Die Kamera hatte freie Sicht darauf.

Es war eine Kette aus zusammengesetzten Ornamenten – Herzchen baumelten von den drei Schichten und reflektierten weiß das Licht.

Ich lehnte mich noch etwas weiter nach vorne und meine Nase drückte sich nun beinahe gegen den Bildschirm.

Bestand die Kette, die ich gesehen hatte, auch aus drei Schichten? Oder waren es nur zwei gewesen? Verdammt, ich konnte mich nicht mehr daran erinnern! Es konnte alles auch ein riesiger Zufall sein. Es gab bestimmt hunderte von solchen oder ähnlichen Ketten. Und das Haarfärbemittel ... vielleicht hatte Rispo ja doch recht und meine Sinne gingen ab und zu mit mir durch.

Aber man kaufte Schmuck, wenn man mit jemandem schlafen wollte. Oder vielleicht, wenn man weiterhin mit jemandem schlafen wollte.

Und wann hörte man auf, mit jemand anderem zu schlafen? Wenn man bemerkte, dass man angelogen worden war. Beispielsweise darüber, ob man verheiratet war.

Wieder drehte sich alles in meinem Kopf und wieder musste ich die Hand gegen meine Stirn drücken, damit ich mich konzentrierte.

Was, wenn Kathrin Pfenning eben doch eine Affäre gehabt hatte? Nur eben nicht mit einem Mann.

Und was würde jemand tun, der herausfand, dass seine lesbische Geliebte nicht nur verheiratet, sondern auch noch an einen Mann vergeben war?

Ich lachte freudlos und schob meinen Stuhl zurück. Das hörte sich selbst in meinem Kopf blödsinnig an, aber es passte irgendwie zusammen ...

Emily stolperte, überrascht von meiner abrupten Bewegung, nach hinten.

„Und?“, wollte sie wissen und trat mir eilig aus dem Weg. „Hast du den Mörder? Kriegst du überhaupt Geld dafür, wenn du ihn zuerst findest? In die Zeitung kommst du bestimmt!“

Ich lief wieder ins Wohnzimmer und schüttelte den Kopf. „Ich weiß es nicht und nein, ich bekomme überhaupt kein Geld.“

„Aber warum machst du das Ganze dann?“

Ich schlüpfte in meine Schuhe und griff nach meiner Jacke. Meine Handtasche lag noch auf dem Sofa. „Weil es etwas Persönliches ist!“, sagte ich aufgebracht und warf meine Hände in die Luft. „Es ist etwas sehr Persönliches!“

Emilys Augen zweifelten. „Kannst du mir sagen, was du rausgefunden hast?“

„Nein.“

„Kannst du mir wenigstens sagen, wohin du jetzt willst? Zur Polizei?“

„Nein.“

„Nein, du kannst es mir nicht sagen oder nein, du gehst nicht zur Polizei?“

„Nein und nein.“

„Aber warum denn nicht?“

Ich seufzte. Die Wahrheit war, dass ich ihr natürlich erzählen könnte, was ich dachte – aber erstens wollte ich mich mit meiner Schnapsidee nicht vor ihr zum Deppen machen lassen und zweitens würde Emily dann mitkommen wollen. Und wenn es eine Person gab, die sich nicht unauffällig verhalten konnte, dann war das meine kleine Schwester.

„Schweigepflicht", sagte ich deshalb und kramte meine Autoschlüssel hervor. „Tut mir leid, wir müssen das mit den Haaren ein anderes Mal machen."

Emily sah entgeistert aus, aber bestimmt nicht wegen ihrer Haare. „Schön, dann geh zu deinem geheimen Geheimauftrag!"

Grinsend öffnete ich die Wohnungstür. „Danke, wünsch mir Glück!"

Kapitel 19

Man sollte möglichst nicht nervös und aufgeregt Auto fahren – und am Steuer telefonieren durfte man schon gar nicht.

Doch nichts hielt mich davon ab, diese Richtlinien zu ignorieren und Rispos Nummer zu wählen, als ich an der ersten Ampel stand.

Meiner Schwester von meinen verrückten Ideen zu erzählen war das eine – bei Rispo war das etwas anderes. Er dachte ohnehin schon, dass ich verrückt war und aus unerfindlichen Gründen wollte ich ihn beeindrucken. Damit, dass ich womöglich doch mehr half, als ich im Weg herumstand. Oder damit beeindrucken, dass ich noch verrückter sein konnte als er gedacht hatte.

Ich ließ das Handy so lange läuten, bis Rispo mir freundlich erzählte, dass er zurzeit nicht erreichbar sei, ich aber eine Nachricht hinterlassen solle. Das war typisch. Um drei Uhr nachts meldete er sich innerhalb weniger Sekunden, aber um Viertel vor sechs war er nicht erreichbar.

Sobald der Piepton erklang, legte ich los:

„Es ist die Barista!", schrie ich auf die Mailbox, „es ist die rothaarige Barista! Ich hab meiner Schwester die Haare gefärbt und den Geruch erkannt und da war doch der eine Fleck auf dem Kästchen. Und ... oh mein Gott – mein Kater liebt Kaffee! Das würde erklären, warum er sie nicht angefaucht hat, als sie bei mir eingebrochen ist – und ich habe das Video gesehen und ich glaube, dass ich die Kette erkannt habe ... ach."

Ich hielt inne und runzelte die Stirn. „Ich bin übrigens immer noch wütend!", schien es mir wichtig anzumerken. „Also denk nicht, dass du dich da rausreden kannst, es ist nur ... was, wenn die Barista ihre Affäre war? Das würde das mit dem Schmuck erklären. Aber ich kann mir das noch nicht genau zusammendichten." Ich schüttelte erneut den Kopf. Ich wich vom Thema ab.

„Was ich eigentlich sagen wollte ist, dass ich mir mit der Kette nicht sicher bin. Deswegen fahr ich jetzt nochmal zum Coffee-Shop hin ... damit ich sicher bin. Aber keine Sorge: Ich bin dezent."

Ich legte auf und ließ das Telefon auf den Beifahrersitz plumpsen. Eine Gänsehaut überzog meine Arme und ich bog nach rechts ab, Richtung Innenstadt, in eine Einbahnstraße.

Ich war aufgeregt. Aufgeregter als vor einer Klausur und aufgeregter als vor einem ersten Date. Aber das Prickeln in meinem Nacken war ähnlich und stellte mir die gleiche Frage:

War ich blöd?

War es blöd von mir allein hinzufahren statt zu warten?

Ach was. Die Barista war einen Kopf kleiner als ich und ich wollte ja außerdem keine Fragen stellen, ich wollte nur noch einmal die Kette ansehen, damit ich mir sicher war.

„Herrgott Lou, du bist so ein Feigling", murmelte ich und blieb vor einer weiteren Ampel stehen. „Du wirst ja wohl alleine eine Kette identifizieren können."

Das mulmige Gefühl verließ meinen Magen dennoch nicht und als mein Handy plötzlich klingelte, zuckte ich so stark zusammen, dass ich fürchtete, mit meinem Kopf gegen das Autodach zu krachen.

Ich sollte wirklich meine Nerven trainieren – Kekse essen allein half da offenbar nicht. Die Augen nicht von der Straße nehmend griff ich nach meinem Handy.

„Rispo? Bist du das?", meldete ich mich und fuhr ins Parkhaus.

„Wieso glaubst du, ich bin dieser Polizist?"

Meine Schultern sackten zusammen und ich stöhnte.

„Mama! Es ist gerade ganz schlecht!" Ich ließ das Fenster herunter und zog eine Karte aus dem Automaten.

„Louisa, stöhne mir nicht genervt ins Ohr! Das sind keine guten Manieren!"

Im Moment waren mir andere Dinge wichtiger als gute Manieren.

„Mama! Ich hab jetzt wirklich keine Zeit! Nerv Jannis oder Emmi!" Ohne ein weiteres Wort legte ich auf. Mit Mamas Wut würde ich morgen zurechtkommen müssen. Jetzt gab es Wichtigeres.

Der Coffee-Shop war keine fünf Minuten von dem sperrigen Parkhaus entfernt und das war vielleicht auch gut so. Sonst wäre meine Halsschlagader vielleicht noch von dem vielen Blut, das durch meinen Körper gepumpt wurde geplatzt, bevor ich dort auch nur einen Schritt hätte hineinsetzen können.

Ich sollte mich jetzt wirklich beruhigen, sonst würde mir noch der kalte Schweiß ausbrechen und das Letzte, was ich gebrauchen konnte, war eine Mordverdächtige, die für mich den Krankenwagen rief.

Tief durchatmend lief ich am Starbucks und am Finanzamt vorbei, bis ich endlich den kleinen Coffee-Shop erreicht hatte. Bevor ich es mir anders überlegen konnte, öffnete ich die Tür und befand mich plötzlich in einem fast völlig leeren Raum.

Lediglich die Stühle standen noch darin und das restliche Zeug, das eben zu einem Café dazugehörte – aber die Menschen fehlten.

Nur eine kleine rothaarige Frau, die gerade einen Stuhl auf den hintersten Tisch stellte, stand im Raum. Als die Türglocke läutete, wandte sie sich überrascht um, lächelte aber, als sie mich sah.

Mein Blick huschte über ihr Gesicht zu ihrem Hals – doch da war keine Kette. Nur nackte Haut. Verdammt, sie trug sie heute nicht! Daran hatte ich überhaupt nicht gedacht.

Und jetzt?

„Haben Sie etwa schon geschlossen?", fragte ich und ließ meinen Blick über die Abblendungen schweifen, die bereits über die Fenster gezogen waren.

Die Barista stellte einen weiteren Stuhl auf den Tisch und nickte. „Es ist gleich sechs, da wollte ich schon mal dicht machen, da es hier ohnehin leer ist." Sie nickte in den menschenleeren Raum. „Aber wenn Sie wollen, kann ich Ihnen den letzten Kaffee des Tages verkaufen", bot sie an, „ich hab die Maschinen noch nicht sauber gemacht und Sie sind ja quasi eine Bekannte."

Sie war so höflich und nett. Ich musste verrückt sein. Dieses kleine Ding konnte doch keine Mörderin sein! Irgendetwas musste ich übersehen haben ... nur was?

„Das wäre toll! Ich brauche wirklich eine Dosis Koffein." Ich stellte mich an den Tresen, stützte meine Hände darauf und trommelte mit meinen Fingerkuppen darauf herum.

Wenn ich schon einmal hier war, konnte ich ja womöglich noch einige einfühlsame Fragen stellen.

Bloß wie fragte man am besten, woher die Kette kam, die sie heute nicht trug, ohne sie wissen zu lassen, dass mich interessierte, wo sie die Kette her hatte?

Oder sollte ich sie einfach anmachen und gucken, ob sie darauf einging? Wenn sie auf Frauen stand, dann war das ein Punkt mehr, der für meine Theorie sprach. Aber ich war ohnehin schon so schlecht im Flirten. Wenn ich bei Männern versagte, wie schlecht würde es dann erst bei einer Frau laufen, mit der ich nicht ins Bett steigen wollte?

„Was hätten Sie denn gerne?"

„Oh, ein Latte Macchiato würde reichen."

Die Barista nickte und wandte mir ihren Rücken zu. Meine Chance, ein unverbindliches Gespräch anzufangen, ohne dass ich mich durch eine Gesichtsentgleisung verriet, tendierte gegen Null.

„Ganz schön kalt geworden …“

Haben Sie Kathrin Pfenning kaltblütig umgebracht?

Die Barista nickte und das Kaffeegerät sprang an und begann, laut zu brummen.

„Ja, finde ich auch. Ich mag den Herbst eigentlich, aber das Wetter im Moment gefällt mir überhaupt nicht.“

„Ich genieße es immer, wenn es noch nicht zu kalt, aber auch nicht zu warm ist. Am liebsten laufe ich dann durch Wohnstraßen und durchstöbere jeden Sperrmüll, der mir unter die Augen kommt.“

Haben Sie eine Dose mit einem Ringfinger auf den Sperrmüll geworfen?

Vielleicht bildete ich es mir ein, aber mir kam es so vor, als würde die Barista den Bruchteil einer Sekunde in ihrer Pose verharren, bevor sie einen Becher unter das Gerät stellte.

„Ich hab nicht viel für Sperrmüll übrig“, murmelte sie leise, „mir gefällt der Gedanke nicht, im Leben anderer herumzuwühlen.“

Meine Finger hörten auf, die Oberfläche des Tresens zu malträtieren.

„Ja, ist vielleicht auch eine schlechte Angewohnheit“, lenkte ich ein und betrachtete ihren Nacken, als sie sich zu mir umdrehte und der Latte Macchiato anfing, in den Becher zu tropfen.

„Hat die nicht jeder Mensch? Schlechte Angewohnheiten?“, fragte die zierliche Frau mit gehobenen Augenbrauen.

Ich nickte. „Doch. Nur … ach!“ Meine Hand fuhr auf meine Brust. „Jetzt weiß ich, was an Ihnen anders aussieht! Sie hatten neulich so eine hübsche Kette an.

Die ist mir sofort aufgefallen. Woher haben Sie die?“ Ich konnte mir nur selbst für diese äußerst gelungene Überleitung gratulieren.

Die Augen der Barista verengten sich kaum merklich. „Wieso interessiert Sie das?“

Nicht rot werden, nicht rot werden …

„Oh, meine Schwester hat bald Geburtstag und ich suche immer noch nach dem perfekten Geschenk für sie“, log ich. „Sie ist eine Schmuck-Fanatikerin.“

Die Augen der Barista entspannten sich und sie strich sich eine rote Strähne hinter ihr rechtes Ohr.

„Ach so. Ich weiß nicht, woher die Kette ist, sie war ein Geschenk … was machen Sie überhaupt hier in der Gegend?“

Ich dachte krampfhaft nach. „Ach, ich war auf dem Weg zu einem Klienten und dachte, ich entspann mich noch kurz bei einer Tasse Kaffee.“

„Um sechs Uhr abends?“

„Ja, das Blumen-Business schläft nie.“

„Mhm“, nickte die Barista und verschwand kurz in einem Raum, der nur für Personal zugänglich war. Ein paar Sekunden später kam sie wieder heraus und ging um den Tresen herum.

Angespannt und mit gerunzelter Stirn folgte ich ihren Schritten. Was machte sie?

„Lassen Sie mich kurz das ‚Geöffnet‘-Schild umdrehen“, sagte sie, als hätte sie meine Gedanken gelesen. „Sonst kommt hier gleich noch jemand rein, der glaubt, dass er noch einen Kaffee abstauben kann.“ Sie zwinkerte mir zu und mein Körper entspannte sich wieder. Ich nickte und kramte in meiner Handtasche nach meinem Portemonnaie.

Ich erkannte erst einige Sekunden zu spät, dass ich wohl wieder einmal darin versagt hatte, dezent zu sein. Erst als ich den Schlüssel im Schloss hörte, wurde mir bewusst, dass die Barista wohl nicht das Schild hatte umdrehen wollen und erst als sich die kleine rothaarige Frau zu mir umdrehte, bemerkte ich, dass ihre Augen glitzerten – passend zu dem langen Messer in ihrer Hand.

Es wirkte absurd in ihren kleinen Händen und wäre da nicht diese Bestimmtheit in ihren tränennassen Augen gewesen, die meine Hände feucht werden ließ, hätte ich angefangen, zu lachen.

Stattdessen aber ließ ich schockiert mein Portemonnaie fallen und wich gegen den Tresen zurück.

„Wie haben Sie es rausgefunden?", wollte sie mit belegter Stimme wissen, bevor sie einen Schritt auf mich zumachte.

Mein Puls schlug rasend schnell und es fiel mir schwer einen klaren Gedanken zu fassen, während kalte Panik in mir aufstieg.

„Ich, äh ... was soll das?" Ich fuchtelte in Richtung ihres Messers und schob mich am Tresen entlang. „Was rausgefunden? Wovon sprechen Sie?"

Mit unglücklichem Gesicht kam die Barista noch näher auf mich zu. „Lügen Sie nicht. Sie sind eine schlechte Lügnerin. Das macht die Sache für mich nur schwerer."

Das machte die Sache für sie schwerer? Ich war diejenige, die mit einem zwanzig Zentimeter langen Messer bedroht wurde!

Die Panik kochte in meinem Bauch über und jedes Mal, wenn ich einen Schritt weiter in Richtung Hinterseite des Tresens machte, machte die Barista einen weiteren auf mich zu.

Sie sah nicht wütend aus, nicht bedrohlich, einfach nur … bestimmt. Traurig. Berechnend.

Mir stieg Magensäure in den Hals.

„Lena …", erinnerte ich mich an ihren Namen. „Sie müssen das nicht tun. Ich weiß nichts. Wirklich!"

Gott, selbst ich konnte die Lüge von meinen Mundwinkeln tropfen fühlen.

Die Barista schniefte. „Sie müssen das verstehen. Das sollte doch alles gar nicht so kommen!" Die Tränen glitzerten in ihren Augen, als sie ihren Kopf schüttelte. „Es tut mir wirklich leid, dass Sie den Finger gefunden haben. Den sollte wirklich niemand finden. Ich wollte ihn nicht wegwerfen. Ich wollte nur kurz etwas einkaufen gehen und als ich zurückkam, standen da plötzlich überall die Bullen!"

Die Tränen liefen ihr jetzt am hübschen Gesicht hinunter und das Messer wackelte unkontrolliert in ihrer Hand. Ein Betrunkener hätte mehr Kontrolle darüber gehabt. „Und dass ich bei Ihnen einbrechen musste und dass Sie es jetzt herausgefunden haben – das tut mir auch leid. Ich wollte einfach irgendetwas haben, das mich an die gemeinsame Zeit erinnert – was anderes als die Kette, das Zeichen ihres Betrugs. Und es erschien mir passend, ihr den Ehering von der Hand zu schneiden, wissen Sie?" Sie wischte sich mit dem Handrücken der Hand, in der sie immer noch das Messer hielt, über die Stirn.

„Und jetzt muss ich Sie natürlich töten. Dabei sind Sie auch noch so hübsch. Die Hübschen sollten wirklich auf eine andere Art und Weise sterben. Mit Messern ist alles immer so blutig. Ich hasse es, das tun zu müssen, bitte glauben Sie mir."

Jegliches Blut wich aus meinem Kopf und wurde von blanker Panik ersetzt. Sie meinte das tatsächlich ernst!

Mir hatte noch nie jemand damit gedroht, mich umzubringen – aber ich hätte mir auch so zusammenreimen können, dass es kein schönes Gefühl sein würde.

Dass mir jedoch die Kälte in den Magen floss, Übelkeit Kopf und Geist überrollte und die Angst meine Stimme zittern ließ, war etwas, das ich nie hatte herausfinden wollen.

„Sie müssen das nicht tun, wirklich. Ich kann meine Klappe halten", versicherte ich ihr. „Wenn Sie mich einfach gehen lassen, haben Sie keinen Grund etwas zu tun, was Sie später vielleicht bereuen."

Ich hatte die Kante des Tresens erreicht – wenn ich jetzt einen Schritt nach hinten machen würde, stünde ich dahinter. Dahinter, eingepfercht zwischen Kaffeebechern und Wand.

Heute war wirklich nicht mein Tag.

Der von der Barista scheinbar auch nicht.

Sie lachte jetzt freudlos und schloss weiter zu mir auf.

„Um Himmels Willen, jetzt hören Sie sich schon wie Kathrin an! ,Du hast keinen Grund wütend zu sein! Wir waren nicht exklusiv!'", äffte sie sie mit hoher Stimme nach. „Ich wollte sie ja gar nicht töten, nur … sie hat mir verschwiegen, dass sie verheiratet war! Mit einem MANN!"

Meine Knie zitterten und ich rutschte mit den Händen auf dem Tresen weiter um die Ecke herum. „Das muss ein ziemlicher Schock für Sie gewesen sein. Herzlos von ihr, wirklich", pflichtete ich ihr bei.

Sie riss die Augen auf. „Ja, oder? Sie hat gesagt, dass sie mich liebt! Und zwei Tage später erfahre ich, dass sie mit diesem Volltrottel verheiratet ist! Nein, so was muss eine Frau nicht hinnehmen! Sie hätte wissen müssen, dass sie mit dieser Einstellung verstümmelt im Kofferraum ihres Wagens landet, nicht wahr? Solche Menschen gehören nun einmal auf einen Schrottplatz und ... Leichen sind so furchtbar schwer zu transportieren!"

Schluckend nickte ich. Ich musste nachdenken. Ruhig bleiben und nachdenken. Alles was ich brauchte war etwas, um mich zu verteidigen ... irgendetwas ...

„Wie haben Sie denn rausgefunden, dass sie verheiratet war?", fragte ich, um Zeit zu schinden.

Die Barista verdrehte die Augen.

„Es war ihre eigene Dummheit! Sie ist mit dem Bruder ihres Ehemanns in mein Café gekommen und hat ihm hier Geld gegeben. Wie blöd kann man sein? Sie wollte mir nicht sagen, wer er ist und hat ehrlich geglaubt, dass ich es nicht selbst herausfinden könnte."

Die Barista prustete, als würde sie jetzt noch über die Dummheit ihrer Geliebten lachen. Die Tränen waren verschwunden. „Als wäre ich nicht dazu fähig, ihn nach seinem verdammten Namen zu fragen und den bei Google einzugeben. Daran gedacht, dass dabei direkt ein Bild von seinem berühmten Bruder und seiner wunderschönen Frau auftaucht, hatte meine liebe Kathrin natürlich nicht. Sie hat sich für so schlau gehalten! Zwei Beziehungen auf einmal, mit zwei verschiedenen Geschlechtern – als ob ich es nicht herauskriegen würde! Sehe ich dumm aus?"

Eilig schüttelte ich den Kopf. „Nein, natürlich nicht. Und natürlich haben Sie es herausgefunden", nickte ich. „Da hat Kathrin wirklich nicht nachgedacht."

Wie schwer war so eine Tasse? Konnte man jemanden damit ausknocken? Vielleicht, wenn man den Sockel ... Mist! Ein kreisförmiger Gegenstand mit Sockel. Ach du meine Güte! Kathrin Pfenning war mit einer Kaffeetasse erschlagen worden. Wenigstens beantwortete das jetzt meine dringliche Frage.

Lena stand nun nur noch zwei Schritte von mir entfernt und ich stolperte über meine eigenen Füße hinter den Tresen.

Die Barista folgte eilig.

„Und wissen Sie, was sie getan hat, um mich zu besänftigen?", führte sie unser Gespräch weiter. „Sie hat mir Schmuck gekauft! Das ist so naiv! Als ob so ein Goldkettchen ihre Lügen rechtfertigen könnte ... jetzt hören Sie doch bitte auf wegzulaufen."

Gereizt verdrehte sie die Augen und trat, mit der Zunge schnalzend, vor mich.

„Ich laufe nicht weg, ich ..."

Meine Tasche vibrierte und plötzlich fing mein Handy an zu klingeln. Ich zuckte zusammen und schob die Tasche von meiner Schulter, um sie auf den Boden fallen zu lassen, als die Barista sie mir mit der gleichen Hand, in der sie das Messer hielt, aus der Hand schlug.

Die Klinge fuhr über meinen Unterarm, die Tasche fiel aus meiner Hand und der plötzliche Schmerz trieb mir die Tränen in die Augen.

Die kleine Frau stand jetzt so nah vor mir, dass ich ihr Parfüm riechen konnte.

„Was soll das?" Die Traurigkeit war nun zur Gänze aus ihren Augen verschwunden und plötzlich konnte ich mir sehr gut vorstellen, wie sie vor lauter blinder Wut ihre Geliebte erschlug. In ihrem Gesicht war nichts anderes als blanker Wahnsinn. „Ich erzähle Ihnen gerade meine Geschichte. Dabei wird nicht ans Handy gegangen!"

Meine Zähne zusammenbeißend schüttelte ich den Kopf. „Tut mir leid, ich wollte es nur ausschalten."

Nicht weinen Lou! Das hilft dir jetzt nicht weiter. Du musst nur an einen Kaffeebecher kommen und dann wird alles gut …

Verdammt – jetzt lief doch eine Träne an meiner Wange hinunter. Ich wünschte mir, ich hätte damals im Selbstverteidigungskurs besser aufgepasst.

Wie bewahrte man die Ruhe in so einer Situation? Und wie entwaffnete man noch einmal einen Gegner?

Damals hatte ich nur mit männlichen Gegnern gerechnet und mir überlegt, dass es wohl schon reichen würde, ihnen kurz meine Brüste zu zeigen, um sie von ihrem Überfallversuch abzulenken. Eine Frau als Gegner hatte ich nie im Kopf gehabt. Aber war Lena nicht lesbisch? Vielleicht könnte das mit den Brüsten ja trotzdem funktionieren.

„Nicht weinen!"

Bestürzt griff die Barista nach meiner Hand, doch ich zog sie weg, bevor sie sie berühren konnte. „Hören Sie auf, mir Schuldgefühle zu machen! Sie sind hierhergekommen, um mich auszuhorchen! Ich wollte Sie nicht umbringen, aber Sie zwingen mich doch dazu!"

Mir wurde noch kälter. Das Wort ‚umbringen‘ hatte offenbar einen solchen Effekt auf mich. Ich konnte nicht sterben. Jetzt noch nicht. Ich hatte meiner Mutter nicht gesagt, dass ich sie lieb hatte! Meine letzten Worte konnten nicht „Nerv Jannis oder Emmi“ gewesen sein. Was sollte sie denn dann ihren Wohltätigkeitsschwestern erzählen? Das konnte ich ihr nicht antun.

Und was war mit Malte? Er war doch jetzt schon emotional total geschädigt. Was würde er erst machen, wenn seine Ex-Freundin ihn erst hochkant aus der Wohnung warf und dann im nächsten Moment tot zwischen hässlichen Kaffeebechern zusammensank?

Meine Hände in die Höhe hebend, machte ich einen letzten Schritt nach hinten und stieß mit meinem Rücken gegen die Kaffeemaschine.

„Lena, überlegen Sie sich das doch nochmal“, sagte ich ernst und riss meine Augen auf. „Wie wollen Sie denn meine Leiche wegschaffen? Ich habe heute bestimmt zwölf Kekse gegessen – ich bin viel zu schwer für Sie!“

Die Maschine bohrte sich unangenehm in meinem Rücken, während Lenas Füße gegen meine stießen und das Blut von meinem Arm langsam zu Boden tropfte.

„Die Leute unterschätzen meine Kraft immer“, sagte sie achselzuckend. „Sie denken, weil ich klein bin, können sie auf mir herumtrampeln, ohne dass ich mich wehren würde. Falsch gedacht.“

Ich kreuzte die Arme hinter dem Rücken und tastete nach der gefüllten Kaffeetasse.

„Lena", sagte ich mit trockenem Hals. „Ich …" Doch was sollte ich sagen? Dass ich nicht glaubte, dass sie zu klein war, um eine Leiche wegzuschaffen und Menschen für das, was sie getan hatten, zu bestrafen?

Das würde sie vermutlich noch ermutigen.

Wieder klingelte mein Handy und als die Barista meine Handtasche wütend mit ihrem Fuß wegtrat, geschahen mehrere Dinge gleichzeitig.

Zwei Schüsse erklangen, meine Hand schloss sich um den Kaffeebecher und die Barista blickte sich überrascht um. Im nächsten Moment splitterte die Tür auf und mit aller Kraft, die ich aufbringen konnte, riss ich die gefüllte Kaffeetasse hinter meinem Rücken weg und schlug sie der Barista seitlich gegen den Kopf. Ein lautes Klonk ertönte, während die Flüssigkeit über meine Hand und in meinen Ärmel floss.

„Verdammt, ist das heiß", fluchte ich, bevor meine Beine wegsackten und alles schwarz wurde.

Kapitel 20

„Lou, wach auf ... Lou, komm schon, mach deine Augen auf."

Die Stimme war angenehm. Wie ein warmer Sommerregen auf meiner Haut und ein leichter Druck auf meinen Schultern.

„Lou, zum Henker! Jetzt mach nicht auf Jungfrau in Nöten und öffne deine verdammten Augen!"

Der Regen war soeben zu Hagel geworden. Ein Kuss zum Wachwerden wäre nett gewesen. Eine sanfte Berührung von seinen Lippen ... mir wurde eine Ohrfeige gegeben.

Schlagartig sog ich Luft ein und fuhr mit meinem Kopf nach oben. „Was soll das? Ich bin ohnmächtig!"

Ich starrte in Rispos Gesicht und ihm war deutlich die Erleichterung anzusehen, als er tief seufzte, seine Hände fester in meine Schultern grub und kurz seine Stirn gegen meine drückte. „Gott sei Dank, dir geht es gut", murmelte er und legte für einen flüchtigen Moment seine rechte Hand an meine Wange, bevor sich jemand räusperte.

„Rispo? Wohin mit der Frau?"

Ein uniformierter Polizist nickte in Richtung meiner Füße und erschrocken zuckte ich zurück, als ich die Barista bewusstlos und mit einer Platzwunde am Kopf dort liegen sah. So lange war ich wohl nicht ausgeknockt gewesen.

Rispo hob seinen Kopf und ließ seine rechte Hand sinken – seine linke blieb jedoch beschützend auf meiner Schulter. „Sie muss ins Krankenhaus. Ist der Wagen bereits da?"

Der Polizist nickte und winkte zwei Sanitäter herein, die die Barista auf die Trage hievten.

„Sie ... sie ... sie ist die Mörderin", flüsterte ich und konnte meine Hände nicht davon abbringen zu zittern. Ich verschränkte sie in meinem Schoß und versuchte, meine Atmung zu regulieren. „Sie wollte mich umbringen."

Rispo strich sanft über meine Schulter, bevor er mich in seine Arme zog und beruhigend über meinen Hinterkopf strich. „Ich weiß", murmelte er. „Und sie wird auch nicht unbewacht ins Krankenhaus gehen – aber du hast ihr einen ziemlich beeindruckenden Schlag versetzt und ein Geständnis lässt sich nun einmal leichter von Lebenden abnehmen. Aber keine Sorge. Bis auf den Schlag gegen den Kopf geht es ihr gut – und nachdem sie ausgesagt hat, wird alles wieder gut."

Ich schloss die Augen und vergrub meine Nase an seinem Hals. Wie konnte man sich so sicher fühlen, wenn das Messer, das vor wenigen Minuten noch auf einen gerichtet gewesen war, neben den eigenen Beinen lag?

Ich wusste es nicht. Was ich wusste war, wenn Josh sagte, alles würde wieder gut werden, musste es die Wahrheit sein.

„Okay", flüsterte ich und schluckte, während ich hörte, wie die Bahre vom Boden gehoben wurde und sich Schritte entfernten. Mein Herz schlug jetzt fast wieder normal. Rispo war wirklich ein Meister darin, beruhigende Umarmungen zu verteilen.

„Waren da vorhin nicht zwei Schüsse?", fragte ich, meine Stimme durch seine Haut gedämpft. „Wenn es der Barista gut geht, wem galten dann die Schüsse?"

„Ich hatte nicht die Geduld, das Schloss auf herkömmliche Weise zu öffnen", bemerkte Rispo trocken und zog mich, einen Arm um meine Taille gelegt, auf die Beine. „Als ich gehört habe, dass du dezent sein willst, ist mir fast das Herz stehen geblieben!"

Meine Wangen liefen rot an. „Tut mir leid. Ich glaube, ich habe keine Karriere als Schauspielerin vor mir."

Er grinste. „Das befürchte ich auch", bemerkte er und strich mir die Haare aus der Stirn. „Geht es dir gut?"

Ich zuckte mit den Schultern und sah auf das Messer zu meinen Füßen. „Hatte bessere Tage."

„Kann ich mir vorstellen."

Ich biss auf meine Unterlippe und schob meinen Ärmel hoch. „Ich komme mir so dumm vor", sagte ich leise und verlagerte mein Gewicht, sodass Rispo mich nicht mehr komplett stützen musste. „Ich habe ihr Komplimente gemacht. Sie wirkte so nett."

„Mach dir nichts draus. Sie war eine aufstrebende Schauspielerin. Du kannst nichts dafür. Man sieht einem Menschen nicht ins Gesicht und weiß, dass er ein Killer ist."

„Nicht einmal du?"

Er grinste breit. „Ich arbeite dran, aber bis jetzt muss ich Verbrecher leider noch nach der alten Schule jagen."

Ich nickte. „Danke", murmelte ich, „fürs Leben retten und so."

Mein Gesicht wurde heiß und peinlich berührt wandte ich mich um. Ich konnte ihn leise lachen hören. „Gerne, aber trotzdem wäre es mir lieber, wenn du das nächste Mal nicht einfach in ein leeres Geschäft läufst, in dem eine Mordverdächtige steht."

Ich hob meinen Blick.

„Das nächste Mal?", fragte ich mit gehobenen Augenbrauen.

Sein Kiefer knirschte. „Ist so eine Redewendung. Komm nicht auf dumme Gedanken, ich will … Mist." Er hielt inne und starrte auf meinen Arm hinab, an dem ich gerade den Ärmel hochgeschoben hatte.

„Du blutest ja!" Vorsichtig strich er über die weiche Haut und ich zuckte zusammen.

Besorgt sah er mich an. „Warum zum Teufel sagst du nicht, dass du verletzt bist? Du solltest lieber auch ins Krankenhaus und dich einmal durchchecken lassen. Deine Aussage kannst du auch morgen machen."

Ich schüttelte müde den Kopf. „Nein, ich will nur noch nach Hause und ins Bett. Mir die Diagnose ‚Panikattacke' geben, kann ich auch selbst. Mein Auto steht nicht weit weg."

Ungläubig sah er mich an und ließ seine Hand von meiner Taille sinken.

„Du glaubst doch nicht ernsthaft, dass ich dich in diesem Zustand alleine nach Hause fahren lasse!"

Ich verschränkte meine Arme und zuckte zusammen, als ich aus Versehen die offene Wunde berührte. „Wie soll ich sonst nach Hause kommen?"

Er räusperte sich. „Nun, ich glaube dafür findet sich schon …"

„Louisa, um Gottes willen, geht es dir gut?", durchschnitt eine hohe Stimme plötzlich den Raum und mein Kopf fuhr in Richtung Tür.

Das durfte nicht wahr sein! Rispo hatte mich an meine Mutter verraten. Mir blieb nicht einmal Zeit, ihm einen angesäuerten Blick zuzuwerfen, bevor Gitti Manu mich in ihre Arme schloss. Zugegeben: Das war gar kein so schlechtes Gefühl. Um ehrlich zu sein, hätte ich bei ihrer Umarmung schon wieder anfangen können zu weinen.

„Was machst du denn für Sachen?", fragte sie kopfschüttelnd und drückte mich noch ein weniger fester an sich. „Du bist doch keine Acht mehr und spielst Detektiv mit Papas Walkie Talkie!"

Na ja, so ein Walkie Talkie wäre in meiner Situation doch praktisch gewesen – aber das sagte ich nicht, sondern nickte nur.

„Ich weiß", flüsterte ich und zog meine Nase hoch.

„Okay." Meine Mutter ließ mich langsam los und sah erst mich, dann Rispo besorgt an. „Ist alles in Ordnung, kann ich sie jetzt mit nach Hause nehmen?"

Rispo lächelte und nickte. „Können Sie. Aber verarzten Sie ihren Arm und lassen Sie sie keine James-Bond-Filme gucken. Ich glaube, die hatten einen schlechten Einfluss auf sie."

Meine Mundwinkel zuckten. „Aber ich hatte recht", murmelte ich und sah ihm in die Augen. „Sie hatte eine Affäre."

Dann nahm meine Mutter mich bei der Hand und zog mich behutsam aber energisch aus dem Coffee-Shop.

Den nächsten Tag verbrachte ich zuhause auf dem Sofa. Ich brauchte eine Erholung von der letzten Woche und von dem gestrigen Abend, an dem ich von vorne bis hinten betüddelt worden war.

Es war zwar angenehm, ab und an mal versorgt zu werden, aber mehr als einen Abend, an dem mir ein Schlafanzug herausgelegt wurde, brauchte ich dann doch nicht. Trudi hatte sich fröhlich dazu bereit erklärt, den Laden zu schmeißen, wenn ich ihr dafür am nächsten Tag bis ins kleinste Detail schilderte, was genau passiert war und Ari und ich verbrachten den Vormittag damit, alte Liebesfilme zu gucken und eine ihrer Schoko-Kreationen zu verputzen. Den Mittag bekamen wir mit der Debatte herum, ab wann es angebracht war, mit dem Trinken anzufangen und den Nachmittag über warteten wir eigentlich nur darauf, bis es fünf Uhr war – denn das war die Zeit, auf die wir uns geeinigt hatten.

Ich hatte schließlich mein Leben zu feiern.

Um sechs wurde Ari schließlich von meiner kleinen Schwester abgelöst, die sich für fünf Minuten anhörte, was mir gestern passiert war, nachdem ich sie in meiner Wohnung allein gelassen hatte, bis sie mir dazwischen fuhr.

„Ja", sagte sie und wedelte mit beiden Hände vor meinem Gesicht herum, „das ist ja auch alles ganz interessant und faszinierend, aber können wir uns bitte einmal auf mich konzentrieren? Ich habe da nämlich ein Problem."

Ich verstummte und legte meine Füße auf den Couchtisch.

Seufzend leerte ich mein Glas Wein. „Klar. Leg los. Ich meine, dass die große Schwester beinahe von einer Verrückten umgebracht wurde, ist ja auch schon ein alter Hut."

Emily nickte. „Eben. Also: Ich hab da einen Mann kennengelernt ..."

Ich verdrehte die Augen und füllte mein Glas Wein erneut. Als ich am Ende des zweiten Glases angekommen war, redete meine kleine Schwester immer noch.

„... und deswegen finde ich, dass Monogamie wirklich nicht für den Menschen gedacht ist", schloss sie ihre Tirade darüber, warum es nicht ihre Schuld war, dass sie ihrem „festen Freund" nach zwei Tagen fremdgegangen war und sah mich erwartungsvoll an. „Also. Stimmst du mir zu?"

Ich zuckte die Achseln und war ehrlich gesagt schon etwas zu angetrunken, um noch eine vernünftige Antwort zu geben, deswegen bemerkte ich nur: „Na ja, zumindest ist es für manche Menschen nicht gedacht."

Emily überging meinen subtilen Seitenhieb auf sie vollkommen und entschied stattdessen, meine Antwort als vollständige Zustimmung ihres Handelns zu werten.

„Danke! Ich weiß deine Unterstützung wirklich sehr zu schätzen ... Oh!" Ihr Gesicht erhellte sich um einen

Christbaumfaktor. „Da fällt mir was ein! Ich hatte eine neue Geschäftsidee, an der ich die letzten zwei Wochen etwas gefeilt habe und wollte dich unbedingt nach deiner Meinung fragen!“

Sie kramte in ihrer Handtasche, wandte mir für einen kurzen Moment den Rücken zu und hielt mir dann im nächsten Moment ihren Unterarm unter die Nase. „Tadaaa, wie findest du es?“

Mit zusammengekniffenen Augen betrachtete ich Emilys Handgelenk. Silberne Perlen schmückten es, zusammengehalten von feinem silbernem Draht.

„Hübsch“, bemerkte ich und besah mir den Draht noch ein wenig genauer. Das war gar nicht so einfach, da er jedes Mal aufs Neue anfing, vor meinen Augen zu verschwimmen.

Meine Schwester strahlte mich an. „Ja, oder? Ich hab es selbst gemacht!“

Die Falte zwischen meinen Brauen vertiefte sich. „Tatsächlich?“ Dieses matte Silber kam mir bekannt vor. Zu bekannt.

„Woher hast du den Draht?“, wollte ich wissen und nahm ihre Hand in meine, um ihn noch genauer zu betrachten.

„Oberste Schublade aus deinem Büro“, flötete sie fröhlich und erhob sich von der Couch.

Ich ließ meine Hand fallen und seufzte. Zumindest war jetzt das Rätsel des immer wieder verschwindenden Drahtes geklärt. Ich würde die Kosten einfach auf Emmis Schuldenberg addieren. Mein Bauchgefühl sagte mir, dass ich eine lebenslange, kostenlose Aushilfe gefunden hatte.

„Na ja, ich muss dann auch mal ...“ Sie gab mir einen Kuss auf die Wange und tätschelte kurz meinen Kopf. „Ich bin froh, dass es dir gut geht, Lou“, sagte sie ernst und das machte die selbstsüchtige letzte halbe Stunde schon beinahe wieder wett.

Den Gedanken nahm ich jedoch wieder zurück, als sie die Tür hinter sich zuschlug und ich bemerkte, dass die Flasche Wein leer war.

Und jetzt? Hatte ich noch etwas da?

Ich stand vom Sofa auf und wollte gerade den Vorratsschrank öffnen, als es an der Tür klingelte.

Seufzend richtete ich mich auf und lief um den Küchentresen herum, um zu öffnen. Jedes Mal wenn Emily hier war, vergaß sie irgendetwas.

„Was hast du denn nun wieder ... oh. Du bist nicht Emily.“

„Nein, bin ich nicht.“ Rispos Mundwinkel zuckte und er steckte eine Hand in die Tasche seiner Jeans. In der anderen hielt er eine rot leuchtende Mohnblume.

Ich musste lächeln. Eine Mohnblume.

„Wie geht es dir?“, fragte er.

„Gut ...“ Ich nahm ihm die Mohnblume aus der Hand und steckte sie hinter mein Ohr. „Danke. Schöne Blume.“

„Na ja, ich dachte, für deine nächste Papaver Rhoeas Analyse.“

„Sehr aufmerksam. Die wird mir auf jeden Fall dabei helfen ... bist du im Dienst?“

Er schüttelte den Kopf. „Nein.“

„Gut“, murmelte ich – bevor ich ihn am Kragen packte und in meine Wohnung zog.